天保図録

（四）

松本清張

目次

天保図録（四）

野の狐

了善は茂平次の手で陣屋の物置小屋に押し込められた。

ここは正式な代官所ではなく、いわば工事事務所のようなものだから、科人《とがにん》などを入れる留置場の設備はない。やむをえず了善をここに入れたのだが、茂平次は彼が逃げぬように手足を縛ったうえ柱に括《くく》りつけた。

茂平次は陣屋の手代には、お上の普請を誹謗《ひぼう》する怪しからぬ奴だと言いおいて了善を罪人に仕立てている。手代も茂平次の言うことだから深くは詮索《せんさく》しなかった。彼らは茂平次が江戸南町奉行鳥居甲斐守の用人だから、警察権まで持っているような錯覚を起こす。むろん、用人は鳥居個人の家来で、町奉行の職とは関係がない。

柱に括りつけられた了善の前に茂平次は悠々と腰を落ち着け、「尋問」にかかった。声が外に洩れないように出口の戸を閉め切っている。

「やい、了善」

と、茂平次は悄気《しょげ》きっている坊主に言った。

「まさか、うぬとこんな所で対面しようとは思わなかったな。おめえは島からいつ帰った？」

「半年前」

了善は不安におどおどしている。それでなくとも茂平次が蛇のように怕《こわ》く見えるのに、今では鳥居を笠に権力を振り回している。御用風を吹かせる彼に、この先どうされるかわからないのだ。

「そうか。当たりまえなら島帰りの身でおとなしくしていなければならないのに、こんな所にうろうろしているのはどうしたわけだ？」

「………」

「どうだ、おまえ、お玉と情交《わけ》があったのだろう？」

茂平次はじっと眼をすえた。了善はお玉のことを訊かれるのがいちばん辛《つら》い。彼にも嫉妬心はある。だが、お玉を抱いたと正直に言えば、茂平次がどんなに怒り狂うかわからない。そう考えると、曖昧《あいまい》に答えるほかなかった。

「べつに特別なわけはねえ。ただ、あの女がしげしげと祈禱を頼みにきたので、ちっとばかり心安くしていただけだ」

了善は、金八と名乗って自分のところに出入りし、うまうまとひっかけた茂平次が憎い。現在いかに権力を持っているとはいえ、頭から彼にお辞儀ばかりもしていられなかった。怕いながらも、了善は意地とも虚勢ともつかぬもので己れをようやく支えていた。

「ふん。了善、おれの眼を節穴とでも思っているか。おめえにしても、お玉にしても、あんまりこの茂平次を甘くみくびっているようだぜ」

と、彼は嗤《わら》った。

「おめえがお玉と何度か情交《わけ》があったくらいは、ちゃんとおれも知っているのだ」

「…………」

「それみろ。おめえがいくら口の先でごまかしても、その顔色が承知しねえ。まあ、いいや。どうせ相手は金で身を売る女郎だ。ほかの男に抱かれたからといって、いちいち眼くじらを立てるほどおれは野暮《やぼ》じゃねえ」

「…………」

　了善は、下から額越《ひたいご》しに茂平次の表情を窺ったが、吉か凶かまだ判断がつかなかった。

「それよりも、丁善。おめえは、このおれの悪口をずいぶんとほうぼうで言いふらしているそうだな」

「そ、そんなことは……」

「ねえというのか？　それこそ嘘になろうぜ。だが、おめえがおれを恨むのはもっともだ。おれの口車に乗ったのがおめえの不仕合わせ、結構に暮らしていた大井の教光院を失い、流人《るじん》にまでなり下がったんだからな。だがおればかりを恨むのも片手落ちだろうぜ。人間、だれしも自分のことがかわいいが、おめえにも罪はある。怪しげなことをして何も知らねえ者から祈禱料を巻き上げていたのだ。いいや、いくらおめえが頭《かぶり》を振っても、この茂平次には通らねえことだ。なにしろ、おめえの祈禱のからくりは、おれが金八になったおかげですっかりわかったからな。それにも懲りず、この下総の田舎《いなか》までやってきて百姓どもから金品を騙《だま》し取ろうというのは不届千万だ。強請《ゆすり》、騙《かた》りはきつい御法度《ごはっと》、早々に江戸に送ってお裁きを受けさせるようにするから覚悟しろ」

「ま、待ってください」

と、了善は弱音をあげた。

「わっちは人を騙すのなんのという大それた心がけは持っていません。家内安全、商売繁盛、五穀豊穣《ごこくほうじょう》のお祈りはどこの祈禱師もやっていることです。こんなに縛られて江戸に送られるような悪事はしておりません」

「えい、黙れ。てめえはそんな心がけだから悪いことをするのだ。ここでお互い言い張ってもむだだ。白か黒かはお上《かみ》が決めてくださることだ。それまでこの窮屈なところで辛抱しろ」

「もし、本庄さん。それでは、この縄を解いていただけないので？」

了善は恨めしそうに茂平次を見た。

「当たりめえよ。おめえは重罪人だ。江戸送りになるまで逃げられねえようにするのだ」

「そんなら、どうしても？」

「くどい。坊主らしく往生際《おうじょうぎわ》をよくしろ。うぬの祈禱でうぬの開運でも祈っていろ」

了善の不安は、彼を逆上させた。

「やい、茂平次」

と、了善はいきなり狂ったように叫んだ。

「おめえこそよっぽど悪党だ。おれを江戸送りにしてみろ。熊倉伝之丞殺しをみんな御奉行さまに申し上げるから、そのつもりでいろ」

「なに、伝之丞だと？」

茂平次はあざ笑った。

「何を今ごろ寝ぼけたお経を上げているのだ。伝之丞などおれは知らぬ」

「知らねえで済まされると思うか。何よりの証人は、このおれだ。昨夜弁天堂に、おぬしが熊倉さんをおびきよせたことは、わかっているのだ。今朝、あそこに行ってみて熊倉さんの姿もないところをみると、茂平次、おぬしが卑怯にも熊倉さんを騙し討ちにして、あの辺の川にでも棄てたにちがいねえ。この次第をいっさいお白洲《しらす》で申し上げるから、そう思え」

了善の眼は血走っていた。

「あはは。うぬのような者の寝言をお取り上げになる御奉行さまじゃねえ。やい、このおれをなんだと思う？　その御奉行さまの片腕だということを知っているかえ」

「いくら片腕でも両腕でも、道理に二つはねえ。おれが吔えたら、おまえもどうなるかしれねえぜ。分別をつけるなら今の間だ。さあ、このおれの縄を解くか、それともてめえが腹を切ることになるか、とっくりと思案しろ」

猛《たけ》り立つ了善を茂平次は冷ややかに尻目にかけた。

「了善、逆上《のぼ》せるのもいい加減にしろ。そんな空《から》おどしの利くような茂平次さんじゃねえ。なんでもいいから言いたいことはほざいておけ。いずれ何とかしてやるから、それまでここに括られているのだ」

「それなら、どうしても?」

「えい、くどい」

「もし、陣屋のお役人衆!」

了善はとつぜん咆吼《ほうこう》した。

「ここにいる茂平次は人殺し野郎でございます。どうかこいつを取り押えてください。もし、陣屋のお代官さま、お役人さま」

「うるせえ野郎だ。どこまでも往生際が悪い坊主だな。耳ざわりだから、その鮟鱇《あんこう》のような口を塞いでやるぜ」

茂平次は了善の首を抑えて持っていた手拭を口に無理に押し込んだ。了善は顔を真赤にして藻掻いた。

「ざまあ見やがれ、この次まで逆上《のぼせ》を下げておけ」

ほかに誰もいない密室の中だった。茂平次は縛ってある了善を足蹴にし、泥亀のように引っくり返った彼をさらにつづけて殴った。たとえ、その悲鳴が外に洩れても茂平次の威勢に怖れている小役人は近づかない。


茂平次は陣屋の手代に、了善の見張りとして小者を付けるよう頼んでおき、代官の住居に戻った。すると、手代が、

「本庄さま、広間にお越しくださるよう篠田殿が申されております」

「広間には何かはじまっていますかな?」

「はい、代官は今朝からずっと、昨夜の豪雨による被害状況を各普請場について見まわっておいでになりましたが、いま、その対策を手代と相談しております」

「さようか」

茂平次は、藤四郎がどんなことを言っているのかと広間をのぞくと、篠田藤四郎の巨体を真ん中にして手代三人が取り囲み、図面を見ながら額を寄せている。

「これは本庄氏」

と、藤四郎は自分の横に座をすすめた。

「昨夜はえらく強い降りで、いや、もう、普請場は元も子もないありさまです」

「ははあ、篠田殿は早朝から現場の見回りをなされたそうだが、ご苦労さまです」

茂平次は、自分が昨夜行方不明になったことなど一言も弁解しない。顎に伸びた毛を片手で抜いていた。

「今朝見回った所だけでも土砂崩れがあり、せっかく掘ったあとを埋めてしまいました。外に向かっては堤防が崩れ、増水した川は田圃に向かって奔流《ほんりゅう》し、少なくとも二十町歩はほとんど泥沼となり申した」

藤四郎は憂鬱《ゆううつ》そうに説明した。

「ははあ、それは残念なことで。して、どの辺がいちばん被害がひどうございますかな？」

「まず、化土《けど》のいちばん柔らかい村上から米本にかけてでござる」

「なに、村上から米本？　すると、あの弁天堂の西方に当たるわけですな」

「さよう。このぶんでは岸の土止めも役に立たず、川底に軟土が雪崩《なだ》れ込んでいるにちがいない」

　茂平次は、それを聞いて、しめたと思った。昨夜誘殺した伝之丞の死体を投げたのも村上と米本の中間だ。普通でも川底の泥砂が底なしの沼のようになっているのに、昨夜の出水で化土が上から雪崩れ落ちたのでは、伝之丞の遺体は金輪際浮揚することはない。文字どおり泥地獄の中に朽《く》ちていくのだ。多少の危惧がないでもなかった茂平次も、今の話を聞いてまったく安堵した。

「それから、もっとひどいのは花島観音下の難場でござる。これは新川と花見川の川尻をつないで掘鑿《くっさく》する工事だが、いま掘っている所は僅々《きんきん》一丈ばかりです。これをさらに掘り下げ、左右に川幅を広くするため掘りひろげるわけだが、昨夜の状態では印旛沼の水がこの辺まで押し寄せて、せっかく掘った溝がかえって仇《あだ》となり、そこに泥水が押し寄せ、これも両岸に溢れておる。いや、泣き面に蜂とはこのことでござる」

　藤四郎は猪首《いくび》の汗を拭き拭き顔を歪めた。

　だが、茂平次は、藤四郎がどこまで本気に工事のことを心配しているかわかったものではないと思っている。かえって昨夜の被害を内心で喜んでいるのかもしれないのだ。はじめからやり直しとなれば、それだけの資材が改めて必要となり、人夫の手間賃もふえてくる。すなわち水増しが稼げるわけだ。

こんな状態だから、藤四郎も今朝早くから各藩の普請小屋を回ってそれぞれ苦情を聞いたにちがいない。いや、各藩は苦情というよりも、むしろ代官に妥協を強制する陳情かもしれないのだ。

果たして藤四郎はこんなことを言い出した。

「このぶんでは、とてものことに初めの見積もりでは工事の成就《じょうじゅ》はおぼつかのうござる。これは現場を見られた本庄氏もご納得《なっとく》のいくことでござろう。そこで、各大名からの苦情もあり、また百姓どもの難儀を軽くするためにも、再見積もりを各藩にさせるつもりです」

「なるほど」

茂平次はにやにやした。額面どおり受け取れば、まさにそのとおりだが、問題は再見積もりという名分で行なわれる水増し工事の擬装《ぎそう》にある。

「して、篠田殿にはどれくらいの見積もりとなる見込みですかな?」

「今日、各藩の工事現場を回って現場役人どもといろいろ話し合ったが、今のところ、まずこれくらいでござる」

藤四郎は書役に書かせた書付をひろげた。

書付には次のように記されてあった。

「印旛沼掘割筋左右関板長弐万七百七拾七間。　上柵——杭木杉丸太長壱丈末口三寸壱間間送五本打板ハ山挽壱寸六枚上リ服起シ木杉五寸角弐ツ割鉄目方壱本ニ付拾匁付之貝折釘ニテ打堅メ扣《ひかえ》杉丸太四寸諸色ニテ仕付大工人足手間代共一式。

中柵——杭杉丸太長壱丈末口弐寸五分壱間間送四本打板ハ山挽壱寸尺板六枚上リ服起シ木口杉四寸角弐枚割貝折釘ニテ丈夫ニ打堅メ扣丸太三寸右諸色ニテ仕付大工人足手間代共一式。

羽口——麁朶《そだ》杭木竹縄手間代一式。

掘方柵共合

金　拾九万弐千九百八拾八両　　上柵合高

金　拾九万弐千六百壱両銀拾弐匁　　中柵合高

金　拾九万壱千五百八拾九両弐分　　羽口合高」

——これが再見積もりの価だ。

初度の見積額は四十四万三千両だから、差引十三万四千百七十八両増となる。実に三割方の増加となっている。

この見積もりの中の細目《さいもく》は素人《しろうと》にはよくわからない。むずかしいことがいろいろ並べられてあるが、技術的に妥当《だとう》なものかどうか現場の者でないと判定がつかないのだ。

もっとも、最初の見積もりではこの難工事ができるとは思われないが、三割増の内容はどうか。茂平次には少なくとも四、五万両ぐらいは実際価より水増しされているように思える。水増しされたぶんが誰に流れていくか、たいてい知れている。

各藩も分担金がふえるが、幕府のお助け金も大増額となる。茂平次は書付を篠田藤四郎の膝の前に戻して、

「てまえなどにはとんとわからぬが、なるほどたいそうなものでござるな」

と感嘆した。肚の中では、そうやすやすとはごまかされないぞと思っている。

「これでもまだ不安でござる」

と、篠田藤四郎は浮かぬ顔だ。

「今後もまだ大雨が降れば、工事はどのような痛手を受けるかわからぬ。ことに花島の開鑿は土止めを二段にも三段にも構え、杭木をよそよりも三倍ぐらい用いねばならぬ場

所もあり、また地質のよろしい場所は掘立にして土止めは必要ないが、その所も惣間六尺に柵を積み置かねばならず、土地の具合によってはなかなか予算の見通しがつかぬ」

と述べた。

こんな言辞は工事をする当事者がつねに用いる常套手段《じょうとうしゅだん》で、けっきょく、見通しがつかないということは無限に予算が取れるという意味にもなる。ことに水野越前はじめ幕府の要路者は、この印旛沼普請工事に全力をかけているから、少々の無理は我慢してでも金を出すにちがいない。その足もとを藤四郎はあたかも見抜いているようであった。

「いかさま難儀な工事でござるな」

と、茂平次はうなずいた。

「てまえも江戸に立ち帰ったら、主人鳥居甲斐守にとくとこの次第を報告いたすでござろう」

と、茂平次は調子のいいことを言った。

「それはかたじけない」

と、藤四郎は感謝した。

「なにぶん、鳥居殿にお力添えを願えれば、このうえもないことです。それには貴公からとくと鳥居殿のご理解を得ていただかなければならぬ」

茂平次は藤四郎の尻尾《しっぽ》をだいたい摑んでいる。彼はここに来て小まめに歩き回ったが、それは各現場ごとに、杭木の値段、板の値段、竹の値段その他の資材の相場、また人夫の実際の数と手間賃とを調べていた。わずか一部だが、これを拡大類推してみれば全体の工事費ごまかしがわかろうというものだ。

それだけではなく、茂平次はお玉に言い含めて、角屋に出入りする各藩の現場役人からも、それとなく上のほうの実態を探らせている。

折りから手代がはいってきて藤四郎の前に膝をついた。

「申し上げます。ただ今知らせがございまして、支配勘定格大竹伊兵衛殿がこの地に検分に見えるとのことでございます」

「なに、大竹殿が来た？」

篠田藤四郎は聞くなりさっと顔色を変えた。

「して、もうご到着か？」

「いいえ、途中の、検見川《けみがわ》まで参られているとのことでございます」

代官はとたんに顔を曇らせた。

茂平次も大竹伊兵衛が頑固一徹で、いっさいの妥協を排する硬骨漢だとは聞いていた。伊兵衛が検分のため到着となると、藤四郎が困惑するのも当然であろう。なぜなら、伊兵衛は、この開鑿がはじまるすでに二年前に命を受けて、このあたりの試し掘りを行なっているからだ。彼には工事の内容がすっかりわかっている。

茂平次も悪いところにいやな奴がやってきたと思った。こうなれば、大竹伊兵衛の眼に止まらぬ間に早く了善の処分をしなければならないと決心した。


雨が横殴りに降っている。風も強い。あたりは真暗だ。

これだけの雨と風に打たれて身体がちっとも冷たくないのは奇妙だった。川の水は物凄い勢いで奔《はし》っている。闇の中に不思議なくらい白い。

茂平次は岸辺の杭に片手をかけて、泡立つ水の下から浮かぶ人間の頭を足で抑えていた。首は沈んでいるが、ちょっと足を放すと、下からぶくぶくと浮かんでくる。黒い髪が草のようにそよいでいた。

電光が走った。一瞬の真昼に西瓜《すいか》を斬りつけたように割れた顔が見える。額から鼻のわきにかけて傷口が開いている。飛び出した白い眼玉がどろりと流れて鼻翼《こばな》の上に膿《うみ》のようにかかっている。

（はてな？　たしか棒で首筋を殴ったはずだが……いつ刀で斬ったのだろう？）

伝之丞がぱくぱくと口を動かしている。助けてくれと言っているらしい。稲光が消えても、その顔だけははっきり残った。雨と水に流されるはずなのに、石榴《ざくろ》のような割れ目から出ている血と、膿のような眼球とはそのままになっている。茂平次は、しつこい奴だと足の下の頭を抑える。紙風船のように手応えがない。だが、彼の足に押された首は水の中にくぐる。が、足をはずすと、また水を分けて浮いてくる。

（いい加減にしろ）

と、茂平次は伝之丞に叫んだ。

伝之丞は魚のように口で呼吸《いき》している。茂平次は、もう一度蹴り、水の中に突っ込んだ。その水がまるで空気のように抵抗がない。彼の片脚は伝之丞に捉《つか》まって、ずるずると川底に引きずり込まれそうだ。

茂平次は必死に杭を抱き、伝之丞の絡《から》みつく手を脚から振り放そうとする。

雷がきらめくと、彼を見上げている伝之丞の顔がまた現われる。色彩も何もないし、音も聞こえなかった。茂平次は身体が傾いて、ついに杭から手を放した。とたんに彼の身体は下に落ちたが、なんと、そのまま伝之丞がすっぽりと彼を受けとめて抱え込んだ。……

――胸が抑えつけられていた。眼を開けると、天井板に行灯《あんどん》の灯が映っている。

「茂平次さん」

と、お玉が揺り動かしていた。

「なんだ、おまえか」

茂平次はぐっしょりと汗をかいていた。

「うなされて……どうしたのかえ？」

お玉が掛け蒲団を撥《は》ねのけて、横で半身を起こしていた。むっちりとした膝が生《なま》に露われている。

「ふむ」

茂平次はふっと大きな呼吸《いき》をし、腹ばいになった。

「お玉、そんなにおれはうなされていたか？」

幻覚がまだ虚実ともつかぬ間をさまよっている。

「そりゃ大きな声で。あたしゃ、びっくりしたよ」

「……煙管《きせる》を取ってくれ」

「あい」

お玉は長煙管をひと口吸って茂平次に渡す。それをたてつづけに二、三吸《の》んで落ち着こうとしたが、胸の動悸《どうき》はおさまらなかった。

「外は雨か？」

「なんの」

と、お玉は笑った。

「星が降っているよ」

「いやな夢をみた」

「そうだろうね、うなされ方が違っていたよ。もっと早く起こせばよかったね」

「寝汗で心持ちが悪い。お玉、冷たい水に手拭を絞《しぼ》って身体を拭いてくれ」

「あい、ようござんす」

「咽喉《のど》が渇いたから水も飲みたい」

お玉が寝床を起《た》って階下《したた》に行こうとするのを、

「ついでに行灯に掛けた着物をはずしてくれ。暗くていけない」

お玉がそのとおりにすると、枕もとが急に明るくなった。

茂平次は、煙管を嚙み砕くように吸いつづけ、どうもおれは神経が弱い、と考えた。前にも一度同じことがあった。もっとも、あのときは夢ではなく、眼が開いていただけにかえって奇態であった。長崎の丸山の女郎屋で経験したことだ。暗い庭で、死んだはずの井上伝兵衛がぼんやりと立っていた……。

（どうもあの兄弟は特別に執念深い。それともこっちの度胸がないのか）

負けてはならない。井上兄弟など少しも怕くはない。本庄茂平次、しっかりしろと、自分の横面を自分で張りたくなる。

お玉が戻ってきた。鉄瓶《てつびん》を提げ、濡れ手拭で、

「さあ、その濡れた浴衣をお脱ぎよ」

と、茂平次を起こして汗に湿った浴衣を脱がし、背中から脇にかけてかいがいしく拭いてくれた。茂平次は鉄瓶を取って、その口から水を咽喉に流し込んだ。雫《しずく》が顎に流れる。

「こっちをお向きよ」

お玉は子供を扱うように前にくるりと茂平次を向き直らせた。首の下や胸を拭いてくれるので、いやでも女の顔が眼の前に迫って、眼や鼻がばらばらに映った。眼のふちに小皺が集まり、鼻の孔《あな》がぶざまなくらい大きかった。商売女の荒れた皮膚がおそろしいくらいにわかる。茂平次はふっと厭な気がしてお玉の肩を押した。

「あれ、おまえさん、もっとよく拭かなくちゃだめだよ」

「もう、いい」

と、茂平次はごろりと横になった。

この女と早いとこ別れたい——茂平次は前からそう思っていたのだが、今夜は特別にそれが実感となっている。べつに夢を見たからどうだというわけではないが、いま女のざらざらした顔をみてよけいに興ざめだった。

明日は江戸から支配勘定格大竹伊兵衛が乗り込んでくるが、この老人の頑固なことは茂平次も前から噂で聞いているし、現に乗込みを聞いた代官篠田藤四郎も顔色を変えていた。

伊兵衛は誰に向かってもずけずけものを言う。さすがの鳥居耀蔵が伊兵衛だけは苦手と考えているくらいである。茂平次もこの伊兵衛につまらぬ揚げ足を取られて鳥居に吹聴されては困る。この土地も早く引きあげなければならない。これが好きな女を是が非でも江戸に連れて帰りたいというならともかく、焼木杭《やけぼっくい》の深情けでは迷惑なだけだ。

しかし、お玉は茂平次自身の秘密を知りすぎている。うかつな愛想づかしをすると、恨んで何をしゃべるかわからない。奉行所の門前に立ちはだかって喚いたくらいの女だ。女郎だけに分別がなく、我意だけを厚顔に押し通そうとする。

そのお玉は茂平次との口約束で、もう江戸に連れて帰ってもらえるものと思いこんでいる。茂平次は改めて迎えにくると逃げ口上を言っているが、この女の気性から考えて、それで逃げ切れるものでもなかった。半狂乱になって、江戸の屋敷まで怒鳴り込んで来かねない。そのとき都合の悪いことをぺらぺら口走られても困る。

長崎以来とんだ因縁ができたと後悔したが、この厄介は早く処置しなければならなかった。

「何を考えているんだえ？」

と、お玉はまた茂平次の蒲団にもぐり込んできた。

「あたしは今夜もおまえが来てくれるとは思いがけなかったから、うれしくてしようがないよ」

　女は身体をこすりつけてきた。

「ねえ、おまえ、いつあたしを江戸に連れて帰っておくれかえ。長いことここに置かれるのはいやだよ。もう一ん日《ち》もここに辛抱していられない気持ちだからね」

「わかっている。そうおめえのように子供みたいにせがんでもどうにもならぬ。ものには順序もあるし、手続きもある」

「おまえは口が巧いから、あたしは心配でならないんだよ。でも、もう、前のようには騙しはしないだろうね？」

「うむ。気を大きくもっているがいい」

　茂平次は身体を押しつけてくるお玉を抱きよせる気持ちも湧かず、さりとて厭な顔もできないので、煙草をぱくぱく吸って答えた。

「ほんとうだね。もし、そうなれば、あたしはほんとうに仕合わせ者だよ。おまえのような甲斐性のある男といっしょになれるかと思うと、夢みたいだよ。あたしはどんなことをしてでもおまえに実《じつ》を尽くすからね」

　茂平次は何度も聞いている言葉だが、このとき、ふいとそれが彼の考えを揺り起こした。

「なあ、お玉。おめえの実というのはほんとうだろうな？」

「あれ、まだあたしを疑うのかえ？」

「疑うわけじゃないが、知ってのとおり、おれはいろいろ他人《ひと》に言えないことをやっている。察しのとおり、あの能倉伝之丞という武士《さむらい》も行きがかりとはいえ殺《や》ってしまったのだ」

「ほんとにおまえはどこまで頼もしいかわからないよ」

前に聞いたことでもあるし、お玉はおどろきもしなかった。

「あのうるさい野郎を片づけるにはそれだけの理由《わけ》があったのだが、こいつを表向きにすると、少々面倒なことになる」

「あたしは金輪際他人《ひと》に言わないから安心おしよ」

「おまえはしゃべらなくても、言いふらしそうな人間がもう一人いる」

「あ」

と、お玉が眼をむいて、

「了善かえ？」

と、こっそり訊き返した。

「そうだ。了善の奴、熊倉伝之丞に味方して、おれとの果たし合いのことも知ってい
る。また、伝之丞が家に戻ってこないので、あの坊主、血眼《ちまなこ》になって捜していたのだ」

「だけど、その了善はちゃんと代官所におまえが縛っていったから、心配はないじゃな
いか」

「ところが、そうではない。奴、自棄糞《やけくそ》になって陣屋で何をわめき散らすかわからない
からの」

「そうだね」

と、お玉は自分も腹ばいになって頬杖をついていたが、

「じゃア、いっそ、了善も……」

と茂平次の顔を見た。

「うむ、さすがにおめえは度胸がいい。おれもそれを考えていたところだ」

「おまえの出世のためには、了善などどうなったってかまやしないよ」

「そんなことを言っていいのか。おめえも一時はずいぶんとかわいがられたはずだぜ」

「またそんなことを」

と、お玉が手で叩こうとするのを、

「まあ、待ってくれ。こいつは真面目な話だ。なあ、お玉。おめえがその気になってくれたら話は早い。ここは一番、おれのために働いてくれるか？」

「ええ、ようござんす。あたしゃ、いっそ、うれしゅうござんす」

「そうこなくちゃいけねえ」

と、茂平次は長煙管を吐月峰《はいふき》にぽんと叩いた。

茂平次がお玉に明かした策略というのはこうだ。

了善はいま手脚を縛られて陣屋の物置小屋に放り込まれている。ところが、明日の朝、江戸から少々厄介な人物が工事の検分にやってくる。この男に括《くく》られている了善が見つかると、少々面倒なことになって、処分がこっちだけの勝手都合とはいかなくなる。了善も命助かりたさに、その人物に何を告げ口するかわからない。

そこで、

「おめえは明日の晩にでも陣屋の物置に忍んでくるのだ。なに、明日の昼間くらいは江戸からきた役人にはなんとか会わせないでも済む。厄介なのはそのあとだ。役人が何日も滞在するとなると、こいつは知れずには済まぬ。おれは了善を括って江戸に行く途中で始末するつもりだったが、とんだところに悪い奴が江戸から飛び込んだものよ」

「ほんとに間《ま》の悪いことだね」

「と、頭を抱えていても仕方がねえ。そこでおれが考えたのは、今も言うとおり、おめえが陣屋に忍び込んで物置から了善を助け出すことだ」

「あたしが？」

「まあ、あとまで聞いてくれ。了善の奴、あそこを出たくて仕方がないところにおめえが助けにきたと知ると、有頂天《うちょうてん》になるにちがいない。これまでのおめえの仕打ちも一時に忘れてしまう」

「でも、陣屋に忍び込んで、その物置からじょうずに了善を連れ出せるかえ？」

「そこはおれが宵の口に万事計らっておく。また入口の目印もちゃんとつけておこう。そうだ、その物置の入口におれの蓑を干しておく。戸はちゃんと錠をはずしておくし、夜だと見張りの者もいないから安心だ」

「茂平次さん、あたしにはちっとばかり大役だね」

「おめえの度胸に打ってつけだ」

「もし、陣屋のものにでも見つかったら、あたしはどうなるんだね？」

「そんな気遣いはないが、万一おめえがしくじっても、そこはちゃんととりなしておく。代官はおめえとも顔馴染だし、前からおめえには下心のある男だ。たとえ捕まっても、眼尻を下げて、よしよし行けと、安宅《あたか》の関《せき》の富樫《とがし》をきめこむのがオチだろう」

「仕方がないね、おまえのためだもの。やってみるよ」

「その意気で頼む。……ついでに、それからの打ち合わせだ。おめえは連れ出した了善といっしょに闇に紛《まぎ》れて陣屋の柵をくぐって外に出る。なに、あの柵も急ごしらえの雑なものだ。間をくぐっても、跨《また》いでも、お稲荷さまの赤鳥居を通り抜けるよりもまだやさしいぜ」

「それからどうするのかえ？」

「おめえは了善を連れてどんどん花島のほうへ向かって走るのだ」

「おう、いやだ。とんだ奴と道行きだね」

「安珍《あんちん》にしてはちっとばかり醜男《ぶおとこ》だが、その道行きも途中までだ。ほれ、花島観音を通りすぎてしばらく行くと、大きな竹藪がある。そこにおれが出て、色男気どりでいる坊主の真正面に現われるという寸法だ」

「ほんにおまえは悪知恵が働くよ」

お玉が感嘆した。

「それというのも、お玉、おれだけのことじゃない。おめえもいっしょに仕合わせになることだ。あの坊主を生かしておけば、おめえだって江戸でおれとは添われなくなるぜ」

「茂平次さん、そんなら、あたしは必ず了善をそこに連れていきます」

髷《まげ》を崩し、髪を頬に散らしたお玉が汗の浮いた顔で、にっと笑った。


その翌る晩。

了善はお玉と畦道《あぜみち》を走っていたが、魂も宙を飛ぶ思いだった。

もっとも、陣屋の柵を脱けるまでは今にも背後から声がかかりそうで生きた心地もなかったが、ここまでくると安全地帯だ。陣屋は遙かうしろのほうに見えなくなっている。その辺は黒い稜線が星空の下にあるだけで、べつに追手がくる様子もなかった。

蛙《かえる》が鳴き、草むらの中には蛍《ほたる》が蒼白い光の筋を曳いていた。

了善はお玉の手をしっかり握っていた。

「お玉、ここいらでひと息つかせてくれ」

と、了善は肩で大きな息をした。

「まだまだ油断はならないよ。さあ、了善さん、もう少し先まで逃げよう」

お玉が引き立てる。

闇に馴れた眼は、お玉の顔や姿を浮き上がらせた。からげている裾の下の赤い蹴出《けだ》しも了善の心をそそった。

「そいじゃ、もう少しゆっくりと歩いてくれ。なに、ここまでくれば、もう大丈夫だ」

了善に、そろそろ虫が起こってきた。

「あたしは気が急《せ》くよ」

お玉はそれと察したが、了善の気持ちをさりげなくはずして、

「だけど、おまえもあたしが助けにくるとは思わなかったろうねえ？」

と、そのもの欲しそうな顔をのぞいた。

「あれほどおれに楯突いたおめえだ。おれはこうしていてもまだ、おめえがほんとうのお玉か、狐が化けたのか見分けがつかねえくらいだ」

「ほんとに悪かったたね」

と、お玉は歩きながら謝まった。

「でも、これであたしのほんとうの気持ちがおまえにもよくわかったはずだよ。ねえ」

暗い田圃道《たんぼみち》で、これであたしの気持ちがわかっただろうとお玉に言われた了善は、気もそぞろになっていた。

「いいや、まだおれの心は栃麺棒《とちめんぼう》を振っている。おめえのやることはおれにはさっぱりわけがわからねえ」

「そう思うのは当たりまえだね。だが、了善さん、今も道々言ったとおり、あたしはあの茂平次に脅《おど》かされて、心ならずもあいつの道具になっていたんだよ。もし、言うことを聞かなかったら、あたしゃ、あいつに殺されかねないからね」

お玉は暗い中を蹴出しを見せて歩いている。

「そいつは半分納得できるようでもあるし、できねえようでもあるし……」

「けど、あたしがどんな思いをしておまえを助けにいったか、それを考えてくれたら、おおかた察しがつくだろうにね。もし、万一しくじったら、あたしはあそこでどんな目に遭《あ》うかもしれないんだよ。おまえにはあたしが命懸《いのちが》けで助けにいった気持ちがわからないかえ?」

「助けられたことは、このとおりだし、脚も勝手に動いているから間違いねえ」

「それごらん、おまえは今までがんじがらめに縛られ、丸太ん棒みたいに転がされていたんだからね。……かわいそうに。さぞ辛かっただろうね」

「辛いのなんのの話じゃねえ。おれは、あの茂平次のために島送りになったことがあるが、島でもあんな苦しい目には遭わなかったぜ」

「茂平次というのはどこまで性悪《しょうわる》な男なんだろうね」

「そいつにおめえが首ったけだと思ったからおれにはわからなかった。おめえは今までおれにさんざん茂平次の悪口を言っておいて、てっきり寝返りを打ったと思ったからな。どうもおめえという人間はおれには判じものだ」

「そう疑われても仕方がないね。でも、了善さん。おまえがあのまま江戸に送られては、もうあたしはおまえと会えなくなる。それを思うと居ても立ってもいられず、思わず今夜陣屋に駆けつけたんだよ。女の一念、あのむずかしいところから、おまえを救い出したじゃないか」

「そいつはありがたいが……」

「まだ心配かえ」

と、お玉は歩きながらじれったそうに言った。

蛙の声が遠くなったのは田圃が切れたからで、道は山道にかかる。両側は鬱蒼《うっそう》とした雑木林《ぞうきばやし》だ。蛙の代わりに梟《ふくろう》の声が上から聞こえる。

「さあ、もうひと踏ん張りだよ。もうすこし行けば、おまえをかくまう場所はちゃんと用意しておいたからね」

「お玉、そんなら今度こそほんとうだろうな?」

了善は握ったお玉の手をぐっと自分のほうに引き寄せた。女の体臭が鼻に噎《むせ》んだ。

「あいよ。まあ、この先を見てごらんな」

「そうだ。難儀なのはこれからだ。おれもここにはいられねえが、おれを助けたおめえだってもう花島村にはいるわけにはいくめえ」

「なんの、あたしにはちゃんとほかに家があるからね」

「家だと?」

「あい、佐倉の弥勒《みろく》には親方の本家がある。あそこは堀田さまの御城下。いくら茂平次がじたばたしてもそこまでは手が届かない話さ」

「うむ。そいつは気がつかなかった。だが、あの我利我利亡者《がりがりもうじゃ》の角屋のおやじが、よくおめえを佐倉に帰す気になれたな？」

「あたしの身が危なくなったら、元も子もなくなるからね。なに、弥勒の扇屋のほうもけっこう忙しく、向こうでもあたしの戻るのを待っているのさ」

「そいつは万事結構ずくめだ」

了善はだんだん胸の疑惑が解けてきた。いや、むしろ彼のほうから努力して解いたといえる。好きな女だから、いやなことには目をつむりたかった。

「そうなれば、おれもさっそく臼井の祈禱所に帰ろう。なに、あそこのほうがおれにはずっと収入《みいり》があったのだ。こんな田舎に辛抱しているのもおめえが花島にいるからよ」

「ほんとにおまえという人はどれだけ情《じょう》があるかしれないね。あたしはいくら茂平次に脅かされたとはいえ、おまえを騙《だま》したり怒らせたりして罰が当たりそうだよ」

「それだけわかってくれたら、おれも言うことはねえ」

路は雑木林が切れて、両側が壁のような竹藪に変わった。

「ねえ、了善さん」

と、竹藪が見えてからお玉の声が急に高くなった。

「おまえ、あたしを捨てないでおくれかえ」

「なんだと？　お玉、そいつはおれのほうから言う台詞《せりふ》だぜ。おれはもう金輪際蛭《ひる》のようにおめえに付いて離れないから、そう思え」

「田の中にいる蛭はいやだが、そんな蛭ならありがたいね。おまえにあたしを請け出す金がなかったら、いっそ足抜きして駆落をしてもいいよ」

「そいつは願ったり叶ったりだ。なに、日本国じゅうどこに行っても、おめえにひもじい思いをさせることはねえ。おれには加持祈禱という飯のタネがついて回っている」

竹藪が近づくにつれてお玉の脚が早くなった。路に落ちた竹の葉がかさかさと鳴る。

「お玉、めっぽう急ぐじゃねえか」

「あい。おまえのうれしい言葉を聞いて心がはずみ、つい脚の運びも勢いづいたんだね」

「なるほど。やっぱり、性悪に見えるが、おめえも女なんだな」

「性悪とはご挨拶だね。あたしゃ、ほんとは猫のようにかわいい女なんだよ。こんなに身を持ち崩したのも男に苦労した挙句《あげく》だからね」

「ちげえねえ。今度は、その苦労をおれのためにしてくれるというのだな。……おっと、そこに黒いものが横たわっているが、なんだ？」

了善は前方に眼を光らせた。

「なに、ありゃ材木さ。ご普請の人夫が運ぶ途中に取り落としたんだね」

「そうか。おれはまた人間が転がっているのかと思った」

「おまえもあんがい臆病だね」

「臆病にもならアな。熊倉さんはどこに行ったかしれねえし……おっと、お玉、忘れていた。熊倉さんは茂平次が殺《や》ったんじゃねえのか？　おめえ、茂平次から、そのことをこっそりと聞いているだろう？」

「さあ」

と、お玉も返事に迷った。その答えまでは茂平次から指図を受けていない。

「ちらっと、そんなことを聞いたようでもあるし」

と、曖昧《あいまい》に取り繕った。

「そうだろう。あの晩、おめえに聞いたとおり、茂平次が弁天さまのお堂に現われると熊倉さんに教えると、気負い立って出ていったからな。それきり帰ってきなさらぬ。茂平次はかねがね剣術の腕自慢だ。もしやと思ったが、証拠がねえ。茂平次の奴、おおかた熊倉さんを殺しておいてその死骸を川にでも投げ込んだにちげえねえ。あの人が戻ってこないのが何よりの証拠だ。ああ、気の毒なことをした。それにつけても、引き裂いてもあきたらぬは茂平次の奴」

路は峠に近づいている。両側の藪はいよいよ深く、いよいよ暗い。

「おや、お玉、またおめえの脚は急にのろくなったじゃねえか？」

了善が気づいて言った。

「あい、おまえがあんまりあたしに関りのないことを言うからだよ。こういう暗い所を歩いているのだから、ちっとは、やさしくしておくれ。あたしだってこんな場所は気味が悪いからね」

「すまねえ、すまねえ」

了善は握った手を放し、息をはずませ、お玉の肩に抱きついた。

「茂平次憎さについ腹が立ってきたのだ。熊倉さんもかわいそうだからな」

「他人《ひと》もかわいそうだけど、あたしのほうももっとかわいそうに思っておくれ」

「お玉、今夜のおめえはまるで弁天さまのようだ。そんなに気のやさしい女子《おなご》とはおれも知らなかった」

了善は脚を緩め、闇の中を前後左右に首を動かした。彼はお玉の耳に口を寄せた。

「えっ、こんな所でかい？」

と、お玉が了善の顔をすかし見た。

「お玉、人っ子ひとりいねえ暗闇の山路だ。おれはもうおめえを抱きたくて、さっきからうずうずしていた。頼むからおれの言うことを聞いてくれ」

「だっておまえ……」

「なにもそう恥ずかしがることはねえ。見ているのは、ほれ、遠い所で啼いている梟ぐらいのものだ」

「だっておまえ……」

と、お玉は身体をくねらせて渋った。

「えい、ぐずぐずするな。おれはもう頭の中が火みてえにかっかとなっているのだ。これ、お玉」

と、了善が女を藪の中に押し込もうとした。

「あれ」

お玉が低く叫んだとき、

「おい、見ているのは梟だけじゃねえぜ」

と、とつぜん、声が前から聞こえた。

あっ、と息を呑んで了善が棒立ちになった。

「おめえは、だ、誰だ？」

藪の陰から、黒い姿がすっくと立ってきた。

「おれだ、おれだ」

男は、頬被《ほおかぶ》りをとった。

「うわっ、おめえは茂平次！」

了善が仰天《ぎようてん》し、うしろによろよろとなった。

「いかにもおれは茂平次だ」

お玉がいち早く了善の横から茂平次のうしろに走り込んだ。

「やい、了善。てめえ、よくも陣屋の牢を脱《ぬ》けてきたな。それだけじゃねえ。おれの見ている前でこのおれの女に手を出そうとした太《ふて》え野郎だ」

了善は両膝から力が抜けて、そこにへたり込みそうになった。

「おれは何も牢にぶち込まれるほど悪いことをした覚えはねえ。だから逃げてきたのだ」

了善はやっと言い返した。

「おめえの白黒はお裁きのうえで決まることだ。たとえ陣屋の仮牢であろうと、牢脱けは大罪だ」

茂平次が一喝した。

「違う、違う。おれは独りで脱けたんじゃねえ。お玉が助けてくれたのだ。おめえはお玉が自分の女だと思ってるかもしれねえが、おれとは前から情事《わけ》があったのだ。その女を……」

と言いかけたが、そのお玉が茂平次のうしろに隠れているのを見ると、さすがの了善も実際の事態に気がついた。

「お、お玉、……われアまたこのおれを騙したな」

と、かっと眼をむいた。

茂平次が闇の中でくすくすと笑った。

「おめえは祈禱の手振りはうめえようだが、あんまり自分のことはわからねえようだな。お玉に逆上《のぼ》せて人並みの判断もできねえようだ。いかにもお玉はおれの言いつけでうぬをここまで誘い出したのだ」

「畜生」

「おめえが堕落坊主《だらくぼうず》だから騙されるのだ。今もそこの竹藪にお玉を連れ込んで気の早えところを見せようとしたな。とんだお笑いぐさだ。うぬのような奴は、この世に生きていても人のためにはならねえ。この茂平次が降三世《ごうざんぜ》に代わって成敗するから、そう思え」

茂平次は脇差を抜いた。

了善は逃げようとして樹の根に躓《つまず》いてよろけ、傍《かたわ》らの竹に背中を支えられ、ぺったりともたれた格好になった。

「ま、待ってくれ」

と、了善は両手を前に突き出して泳がせた。

「おれをどうする気だ?」

「知れたことだ。うぬは生かしてはおけないのだ。さあ、今度こそ往生《おうじょう》しろ」

茂平次が一歩寄った。

「げえ。助けてくれっ」

と、了善は叫んだ。転びながら逃げようとするのを、茂平次がうしろ衿をしっかりと掴んだ。

「うわっ、人殺し！」

と、了善が恐怖に駆られて喚くのを、茂平次は了善の首の根を地面に押しつけた。顔を土にこすりつけられて悲鳴をあげる了善を膝の下に敷いた茂平次は、握った脇差で了善の横腹をぐっと抉《えぐ》った。

「う、うう」

と、了善が地面を両手で掻いた。

「この野郎」

茂平次がもう一度脇差を突っ込むと、了善は全身をふるわせ、

「うわっ」

と、異様な声を出し、両足を昆虫のように動かした。

そのあいだ、お玉は手拭の端を嚙んでじっとしていたが、

「もし、茂平次さん」

と、倒れている了善の横に突っ立って影をのぞいた。

「了善はもう死んだかえ？」

「うむ、どうやら、おとなしくなったようだ。他愛のないものだな」

「昼間見ると怕いだろうね」

「なに、ちっとばかり血が流れたくらいだ。人間、とんと虫と同じだの。今までものを言っていた奴が、もうこれだからな」

「でも、あたしは、この藪陰《やぶかげ》に竦《すく》んでいて見えなかっただけに恐ろしくてならなかったよ」

「なに、人を殺すのはそれほどのことはねえ」

「おまえは腕っ節《ぶし》も強いが、肝っ玉も大きいんだね。やっぱり武士《さむらい》となると、ほかの人間とは違っているんだね」

「肝っ玉といえば、おめえも小さいほうではないようだ。どうだい、せっかく長い間馴《な》染《じ》んだ了善だ。別れ際に傍にすわって念仏でも唱えてやるがよい」

「おう、いやだ、いやだ」

と、お玉は頭《かぶり》を振った。

「ここは一刻も早く立ち退こうよ。なんだか了善がむくむくと起き上がってくるような気がして、あたしは気味が悪くて仕方がないよ」

「いったん死んだ人間はおとなしいものだ。怖ろしいのは生きた人間のほうかもしれねえ」

「それでもあたしは女だからね、おまえのようにはいかないよ。なんだか背中のほうが水をかぶったように寒くなった。茂平次さん、早くあたしを抱いていっしょに歩いておくれ」

お玉が手をだしてせがむと、茂平次の眼が暗い中で光った。

「よし、よし」

彼はお玉の傍に寄った。手を取ると、お玉がそれを両手に握って自分の胸に押しつけた。

「おや、おめえはほんとうに慄《ふる》えているな」

「あい、怖ろしゅうござんす」

「その怕さも今にとってやるぜ」

「おまえが傍にいてくれさえしたら、心がしだいに落ち着くだろうよ。……おや、おまえ、まだその血刀を持っているね。心持ちが悪いから、早くそれを鞘に納めておくれ」

「おっと忘れていた。お玉、これを鞘に入れるから、ちょいとその手を放してくれ」

「早くしておくれ」

お玉が佇《たたず》むと、一尺ばかり離れた茂平次は、いきなりお玉の脇腹に風のように突進した。

「わっ」

お玉が眼をむき、のけ反って喚いた。

「も、茂平次さん」

お玉は突き刺された刀を思わず握ったので五本の指が血だらけになってぶらぶらとなった。地面に転んだお玉は、咽喉の息を笛のように鳴らして、

「あ、あたしをどうするつもりかえ」

と叫んだ。

「知れたことよ。ここで了善といっしょに眠ってもらうのだ」

茂平次は刀を構え、地面に匍いずり回る女の断末魔の姿を見おろした。

「よ、よくもあたしを騙したね」

「おめえがいてはおれの出世の妨げ、かわいそうだが成仏《じょうぶつ》してくれ」

お玉は地面に倒れたまま、ひいひいと呻《うめ》いている。

「あれほどおめえを好いた了善といっしょに極楽行きだから、おめえも寂しくはねえだろう。あの世に行って夫婦《みようと》になれ」

茂平次はそう言うと、どくどくと血が出ているお玉の身体から腰紐をずるずると解いた。彼は了善の死骸を抱きかかえると、それをお玉の横に寄せ、二人をいっしょに抱き合わせるようにして二人の腹を腰紐で括った、お玉は力を失っている。闇の中に、その生白い脚が奇妙に浮いていた。茂平次は二人を殺した脇差をぽんとそこに放《ほう》った。

「こうすれば、明日他人《ひと》に見られても、了善が女と無理心中をしたとしか思わぬ。相対死《あいたいじに》は御法度だ。明日非人の手で穴の中に二つの死骸が投げ込まれるのだ。……お玉。了善の奴、うす眼をあけて喜んでいるぜ」

茂平次は二個の死骸を尻目に、手に付いた血を落とすため川のほうへ降りていった。

駒込の里

太田道醇《どうじゅん》は月に一回柳営《りゅうえい》に登城する。

遠州掛川の城主、太田備後守資始《すけとも》は老中を辞め、隠居して以来、駒込《こまごめ》の下屋敷に引っ込んでいる。資始の致仕《ちし》は十二年六月。水野忠邦とは改革について意見が合わなかった。というよりも忠邦の独裁体制のために煙たがられて追い出されたのだ。

道醇はまだ四十六歳である。隠居となるといっさいの官位を辞退するので、柳営への登城は許されなくなるのが普通だったが、資始の道醇は、季節ごとのご機嫌伺いや、ときには面謁することも許された。世人は、これは宇和島の伊達伊予入道とこの人だけだと評判した。

隠居の身での登城といえば、誰しも、家斉の寵愛したお美代の方の養父中野播磨守を思い出す。播磨守は御小納戸《おこなんど》役にすぎなかったが、養女の美代を家斉が寵愛したばかりに、向島に引っ込んでも碩翁《せきおう》と称して再勤同様に勝手気儘に登城して家斉の側にすわった。その往来ぶりは今でも語り草になっている。碩翁は数寄を凝らした向島の居宅から舟を出させ、大川を下り、堀を遡《さかのぼ》って辰ノ口に着けさせたが、その舟は贅《ぜい》を凝らし、障子などはギヤマンを貼っていた。柳営では大御所の相談相手とみなされ、老中たちも彼を迎えるのにまるで将軍夫人の実父に接するような態度だった。

その碩翁とはまったく違い、道醇は質素なものだ。気取らないところはとんと茶道《さどう》の坊主としか思えない。もっとも、ご機嫌伺いとはいえ必ずしも将軍に会うことはない。御側御用取次まで、

「道醇、お上のご機嫌を伺いに参上仕《つかまつ》りました」

と言って取次ぎを頼み、さっさと帰っていく。

もと自分がいた御用部屋には一顧もしない。そこには水野忠邦がすわっているので、双方とも気まずくなる。大名の中には備後守の人柄を慕う者があって引き止められることがある。道醇は快くそこで話し込むが、話題にはいっさい政治のことを避けている。にこにこして世間話をしているところは、市井《しせい》の閑《ひま》な隠居と少しも変わりはなかった。

その道醇が今日も登城してきた。

例によって御側御用取次堀大和守のところまで出て、

「暑さの砌《みぎり》、お上はご健勝にわたらせられますか。道醇、慎しんでご機嫌を伺いに参ったと御前体《ごぜんてい》にご披露ください」

と述べた。大和守からは、さように申し上げます、お上にもご隠居にはことのほかお心を留めておられるから、お身体にお気をつけてください、と挨拶がある。

堀大和守は水野忠邦の親戚で、いわば将軍家慶と忠邦とのパイプとなっている。したがって、大和守に会っても道醇の挨拶は短い。今も、雁之間《かりのま》に退がって坊主の汲んだ茶を喫していると、

「ご隠居さまに申し上げます」

と、茶坊主が横に来てうずくまった。

「なんじゃな?」

「大奥の姉小路さまからのご伝言を申し上げます。姉小路さまにはご隠居さまがご登城の節は御広敷にてお目にかかりたいとのことでございます」

「ほほう、姉小路殿が」

道醇は茶碗を置いた。

はてな、というような眼つきだったが、

「よい。わたしはいつでも結構だと申し上げてくれ」

「それではさように申し上げましてご返事を承《うけたまわ》って参ります」

坊主が去ってから、道醇は残りの茶を啜《すす》った。

姉小路がなんの用事で会いたいのか、といった表情だ。彼が加判の列にいたときも、この大奥に絶対の権力を持っている年寄とは直接に話を交わしたことはなかった。ただ将軍家が御台所といっしょに何かの催しの上覧の際、そのお供として御台所の近くに侍《はべ》っている姉小路の顔を遥かに眺めるだけだった。不思議なという顔つきは、茶坊主が姉小路の返事を持って戻るまで解けなかった。

「姉小路さまに伝えましたところ、ただ今から御広敷にお出ましになるとのことにございます」

坊主が表から大奥に面会の連絡をするには手間がかかる。まず、目付、用人を通じて御広敷役人に連絡し、さらにそれが奥女中に伝えられて姉小路に行き、それに対する姉小路の言葉はふたたび同じ手続きで戻ってくるのである。

姉小路からの言葉をうけて道醇は膝を起こした。

彼は長い廊下を幾とおりも曲がってようやく大奥への入口に当たる御広敷に出た。御広敷番頭《ばんがしら》に迎えられて座敷に通り、ここで役人からしばらくお待ち下さいと言われた。長いこと待たされた。女の化粧は暇がかかる。じりじりとむし暑さが肌に汗となって湧いてくる。道醇はまだ姉小路の意図がわからない。扇子《せんす》を使っていると、衣擦《きぬず》れの音が聞こえた。

年寄姉小路が召使いを従えて現われた。道醇は座をすべる。こちらは隠居の身、相手は老中と同格の年寄である。

「備後守殿には……」

と言いかけて、姉小路は口もとに扇《おうぎ》の端を当てた。

「これはうっかりしておりました。ただ今は道醇殿、しばらくお目にかかりませなんだな」

と、すわってすぐに言った。気さくな口の利《き》き方である。

姉小路もやはり備後守の顔は上覧の席でたびたび見ているのだ。

「恐れ入りました。ご承知のように、てまえは退隠してからはとんとどなたさまにもご無沙汰を仕《つかまつ》っております」

道醇は頭を下げた。

「承っております。道醇殿には静かな場所で本を読んでおられるそうな。わたくしどもから見ると羨《うらや》ましい限りでございます」

姉小路はどこから聞いたのか、道醇が引退したときの詩をちゃんと知っている。

「四十余年一場ノ夢　冠《かんむり》ヲ掛ケ綬ヲ解キ幽居ニ臥ス　身ハ帰耕ノ客ニ似タリ　閑有レバ陶詩ヲ読ミ夕陽ニ対《むか》フ」というのだ。

「駒込のお屋敷はとてもお静かだそうでございますな」

姉小路は侍女の汲んだ茶碗を扇で囲って飲み、眼もとだけをこちらに笑わせている。

道醇は姉小路といえばずいぶん気むずかしい女だと思っていただけに、このこぼれるような愛嬌《あいきょう》にはいささか戸惑《とまど》った。いや、戸惑いといえば、姉小路がなんのために隠居の自分を呼びつけたか見当がつかない。まず、今の段階では世間話である。

「さして広くはございませぬが」

と、道醇は言った。

「庭はてまえ勝手の我流で造らせております。されば、茅屋《ぼうおく》で茶を点《た》てたり、へたな詩などを作って楽しんでいるだけでございます」

「お羨ましいことです」

と、姉小路はもう一度言った。

「わたくしもお暇を頂戴して、さような気楽な身分になりとうございます」

「なんの。姉小路さまはてまえなどと違い大奥の大黒柱、そのようなことを仰せられず、二十年でも三十年でも元気でご奉公くださらなくては」

「そうなったら、わたくしは乾凅《ひから》びた婆《ばば》になります」

と、姉小路はどこまでも笑顔がいい。

「それでなくとも、もうとんと年を取りました」

謙遜《けんそん》である。いま道醇の眼の前にある姉小路の顔は、男を知らないゆえか、まだ三十そこそこの若さだ。顔も透き通るように白く、皮膚は輝いている。上品な色気は匂うばかりだった。

「これはしたり。かように若くいらせられるのに何を申される」

と、道醇も少し気が楽になった。だが、心の中は未だに姉小路の用事がわからない。

「いかがでしょうな、道醇殿、その駒込のお屋敷は所望する方には誰にでもお見せなさいますか？」

　姉小路はまだ世間話をつづけている。

「はい。たかが知れた狭い庭で、他人《ひと》にお見せするのも恥ずかしいくらいですが、さりとてお断わりしてもったいぶったように取られても困ります」

「それを聞いて安心しました」

　と、姉小路はかたちのいい顎を引いた。

「わたくしの知合いの者が、ぜひ道醇殿のお屋敷を拝見したいと申しております。それでお許しを受けたいと、この間から茶道の者に道醇殿のご登城があれば報らせてくれるように頼んでおきました」

「ほう、それは」

　と言ったが、姉小路の用事というのは世間話が本筋になっている。いや、前置きだと思っていたのが本題だったのだ。

「これは姉小路さまにお心遣いをかけました。さようなことがあれば、どなたかお使いの者にご意向をお伝えくだされば、てまえよりその方にご案内申し上げましたものを……」

「いえいえ、道醇殿、これはわたしからぜひお願いせねばならぬことでございます」

姉小路はそこに一つの意味をこめたのだが、道醇にはそのときは理解できなかった。ただその言葉を普通の儀礼と取ったのである。

「して、てまえの荒れ庭などご覧になりたいと仰せられる奇特《きとく》な方はどちらさまで？」

「ほほほほ。それが、道醇殿、女子《おなご》じゃ」

姉小路はほほえんだ。

「なに女性《にょしょう》で？　では、大奥のどなたさまかでございますか？」

「お城の者ではございませぬ。わたくしの知合いが、実は紀伊さまの奥に勤めております」

「ほう、さようで」

「名前は山浦と申して、とても気のおけないひとでございます。道醇殿のご承諾を得たと聞かせば、どのように喜ぶかわかりますまい」

「これは、はや赤面の至りです」

と、道醇は面映《おもは》ゆい顔になった。とてものことに、そのような方にわざわざ見てもらう庭ではないと、謙遜ではなく力説したが、姉小路は承知しなかった。もう決めたことにして、そちらの都合はいつがよいかと訊くのである。

「さよう、てまえはご承知のような隠居の身、いつも閑を持て余しております。ご先方のご都合のよいときにお越しくださるようお待ち申しております」

「かたじけのうございます」

と、姉小路は心持ち上体を前に傾けた。

「道醇殿、その者はわたくしとひどく懇意にしております。気性も合っておりますゆえ、よく話を聞いてやってくださりませ」

「はい」

と、言ったが、道醇はまた妙な気分になった。わざわざ、なぜ、そんなことを言うのであろうか。このときも道醇は、その紀州家の奥女中の話というのを単純な挨拶程度だと考えていたから、姉小路が少々念を入れすぎた言い方をするくらいに思っていた。

三日ほど経ったある暑い日の午後、駒込の道醇の下屋敷の門前に女乗物が到着した。知らせを聞いて道醇が玄関先に出迎えに行くと、客は女ひとりである。姉小路から聞いた紀州家の奥女中山浦であった。付添の女中のほかには誰も付いて来ていない。山浦は年のころ二十七、八で、やや太り肉《じし》に見えた。

道醇は、とにかく山浦を客間に通した。道醇は、庭を見せてやってくれという姉小路の言葉だったので、山浦のほかにもう一人くらいは同伴者があると思いこんでいたから、少し意外だった。

座敷にすわった山浦は開け放った縁先を眺めて、たいそう閑静なお住居だとか、風が涼しいとか言って賞めた。姉小路からみるとずっと気さくなのは、やはり大奥と違うからである。

「わざわざご覧に入れるほどの庭ではござらぬ」

道醇は笑いながら、とにかく縁先から庭下駄をはいて山浦を案内した。付添の女中は座敷に残っている。

楢《なら》、欅《けやき》、松、杉の茂っている木立の中に道醇は山浦と二人きりだった。暑い陽射《ひざ》しは蟬《せみ》の啼く木の間からわずかに洩れる程度だった。遠い所に水の音がしていた。夏草は小山の腰まで蔽っていたが、小径に落葉がうすく散っていた。

道醇は山浦から一間ほど離れていたが、彼女はともするとその間隔を縮めそうにする。

「荒れ放題の庭でな」

と、道醇は少し、こそばゆい気分になりながら庭の景色を説明した。

「ほんに自然な嫌味のないお庭でございますすな。まるで深山《みやま》の中に身を置いているようでございます」

場所はもとより高台になっている。近所は植木屋が多いので有名である。風が涼しいのは当然だった。

「道醇さま」

と、巨《おお》きな欅の下にきたとき山浦が呼びかけた。

「このたび上知のおふれが出ましたが、あれは水野越前守さまがお決めあそばしたそうでございますすな」

道醇は太い樹の根のところで立ち停まった。彼は、はっとしたが、

「てまえは隠居の身、とんとご政道のことには疎《うと》うなり申した」

と、さりげなく答えた。

「ほんにお楽なご身分になられましたな。でも、その一件はお耳にはいっておりましょう」

山浦はまた言った。こう追及されると道醇も知らないとは答えられなかった。

「噂には聞いておる。さりながら、詳しいことはわからぬでな」

道醇は、その上知に紀州家の所領がひっかかっているのを思い出し、山浦の訪問が単なる庭見物でないことをこのときに気づいた。

「ご隠居さまは、そのことをどのようにお考えあそばしますか?」

径《みち》が泉水の傍にきた。道醇は小橋を渡るまでに返事をしなかった。与える言葉を考えていたのである。

「されば」

と、彼は言葉少なに言った。

「われらにはよくわからぬが、なにぶん御老中部屋の取り決めたことだし、上意もくだったことゆえ、別段の意見もござらぬ」

山浦の訪問の目的には何かがある。それは上知に関係した紀州家の意思だ。漠然《ばくぜん》とだが、紀州家が上知に賛成でないことを予感した。

「ぜひ道醇さまのお耳に入れとうございます」

池をめぐって、径はふたたび暗い木の間になっていた。

「紀州家の太守さまは、摂津、和泉、紀伊に亙《わた》る所領を取り上げられるのを不快に思《おぼ》し召しておられます」

大胆な言葉だった。少なくとも道醇には耳の傍で夏の雷が鳴ったような思いだった。胸に重く来たのは、山浦を紹介したのが大奥の実力者年寄姉小路だったことである。

「大納言さまが？」

と、道醇は言ったが、あとの言葉が出なかった。

「さようでございます。大納言さまだけではございませぬ。紀州家は挙げて替地《かえち》を賜《たまわ》るのに反対でございます」

道醇は樹の根にちょっと躓いた。

親藩の、しかも御三家の一つが幕府の決定に反対だというのである。これまでの長い歴史で、将軍が裁可した幕府の決定に反対の意思を表示した藩はない。もし、そんな行為があれば、謀反の烙印《らくいん》を捺《お》されかねない。

「はて、それはまた……」

と言ったが、道醇はあとの声が出なかった。

紀州家には一つの気質がある。その祖頼宣《よりのぶ》は家康の第十子で、南海の竜といわれ、家光が病気のころしきりと全国の牢人者を抱えていた。そのため、紀州殿謀反の声が高く、幕府を緊張させたものだった。由井正雪の乱には頼宣のあと押しがあったという浮説が流れたくらいだ。

どこの大名も先祖代々から領有した土地に執着をもっている。いかに親藩とはいえ幕府の行政の犠牲になることはないと紀州家は考えているらしい。それも家慶自身の意思から出たのではなく、すべては水野忠邦の発案と紀州家では考えているようである。

道醇ももとより忠邦によって台閣を追われた一人だ。忠邦には未だに不快をもっている。だが、彼はここで軽々しく自分の意見を山浦に吐露できなかった。姉小路のあと押しがあるとは察したが、いま少し情勢を見きわめなければならない。

しかし、道醇は明るい顔になった。それは茂った木の間を抜けて陽を顔に受けたからばかりではない。彼の眼には、家慶の信任を受けて梃子《てこ》でも動かなかった忠邦の地位がはっきり揺らいできていると見えたからである。隠居はしたが、四十六歳の道醇はまだ政権の担当に未練があった。

「山浦殿」

と、道醇は自分から言った。

「そのことでちと話し合いをいたそう」

と、庭の亭《あずまや》の中に紀州家の奥女中を引き入れた。


紀州家の奥女中山浦が太田道醇の下屋敷に遊びにきてから三、四日のちである。

山浦が紀州家に戻って道醇の打診をどのように報告したかはわからない。わかっているのは赤坂《あかさか》の紀州屋敷の奥で重臣が連日ひそかな談合を開いたことだ。その結果は、紀州家の江戸屋敷家老三浦長門守将監が道醇の駒込の屋敷に庭を拝見にいくという現象になって現われた。

道醇は隠居の身だから、三浦将監も気軽に立ち寄るという形式をとった。近くに用事があって、そのついでに訪問し、お庭を拝見したいという事前の申し込みだ。それに対し、道醇から、さらば茶など差し上げたいという返事があった。

実際、三浦将監はわずかな供回りで、その日、道醇の屋敷にはいり、主人の案内で庭をひとめぐりした。

母屋とは離れた庭の亭に二人だけで向かい合ったのも、この前山浦がきたときと同じである。

女中が茶を捧げてきた以外には誰も近づけなかった。

将監は三十五、六歳、小兵《こひょう》だが、色の黒い、眼の大きな男だった。

時間をかけて話は進み、両方で熱心に意見を述べ合った。

将監が言うのは、要するに、今度の上知問題で紀州家としては所領を奪われるのに藩を挙げて不本意である。また藩公の意思も強固である。紀州家では先祖南竜《なんりゅう》公《こう》以来所領した土地を未だかつて手放したことはない。もし、既定方針で無理に上知を強要されたら、不測の事態が起こらぬとも保証できぬ。

この言い方は、槍、鉄砲を持って挨拶することがあるかもしれぬ、とほのめかしたのと同様の強さで道醇をおどろかせた。

紀州家の立場には、大奥の姉小路も同情されている。しかしながら、紀州家としては何も公儀と事を構えるつもりは毛頭ない。穏便におさまるなら、国家のためそれ以上の幸いはない。ついては、なんとか上知の方針を隠居の力で変えてもらえないだろうか。

これが藩の意思を代表してきた三浦将監の申し入れだった。

太田道醇はそれに答えた。

水野忠邦の方針についてはとかく自分も存じ寄りがあるが、知ってのとおりわれらは隠居の身、ご政道に嘴《くちばし》を入れるわけには参らなかった。だが、今回の上知については、それに該当《がいとう》する諸藩にも同じ不平があることと思う。もし、紀州家において猛烈な反対が起これば、諸藩もこれに倣《なら》って追随することは火を見るよりも明らかである。そうなれば、いま日本沿岸の事情が切迫しているとき由々しきことにもなろう。

といって自分は貴藩の強硬な態度を宥《なだ》めようとは思わない。上知の不当なことはよく知っているからである。隠居の身であるが、もし、自分に役立つことがあれば、不幸な事態を起こさぬ前に、この難局を収拾《しゅうしゅう》するため下働きを務めてもよろしい。——

上知の一件はすでに閣議の決定もみているし、将軍家慶の決裁もおりている。幕府の方針は決定済みなのだ。これを覆《くつがえ》そうというのだからなまなかなことではなかった。

紀州家は領地を削られるのは嫌だ。だが、実力抗争も好むところではない。これについて隠居に策があれば教えてもらいたいというのが本音だった。

紀州家がなぜ太田道醇に目を着けたかというに、備後守として老中在職中、道醇はかなりな発言力を持っていた。忠邦よりは先輩でもある。しかも彼の退隠は忠邦に対する反対から出ている。隠居はしているが、反忠邦派の隠然たる大物である。

それが一つ。

次には、このようなことは現職を持っている者にはとかく相談ができない。相談を受けた相手も困ることだし、自由な動きができない。隠居だと、その点はほかに比べてわりあい勝手な行動ができる。

さらには道醇がかなりな策士であることだ。あるいは、この点が紀州家に目を着けられた第一の点かもしれない。

「越州も」

と、道醇は初めて水野越前の批判を紀州家の家老にした。

「例の印旛沼ではだいぶん手古摺《てこず》っている。聞くところによると、工事は捗らず費用ばかり食っているそうな。何せ、あそこは享保、天明にもしくじった曰《いわ》くつきの難場じゃ」

隠居は言外に忠邦の失敗を予想していた。

「何せ、このたびの改革は、かの越州から出たこと。趣旨はもっともなところもあるが、あまりに実行が急で、庶民の間にもしだいに怨嗟《えんさ》の声があがっている。だが、あの男のことじゃ。改革の例を見ても、上知のことは無理押しをしてでも強行するにちがいない」

「さ、そこでございます。ご隠居さまに何かお知恵でも?」

将監は膝を進めた。

「されば、これは老中部屋を語らうほかはあるまい」

隠居はぽつりと言った。

「老中部屋を……お言葉でございますが、上知の発令には御老中方、挙げて判を捺されました」

「さ、そこだ。老中が承認したのは越州の強引さに押し切られたのだ。わしは必ずしもそれが老中全部の気持ちではないと思っている。もし、紀州家で堅い決意が動かぬなら、わしは土井大炊頭殿に話してもよい」

「大炊頭さまに?」

と、紀州家の家老は眼を瞠《みは》った。

「大炊頭さまも水野さまにご賛成になったと聞いております。それが今さらご意見を変えていただけるでしょうか?」

「大炊頭殿はおとなしいお方じゃ。それで、内心は反対でも越州のあの強い気性にやむなく賛同されたのだと思う。ほかには堀田にしても真田にしても越州には頭の上がらぬ者ばかりだからな。大炊頭殿は己れ一人だけでもという気概で反対を唱えられる仁ではない」

「そのお方が越前殿に今さら楯突くことができましょうか？　大炊頭さま自身も決裁の判を書き入れられていることでもございます」

三浦将監は危ぶむように隠居の顔を見上げた。

「将監、これは当たって砕《くだ》けることじゃ。事に当たらぬ前にいろいろとこちらで臆測しているだけでは、何もせぬと同じことじゃ。要は当たってみることだな」

「はあ」

「土井殿の下屋敷は、この屋敷とつい眼と鼻の間にある。わしは今のところ世捨人《よすてびと》じゃ。こちらから土井殿に伺いを立てて、半日茶を所望に参るとしよう」

「……はい」

「将監、忠邦に向かうにはな、まず大炊頭殿をこちらの虜《とりこ》にすることじゃ。そのうえでぐるりを固めていく。さすれば紀州家の言い分も通るかもしれぬ。わしはそう考えている」

将監に言い聞かせたとき、道醇自身にも忠邦に対する反対勢力の結集が陽炎《かげろう》のように見えていた。

「これは大役だな、将監」

彼は微笑を泛《うか》べて言った。


道醇は、土井大炊頭利位《としつら》を水野から寝返りさせるには、次のような事情によって、まず七分通りは見込みがあるという見当をつけた。

今度忠邦が言い出した上方《かみがた》の上知一件には土井家自身が大きな犠牲を強いられているのである。土井は摂津、河内、和泉の三国に亙って、三万石の飛地《とびち》領分を持っていたが、それと引替えに野州古河《こが》に三万石を与えられた。

だが、道醇の眼から見ると、野州の三万石は摂河泉の三万石よりもずっと実収が少ない。土井家は減収になるわけだ。それをあえて承諾したのは利位が忠邦の権勢に心ならずも屈服したからである。

だいたい、忠邦の考えとしては、この封地転換はなるべく上からの命令ではなく、国家非常の秋《とき》を憂えて各大名が積極的に下から願い上げるという体裁をとった。

そこで、発令には若年寄や側衆でさえも願い出て、将軍がこれを許容したという文句になっている。つまり、将軍が強制したのではなく、臣下から多年の恩恵に報いるため強いて願い出て将軍家の許しを乞うたという体裁だ。将軍家はあくまでも仁慈の象徴にしておくと同時に、幕府の威令を示させたのである。

「上知を願い出た者は五百石以下の者は知行として蔵米と引替えにする。もっとも、多数の家来を抱えている者はこれまでの賄《まかない》などを知行所に申し付けているであろうから、このたびの趣旨のとおりにしては当面迷惑する者もあると思うので、とくに高百石について、金十七両ずつを下されるという格別の思し召しがある」

というような細かい付則まであって、小禄の者にも心を遣《つか》っている。

だが、この替地のことでは幕府自体一文の損もしないで済むのである。損をするのは、実収の多い領地を奪われ、表高だけの数字を合わせて内実は収入の低い替地を貰う大名や旗本たちだった。ことに土井の場合は、紀州家を除くと最も大きな被害者となっている。

しかるに忠邦自身は率先してこの替地のことを実行している。すなわち、下総に百二十石の所領のあるのを返上したのである。

もともと、忠邦は老中になりたい一心から、裏高の多い唐津から浜松に移ったくらいで、とかく自分のためには藩政の犠牲も辞さない性格を持っていた。今度も己れの政策を遂行するために進んで上知を申し出たのだ。

だが、土井の三万石と忠邦のわずか百二十石とでは問題にもならない。それをあえて土井が忠邦の政策に同意したのは、ひとえに彼の気魄《きはく》に圧《お》されたからだ。このことは上知には関係のない他の閣僚や若年寄を問題なく忠邦に追随させる結果にもなった。

土井大炊頭は決して軽い門地ではない。先祖利勝《としかつ》以来、徳川家の柱石ともなるべき家柄だ。門地、家格とも重いうえに、利位自身もほかからは軽く見られていない。むしろ、その重厚な性格が、一方の極に忠邦を置いて、彼に反対する人たちに利位は大事がられている。

ただ困ったことに、今度の上知で忠邦に押し切られたように、多少ぐずつく性質がある。寡黙《かもく》で、めったに自分の意見を言わないのがとかく弱さを感じさせている。

だが、ほかに土井利位を措《お》いて水野に拮抗《きっこう》する老中はいない。この男の腰の重さを道醇は梃子《てこ》入れして動かそうというのである。

それには彼に紀州家の反対意思をはっきりと伝え、さらには忠邦に大奥の反撥が濃厚になっていると告げることである。道醇はそう考えている。

道醇も、もし、姉小路の後押しを知らなかったら、こうまで働く気持ちは起こらなかったにちがいない。姉小路は大奥そのものだ。これが今や忠邦を敵に回そうとしている。これは強い。これまで大奥に反感を持たれて無事に生き延びられた執政家はなかったのだ。

――正面からは紀州家が水野政策に反対し、背後からは大奥が忠邦の足下を掘っている。

まだまだ隠居するつもりはなく、むしろ将来に鬱勃《うつぼつ》たる野心を持っている道醇が五体の内に力が溢れるのを感じたのも無理はなかった。

道醇が紀州家の家老三浦将監に言ったように、彼の隠居所と土井大炊頭の下屋敷とはすぐ近所だと言ってもよい。もっとも、土井の下屋敷は広大なもので、岩槻《いわつき》街道と中仙《なかせん》道《どう》との岐れ路、追分《おいわけ》の角から両街道を扇のようにひろげた二万坪の土地を占めている。

道醇は土井家の公用人に、利位殿が下屋敷にこられた際に茶をいただきに参上したいと申し入れた。もともと、道醇が老中に在職中、利位とは同僚の関係にある。

それに道醇は申し添えた。

「御用繁多の折りから、とてものことに下屋敷においでになることは少ないと思うが、お茶の際、少々世間話がいたしたい。ついては、なるべく早くお目にかからせていただきたい」

と、暗に用件の重要なことをほのめかした。

それに対して土井家の公用人からは、さような思し召しなら、二、三日ちゅうに都合をつけて下屋敷に参るでござろう、その節、とくとご隠居さまと茶飲み話をいたしたい、と返事があった。——それが今日である。


利位は道醇を茶室に通した。

夕刻に近いせいか、ひんやりとした空気が動いてきている。いつの間にか秋の気配が茶室のすぐ外にある萩《はぎ》の青い葉に忍んできている。石の上にとんぼが止まっていた。思いなしか、その翅《はね》も疲れたようにみえる。

道醇が利位に上知のことで紀州家に反対意見があると述べたのは、一服を喫したあとだった。

「紀州家に？」

と、利位は肥《こ》えた顔におどろきを見せた。炉の前に端然とすわっていたが、一瞬、かたちが揺れたくらいだ。

「初耳です」

と、利位は言った。

「どこからさような噂をお聞きになりましたか？」

「噂ではありませぬ。この隠居がじかに紀州家の意向を耳にしました」

道醇は、それから、紀州家の家老三浦将監が訪ねてきたこと、それには同家の奥女中山浦という女が前もって瀬踏みにきたことなども話した。

「容易ならぬことです」

と、隠居は説明した。

「こともあろうに紀州家が、すでに発令になったものに服従しないとなると、公儀に親藩が正面から矢を放ったことになります。おそらく、このたびの替地で困惑している他藩も紀州殿がと思えば、これに追随するに相違ござらぬ」

その最も損失の多いのはご当家ではないかと、道醇は釜《かま》の前に大きな身体を据えている利位をみつめた。

「てまえが思うに」

と、道醇は相手の返事を聞かないでつづけた。

「これはお上に対して服従心がないからではなく、水野越前に対する反感が大きな原因だと思います。ご承知のように、彼の申す改革断行以来、越前はひどく評判を落としている。江戸市中からは商品がうすくなり、物価は高騰《こうとう》し、しかも、鳥居甲斐守の苛酷《かこく》な取り締まりで町には密偵がうようよしております。ために人心は動揺し、百姓、町人、一日として安んじて暮らしを立てている者はおりませぬ。のみならず……」

と、道醇は思わず声が大きくなった。

「越州が己れの手柄にしたいためにはじめた印旛沼の開鑿《かいさく》工事はとんと捗らず、いたずらに時日と莫大な金を食うだけで、どうやら失敗に終わりそうです。越州への怨嗟《えんさ》の声は巷に溢れている。ただ、それが表立って聞こえぬのは、町奉行鳥居甲斐守の取り締まりが苛察に過ぎるからです。うかつにものを言えば、すぐに偵吏のために牢にぶち込まれる。庶民はただ声を呑んで、この先いかなる世の中になるか戦々兢々《せんせんきょうきょう》としております」

利位がすわったまま瞑目《めいもく》した。施政の責任は加判の列に連なる自分にもあるという自覚が、自然と利位の頭《こうべ》をうなだれさせたようだった。

「図に乗った越州は、国防に名を借りて江戸、大坂十里四方の上知を唱えはじめました。これはひっきょう、越州が己れの権力を諸大名の上に見せようというのです。ここまで彼を増長させたのは、今まで誰も反対する者がなかったからです。おそらく越州は、このたびの上知も己れの意のままになると信じたにちがいありません。つまりは越州の権力がますます固まるかどうかの試しでもありましょう。かかるときに紀州家から反対の声が出たのは、これすなわちもの言えぬ庶民に代わっての天の声だと存じます」

利位は紀州家の意思を知ってよほど衝撃を受けたらしい。返事が咽喉《のど》から出ないでいる。

「そればかりではありませぬ。大炊頭殿、紀州家反対の一方には、どうやら大奥と気脈を通じているように存じます」

「なに、大奥と？」

利位ははっきり驚愕をみせた。動かずにすわっていたものが、急に隠居のほうへ膝を向けたのである。

「されば」

と、道醇は眼をむいている利位に視線を当てたまま小ゆるぎもしなかった。

「はっきりと申し上げる。実はてまえに紀州家の意向が伝わったのも、年寄姉小路殿から手引きがあったからです」

「姉小路が……」

利位は茫然《ぼうぜん》とした。

「さよう。大奥も越前にはこぞって不快を持っておるようです。紀州家でも、この大奥の恃《たの》みがあるからこそ上知に反対の意見が強まったのだと思います。それでなくてはいかに紀州家でも単独で思い切ったことは申せますまい。それでは紀州家が孤立するのみならず、公儀に謀反とも取られますからな。紀州家の祖南竜公がかつて、その疑いを受けたことがあります。今回は、大奥の助勢さえあれば、伝統があるだけに紀州家の腰も強い。いや、もう容易ならぬ覚悟もみえております」

「…………」

利位は意見を吐かない。庭石に止まったとんぼが翅を上げて弱々しげに飛び去った。

「利位殿、わたしはこの際あなたに腰を上げてもらおうと存じ、それをすすめに参った」

そのことがあってから、駒込の太田道醇の屋敷に小普請奉行、川路左衛門尉聖謨《としあきら》の駕籠が着いた。

その日、川路は道醇に呼ばれたのである。しばらくお会いしていないのでお閑なら碁など囲みたい、というのが前日にきた道醇の使者の口上だった。川路は道醇が老中在勤のときは佐渡の金山奉行に任命されている。川路が任を解かれ、現在の小普請奉行となって江戸に戻ったときは、すでに太田備後守は老中部屋から去っていたのだ。

川路としては、太田備後守とはさしたる昵懇《じっこん》の間柄ではない。ただ、川路はいつか道醇が老中時代に他の者にこういうことを語ったと人づてに聞いたことがある。

「今の幕吏で、これはと思う人物は左衛門尉を措いてほかにない。あの男はいずれ幕府を背負って立つ人物になろう」

爾来《じらい》、川路は道醇に一種の敬愛の念を持っていた。ふだんの交わりもないのに、他に向かって賞めてくれるのは、まず私心がないとみてよい。川路は自分を買ってくれたこの老中に一度挨拶したいと思っていたが、ついにこれまでその折りがなかったのである。

いま、道醇が駒込の幽居《ゆうきょ》に川路を碁に誘ったのは、川路にはまたとない機会だったが、先方が呼んだのは、もちろん隠居の茶飲み話の相手ではあるまい。何かあるのだ。だが、左衛門尉は道醇に会うまで、その用件に見当がつかなかった。

道醇は玄関に左衛門尉を迎えて風のよくはいる座敷に招じ入れた。

一瞥《いちべつ》以来といいいたいが、二人の間にはほとんど交遊がなかったから、顔を知っているというだけで、このときも、ほとんど初対面の挨拶にひとしかった。隠居は顔の色艶もいいいし、機嫌もなかなかだった。忙しいのにわざわざ呼んで申し訳ないと言い、こうしてお役を辞して閑になると、とかく人が恋しくなるものだと語った。

つねから貴公とは今少し昵懇にしていろいろなことを話してもらいたいと思っていた。自分はこういう田舎住まいで時折り陶淵明《とうえんめい》の詩などを披《ひら》いたりしているが、どうもこのような生活では年をよけいに取っていくような気がする。まだまだこれで娑婆気《しゃばけ》は相当なものだ、と自分で笑った。

左衛門尉にはまだ用件がなんのことかわからぬ。それがはっきりと言い出されたのは、招待の理由になっている囲碁を一局済ませてからだった。隠居は石を碁笥《ごけ》に落しながら、

「ときに」

と言い出したのである。

それが今度の上知一件に対する紀州家の反対の情報だった。

左衛門尉には初めて耳にすることだし、道醇が次々に口にのぼせる話が思ってもみなかった内容ばかりなのである。

これには大奥の後押しがある、と道醇ははっきり言い切った。さらには土井大炊頭殿もはっきりと上知一件に反対の態度を打ち出すという。

「大炊頭殿が反対なさるなら、これは上知にひっかかる諸大名はおろか、老中部屋の中にも大炊頭殿につく者が出てこよう」

と、道醇はにこにこして言うのである。

「かような話をおてまえにするのは、ちとご迷惑かもしれぬ。いや、迷惑は承知のうえでお呼びした」

と、道醇は左衛門尉の顔を見て熱心に言った。

「さりながら、いま天下の様子を見ると、水野越前の施政は必ずしも邦家のために益するとは思われぬ。ご存じのとおり、越前はあまりにその周囲に佞吏《ねいり》ばかりを集めている。その巨頭は言うまでもなく鳥居甲斐守じゃ。さらに渋川六蔵などといったところも小賢《こざか》しげなことを申して越前を誤らせている。また後藤三右衛門という奸商《かんしょう》も越前に取り入り、かつは甲斐守と気脈を通じて己れの腹を太らせるためいろいろと画策している。後藤は甲斐守のみならず越前とも裏で取引きをしている。ご存じあるまいが……」

と、ここで道醇は、かつて忠邦が庄内藩の酒井左衛門尉から所替《ところがえ》の一件について二千両の献金を受けたことがあると話した。

「その節、わたしがその事実を知っているとわかったものだから、越前もあわてて庄内にその金を返済した。だが、もともと裕福でない越前が、いったん貰った金をすぐに返せる余裕のあるはずはない。これは、わたしの推察だが、越前はその返金を後藤から融《ゆう》通《ずう》してもらったと思っている」

人を遠ざけた部屋で道醇はひと息つき、茶碗を掌《て》の上に載せた。

隠居はつづいて言う。――この事実を見ても越前と後藤の腐った関係はわかろうというもの。さらには改革の行過ぎで市民の疲弊、苛酷な検察による市民の怨嗟、また印旛沼の開鑿工事の失敗は、幕府の財政をますます窮乏に陥れている。さらに上知のことを許せば、図に乗った越前がどこまでひとりで突っ走るかわからない。――

「左衛門尉殿、貴殿は学問も修められ、また先の見通しも利く方じゃ。それだけの明もある。いや、それはこの道醇が以前より承知している。このたび、わたしは隠居に不似合いなことをあえて企《たくら》んだ。それはこの国家の危急を座視するに忍びないからだ。簡単に言うと、越前を倒したいのだ。いま、権勢絶頂の越前を倒すためには、わたしは隠居ながら、この身体を粉にしてもよいと思っている」

道醇はつづける。

「わたしが急にこのようなことを言ったので、さぞかし貴殿も当惑されていることと思う。わたしはあんたが味方になることをいま急に欲してはおらぬ。ただ、わたしの考えが間違っていなかったら、迷惑にならない程度で、少々の便利を図ってもらいたいのじゃ」

左衛門尉には、この隠居がなんの目的で自分を誘ったか、はじめてわかった。

青山の飯田主水正《いいだもんどのしょう》の屋敷に不意に川路左衛門尉が訪れてきたのが、その翌日である。ちょうど、主水正は昼寝をしていたが、小菊に起こされて、そのことを知らされた。

「川路殿が？」

と、主水正はむっくりと起きて、

「そりゃ珍しい」

と言ったものである。

川路といえば、以前主水正を勘定吟味役格になるよう勧めにきたが、それ以来会っていない。小普請奉行として先方も忙しいことだし、とくに向こうが来て話さなければならない用件にも心当たりがなかった。主水正は客間に通すように小菊に言い、井戸端に顔を洗いに行った。

衣服を着更え、座敷に通ると、庭に面した縁近くに左衛門尉のすわっている姿があった。川路左衛門尉は洒落《しやれ》た絹物の衣服を着けている。腰のものも飾りの付いたものだ。

「しばらく」

と、両方で会釈《えしやく》を交わした。

「昼寝だったそうで……」

左衛門尉が笑っている。

「いや、このところとんと暑さに当てられましてな。日ごろから身体を怠けさせている罰で、暑さにも弱いようで」

と、主水正は左衛門尉の近ごろの時世では華美に見える服装に眼をとめて、ほほえんだ。

川路は相変わらずだなと思った。改革令が出て以来、どの武士もことさらに衣服を質素にしている。公儀に出仕している者は水野越前守を憚《はばか》ってか、わざわざ木綿の帷子《かたびら》を着用している始末だ。左衛門尉によれば、これが気に食わぬというのである。彼は時流に阿《おもね》り、上司の鼻息を窺ったりする輩《やから》を軽蔑している。こういう手合いは、時世が変わればまた逆の好みにすぐ移るにちがいない。すべては上の顔色を見た挙句である。左衛門尉は、自分はわざとこういう派手な服装をしていると話したことがある。もともと贅沢《ぜいたく》は嫌いな人だったから皮肉なやり方だった。それでべつに上から咎められないのは、やはり川路左衛門尉の人柄といえる。この人物には上司もかなり遠慮しているのだ。

小菊が冷たい酒を運んできた。

「何もございませぬ」

小菊が手をついた。主水正が、ここはかまわないでいいと言うと、小菊は酒器を置いただけで退った。

左衛門尉は以前、やはりこの屋敷で、小菊を見ている。柳橋の芸者だということも知っているので、彼は、相変わらずだな、という顔で微笑した。

　まず主水正から、

「先日、大竹伊兵衛殿に会いましてな」

　と言った。

「ちょうど、印旛沼に出立される前日でしたが、使いを戴《いただ》いたのでお屋敷に参った。向こうの工事もかなり手古摺っている様子だそうですが、今度現地を検分して、そのうえでわたしに何か仕事を与えるということでした」

「それは結構だな」

　左衛門尉が杯《さかずき》を口に当てて言った。

「あまり結構でもありませぬ」

　と、主水正は笑った。

「あなたから煽《おだ》てられて、つい柄にもないことを引き受けましたが、幸い大竹殿が工事査察に関してはいっさいのことをなさっているので、こちらとしてはやれやれと思っているところです。じっさい、この怠け者に何ができるかと自分で後悔をしていたところでしたが、大竹殿からそう言われて、内心鬱陶《うっとう》しい気持ちで帰ってきたわけです」

「まあ、そう言わずに、いざというときには力になってやってくれ。印旛沼普請工事もいっこうに捗《はかど》らず、それこそ莫大な金を溝《どぶ》に突っ込んでいるようなありさまじゃ。それに今度はまた、これまで決めた金だけでは足りず、越前殿はさらに相当な金を注ぎ込むつもりらしいな」

「ほほう、よくそんな金が公儀にありますな?」

「とても、とても」

と、左衛門尉は首を振った。

「もう、これ以上は逆さにしても鼻血も出ない状態だろう。勘定奉行の梶野土佐は越前殿の言いなりじゃ。そこで、越前殿は鳥居甲斐と相談のうえ、例の後藤三右衛門から金を引き出す肚のようだが」

「後藤から?」

「うむ。すでに前回、工事の着手前に二万両の御用金を後藤に申し付けて撥《は》ねつけられているが、今度はせっぱつまった事情ゆえ、後藤も世話になった越前殿や甲斐のためにけっきょくは承諾するかもしれぬ。しかし、あの男も商売人じゃ、これを機会《しお》に自分の考えを越前殿に押しつけるだろうな」

「お吹替《ふきかえ》のことですか？」

「そう考えてよい。吹替は後藤に莫大な利益となるからの。あんがい、後藤は越前殿からその話がまた持ちかけられるのを待っていたかもしれぬ」

「印旛沼は予想以上の難儀のようですな」

「現地に代官となって行っているのが篠田藤四郎じゃ。これはわたしの想像だが、工事費が嵩むのも、篠田がわざとそう仕向けているかもしれぬでな」

「篠田氏ならご想像のようなこともあるかもしれませぬ。なんにいたせ、以前にあの辺の試し掘りをした大竹伊兵衛殿が帰れば、検分の事情もわかりましょう」

主客が杯を往復させての話だった。

「大竹殿があんたに恃《たの》むのは、そのことの善後策かもわからぬ。老人、頑固一徹だが、あれでなかなか細かいところに気のつく御仁でな」

と、川路は笑った。

「さて」

と、それから川路が切り出した主題というのが主水正にとって意外な話なのである。

「近いうちに、この屋敷をある寄合いのために貸してもらえぬかな？」

「この荒れ屋敷を？」

と、主水正はおどろいて、わが家の荒廃を見渡した。

「それはまたいかなるご趣向で？」

「説明せぬとわかるまい」

川路左衛門尉は、この人には珍しくあたりを見回す眼になった。

「主水正殿、あんたは太田道醇という年寄りをご存じか？」

「もとより、お名前だけはよく存じ上げております。さきの老中、遠州掛川の藩主でいらせられますな」

「あの仁をどう思う？」

「どう思うかと言われても、てまえはじかにお目にかかったこともなし、よくは存じ上げませせぬ」

「いや、わたしが訊くのはそうではない。太田道醇、人物としておもしろいかどうかということだ」

主水正は考えるように眼を落としたが、またその大きな瞳《ひとみ》を川路の面《おもて》に返した。

「なかなかの政治家と存じます。事情があったとはいえ、あの仁がよく御用部屋から退隠なされたと思うくらいです」

「さあ、それだ」

と、川路が微笑した。

「あの隠居、婆婆気十分じゃ。今日こうしてあんたの屋敷を席借りしたいというのも、もともと、それは隠居の考えから出たことでな」

「では、道醇さまが？」

と、主水正は呆れた顔になった。

「事の次第を申さねばならぬ、と開き直るほどでもないが、実は水野越前殿に対して紀州家から、上知の一件は承服できかねるという意思があった。これは知ってのとおり、すでに発令になったことだが、紀州家の反対はそれを押し切ろうというのだ」

「おもしろくなりましたな」

という言葉が主水正の返事だった。

「そこで、にわかに太田道醇さまが駒込の隠居所から動きはじめられたわけですな」

「それだけでは道醇殿も動くまい。主水正、紀州家がそこまで思い切ったことを言う裏には、大奥からの後押しがあるのじゃ」

「なに、大奥からの？」

主水正はこれも意外ととった。川路の痩せた顔を大きな眼でしばらくみつめたままだった。

「たしかなことだ。隠居自身がわたしを駒込に呼びつけてそう言ったのだから間違いはない」

「それはえらいところに雲がひろがって参りましたな」

夕立ではない。

「事と次第によっては水野越前殿は暴風雨のなかに立つことになる」

「紀州家の上知反対のうしろには大奥が控え、その陰に道醇隠居が立っておられる。はて、そうなると、川路殿、これには、もう一枚大きな役者が加わっておりますな？」

主水正が言った。

「さすがじゃ。察しのとおり大物がいるぞ。当ててみい。わかるか？」

左衛門尉に言われて、主水正はしばらく俯向いていたが、

「将軍さまの出された公布をひっくり返そうというのだから、これは紀州家と大奥だけ

の動きではございませぬ。紀州家はご親藩とはいえ、執政の座に発言の場はございませぬ。徳川宗家と御三家とはご親戚とはいえ君臣の間にひとしい。それをあえて下から反対を唱えられたとすれば、これは、やはり政権の座に就いている者がお味方していると考えねばなりますまい。川路殿、御老中部屋にも紀州家の手が伸びておりますな？」

「主水正、そのとおりだ」

「それが駒込の隠居のお仕事でございましたか？」

「隠居の盆栽《ぼんさい》いじりにしてはちと灰汁《あく》が強すぎるがの。何を隠そう、老中土井大炊頭殿が越前の敵に回ろうというのだ」

「土井さまが？」

と、主水正はいよいよ呆れ顔になった。あの人が、と信じられない面持ちである。

「これは大物だ」

と話している川路が、顔に興奮の色を見せていた。

「駒込の隠居の手仕事は早かったようだ。土井老中だけではない。道醇隠居はほかのほうにも紀州殿のお味方をつくりはじめたぞ」

「さような大事をてまえなどにお洩らしになってもよろしいのですか？」

主水正が訊いた。

「あんたに洩らさないではこの梁山泊《りょうざんぱく》が借りられぬでな」

「…………」

「いや、実はな、道醇さまが急にわしを呼びつけて、これこれかくかくの次第だとお話があった。隠居が言うに、さような連絡の会合をしたいが、なんにいたせ、いま退隠をしているとはいえ自分の所にさような人物どもが集まってはあまりに目に立つ。また、これは自分ひとりの働きでもいかぬ。しかるべき連絡者が欲しいというのだ。……そこで、ふいと思いついたのが、主水正殿、あんたの屋敷じゃ」

「これは迷惑なことを思いつかれた」

「わたしがいつもあんたに持ち込む話はろくなことではない。この荒れ屋敷なら誰の眼にもつかぬと、すぐに頭に浮かんだのだ……」


「ご立派なお方でございますね」

と、小菊が屋敷から帰った川路左衛門尉のことを言った。

「身分のある方だ。わたしとはだいぶん出来が違う」

主水正が笑った。ふっくらとした頬に微笑がのぼると、色が白いだけに女のような愛嬌が出る。これが身体つきに似合わないのでおかしみがあり、小菊はそういう主水正の微笑が好きだった。

「いいえ、お殿さまもお貫禄がございます」

「賞めてくれてありがたいが、わしのはこの屋敷と同様、身体ばかり大きく、中身は眼も当てられぬわ」

主水正としては珍しく機嫌がよい。小菊が銚子を片づけようとすると、そのままでよいと止めたものだ。

「あら、まだお召し上がりになるのでございますか？」

「まだ飲みたい。客の膳もそのままにしておけ。愉《たの》しい客の残した膳は見ていて気持ちのよいものだ。小菊、おまえもこうして毎日柳橋からわしの屋敷に押しかけてくるからには、酒だけはわしの思うように飲ませてくれ」

「でなかったらお出入りは差止めでございますか。それなら仕方がございません」

小菊は笑って台所から新しくみつくろいの料理を作ってきた。

こういう時世になって小菊の商売もあがったりになっている。彼女はそれをいいことにして青山の屋敷に戻った主水正のもとに毎日通っているのだった。自分では押しかけ女房のように見えて恥ずかしいが、ひとりでいる主水正の身の周りの世話、酒肴の支度をして彼に喜ばれていると思っている。この家の台所もすっかりわが家のように知っていた。

今も料理を作りにいったとき、古くからいる若党の与平が、殿さまのもとにはめったにまともなお客さまが見えぬが、今日はまた川路さまのご来訪で、殿さまもご機嫌でしょう、と言っていた。与平も喜んでいる。

「なんだかお愉しそうなお顔ですこと」

と、酌《しやく》をして小菊が主水正を見上げた。

「酒の味が違うでな」

主水正は杯を含んでいる。

「わしの好きな人が見えたのだ。これは愉しい」

「やはり殿方は羨ましゅうございます。お気の合った方同士だと女も傍には寄りつけませぬ。僻《ひが》みたくなります」

「そんなことを言うと、これから眼を回すぞ」

「おや、なんでございます?」

「明後日の午過《ひる》ぎにここで囲碁の寄合いがある」

「まあ、珍しゅうございますこと。殿さまがそんなことをなさるとは思いがけませんでした」

「ははは、酒ばかり飲んでいると思うな」

「で、何人さまがお見えになります? 明日のうちに肴《さかな》の用意をせねばなりませぬ」

「貧乏所帯じゃ。そのへんは適当でよい。くる人数は四人だ」

「四人さま。わかりました」

と、小菊はのみこんだ顔で、

「それでは、わたくしもここで働かせていただく甲斐《かい》がございます。でも、こちらのお屋敷には碁盤がないようですが、どこかでご都合なさるのでございますか?」

「碁盤は要らぬ」

「えっ。でも、囲碁のお集まりでは?」

「みんなザル碁だから、どうでもよいのだ。ただ、気をつけてもらいたいのは、その中に身分の高い方が一人こられる。この方だけは丁重に扱わねばならぬ」

「身分の高いお方?　では、殿さまよりずっと偉いお旗本でございますか?」

「それより少しばかり上かもしれぬな」

「まあ、そんな偉いお方が……まさかお大名さまではございますまい?」

「あんがい、大名かもしれぬぞ」

「ご冗談ばっかり」

　と、小菊は笑って、

「でも、そういうお方がこのお屋敷にお見えになるのは、ありがたいことでございます。殿さまもやっと春におめぐり会いになったのでございますね」

「これこれ、何を申す。それでは、あんまりわしをみくびった言い方になる」

「いいえ、ほんとうでございます。お屋敷だけは広うございますが、中にはいると、とんと荒れ寺同様で……」

「荒れ寺か」

　主水正がふと小首を傾けて、

「荒れ寺とはよくぞ申した。ここは鹿谷《ししがだに》になろうぞ」

「シシガタニと申しますと?」

「知らぬなら、それでよい」

と、ひとりで主水正はおもしろがって、

「とにかく博奕《ばくち》うちばかりがやってくる。伸《の》るか反《そ》るかの賭じゃ」

「あら、殿さまがその博奕の胴元でも務められるのでございますか？」

「胴元はずんと南のほうじゃ」

「なんだか存じませぬが、謎のようなことばかりおっしゃいます」

「酔うた」

と、主水正は脇息に凭《もた》れた。急に謡い出したのが謡曲「俊寛《しゅんかん》」だった。

小菊がその声に聞き惚れていると、ふいと熄《や》んだ。

「小菊」

「はい」

「おまえ、今日これから帰ったら、柳橋の例の巣窟《そうくつ》にいる若い連中に、明日の晩からここに泊まりにくるように言ってくれ」

「みなさんですか？」

「まず」

と、主水正は考えた。

「五、六人あれば足りるだろう。深尾平十郎にそう言ってくれ。石川栄之助もいるか?」

「はい。あの方は河原崎座のほうがだめになって、文字常さんといっしょにはいっておられます」

「なんでもいい。みんな寄せるんだ。あいつらにこの屋敷を警固させる。博奕場に町方の手入れがないようにな」

その翌る晩がたいそうなことになった。

柳橋の寮から八人が泊まりがけで主水正の屋敷に来た。深尾平十郎と石川栄之助に小野《おの》善九郎《ぜんくろう》、島村久蔵《しまむらきゆうぞう》、岡田吹助《おかだすいすけ》の五人が集まった。小野、島村、岡田の三人は、この前の都家籠城のときに働いた御家人《ごけにん》だ。それに都家のおかみと文字常と小菊が来ていた。

主水正は男たちに言った。

「今夜は適当に飲んでくれてよいわ。明日は大事な務めがある。無事に終わったら、明日の晩は騒ごうぞ」

深尾平十郎が眼を輝かして、

「飯田殿、またこの前のように鳥居耀蔵の一味と事を構えるのですか？」

と、身を乗り出して訊いた。

「いや、そうではない」

と、主水正は笑った。

「今度は、あのときよりももっと大事な役だ」

「ははあ」

「仔細があって詳しいことは言えぬ。だが、明日の未《ひつじ》の刻（午後二時）に当屋敷に四人のお客がある。その中にはお身分ある方もおられるのだ。そこで、おぬしたちにはその警固の役を務めてもらいたい」

「そうすると、われわれがその方々のご身辺を護るのですか？」

と、石川栄之助が質問した。

栄之助は相変わらずうらぶれた格好をしている。月代《さかやき》が伸びて、始終無精髭《ぶしょうひげ》を生やしていた。これは文字常がいつも悩んでいることで、もう少しどうにかしたらと言っているが、当人はいっこうに受けつけない。都家のおかみなどは、どうしてあんな無精な男に文字常が一生懸命になるのかわからないと不思議がっている。

「いや、身辺の警固は、それぞれの方にお供が参るから、直接には近づかなくてよろしい」

「はあ」

「近づくどころか、その方々が見えるときは、おぬしたちはなるべく眼につかぬ所にいてほしいのだ」

「では、御門前までお迎え申し上げるのではないので？」

「おぬしたちのような連中に迎えられたら、お客方は気味悪く思われるだろう」

「まったくです」

と、相槌を打ったのが岡田吹助だった。百二十石の小普請組だが、これも放蕩で身を持ち崩している。彼が自分たちのことを、そう言ったので皆が笑った。

「それに供回りの方も少ないと思う。お一人についてまず三、四人なら多いほうだ」

「飯田殿」

と、深尾平十郎が言った。

「おしのびでございますな？」

「あまりほかの者に気づかれてはならぬ会合だ。ゆえあってわたしの屋敷がその場所に当てられたのだ。だから、おぬしたちは寄合いの談合が済むまで、この屋敷のぐるりを巡回したり、さりげない所に立って外からくる人間を警戒してくれ」

「外からくる危険があるのですか？」

「たぶん大丈夫だと思うが、町方や鳥居の配下の放った密偵などが嗅ぎつけないともかぎらぬ」

「もし、妙な奴が来たらどうします？」

「遠慮はいらぬ。ひっ捕えて糺明《きゅうめい》するのだ。それを問い詰めるのはわたしがやる。決して外で騒ぎを起こすようなことがあってはならぬ。変な奴を見たら、争わずに引っ張るのだ。そうだ、できれば脾腹《ひばら》に当身《あてみ》を喰わせて気絶させるのもよかろう」

「この前からみると辛気臭《しんきくさ》い話ですな」

と、石川栄之助が言った。

「ああいう騒動をもう一度やってみたいですな。あれはおもしろかった」

「うむ、うむ。おもしろかった」

と、男たちは口々に賛同した。

「いずれそういうことがあるかもしれぬ。だが、今度はわたしの屋敷に見えるお客さまを無事にお帰し申すだけの仕事だと思ってくれ」

「わかりました」

深尾平十郎がほかの四人に、

「飯田殿があぁ言われるのだ。心配をかけないようにしよう」

と、連中の頭分《かしらぶん》らしく言った。

「さあ、それでは、今夜はあっさりと宵祝《よいいわ》いといたしますかな」

その支度は台所のほうで女三人がかかっていた。ふだんだと若党の与平や中間の源助がもそもそと包丁を動かすところだが、今夜は台所も賑やかなことである。三人とも襷《たすき》がけでいそいそと立ち働いていた。文字常は口三味線でもくちずさみそうなはしゃぎ方だった。


翌日の八ツ（午後二時）過ぎ。——

主水正の屋敷のぐるりは、石川栄之助や深尾平十郎、岡田吹助など五人が目立たないところに張り番をしていた。主水正の言いつけどおり、門前から離れて外に向けて眼を光らせていた。命令どおり、少しでも妙な奴が見えたらひっ捕えるつもりなのである。

この界隈《かいわい》の午下《ひるさが》りはしんとしている。武家屋敷だけの町のことで、通る人間もいなかった。この飯田屋敷を窺いにくる目的の者は正面からその姿を見せるはずがない。ことに町方の密偵には気をつけろというのが主水正の注意だった。通りを歩いている人間でも変装の場合もありうる。また、こちらの眼の届かぬところに身を匍わせていることもあるのだ。

主水正がこんなに気を遣《つか》うのは深尾平十郎にも初めてだった。元来が呑気な人で、物事にこだわらぬ性質《たち》だったが、今度はいささか神経が尖っている。珍しいことで少々見直した。

石川栄之助の持場は、門の見える近くに番をしていることだった。それで彼だけにはどういう客が来たかわかった。

まず、四人ぐらいの供回りで一挺の乗物が到着した。供をしている人間は乗物の中の主人を門の中に入れると、そのうち二人だけが外に出てうずくまった。油断のない眼で控えているのは、やはり主人の身辺警固と知れた。乗物はかなり立派なものである。それも旗本のものとは思えない節がある。感じとしては、主人はどこかの大藩の家老といったふうにとれた。

それから少し間をおいて、やはり四人ぐらいの供回りで別な乗物がきた。これも門内に乗物を入れたが、供回りの者二人だけが門の外に出て、その辺を何気なく警戒している。

このやり方は、そのあと来たもう一挺の乗物も同じだった。

寄合いの客は四人ということだったので、もう一つ乗物が到着するはずだった。

その乗物は前の三つよりも立派だった。主水正の話では身分のあるお方だということだったが、この最後の乗物がその人らしく思える。供回りも六人という小人数ながら、この乗物だけは鋲打《びょうう》ちの、大名でも乗るような見事さだった。

駆　引

水野忠邦の下屋敷にお久という女が遊びに来ている。表向きは忠邦の妾の知合いだということになっているが、この女、現在は大奥の年寄姉小路の部屋子《へやこ》である。

部屋子というのは言うまでもなく大奥の高級女中の私用人である。高級女中たちは局に独立した住居を割り当てられているが、役職が上のほうになればなるほど、その部屋も広いし立派である。したがって、身の周りの世話をさせる部屋子の数も多い。

部屋子は、武家の者より町人の娘が行儀見習として勤めることが多かった。大奥の正式な女中と違って、これらは永年奉公といううきまりもなく、うるさい規制もなかった。外出も、主人からの許しさえあればわりあい自由である。その代わり他の正式女中のように立身することはない。

いま忠邦の前にすわっているお久も、日本橋の海産物問屋碇屋《いかりや》六郎《ろくろ》兵衛《べえ》の養女ということになっている。だが、これは忠邦が養女としている家慶の妾の親もと風月堂から手を回して、ちょうど不足となっていた姉小路の部屋子に潜《もぐ》り込ませた女だった。実際の親は日本橋横山町の糸物問屋伊勢屋半兵衛《いせやはんべえ》で、彼女はその末娘である。町家の娘だけに機転が利き、利発でもあるから、姉小路にも気に入られていた。まだお久の実際の素姓《すじょう》に気がつかないらしい。

今日のお久は、母親が病気だということにして一日の暇《ひま》を貰ってお城から出てきている。

ここには忠邦のほかに、その妾お芳《よし》しかいない。お久が忠邦に告げた報告は重大である。主人の姉小路が紀州家の奥女中山浦を呼び寄せて、たびたび密談を重ねているというのである。

これは忠邦もお久から前に聞いたことだったが、今日の報告は、両人の密談の間に「駒込の隠居」という言葉がしばしば挟《はさ》まっているというのだった。

駒込の隠居。——

むろん、先の老中太田備後守のことだ。道醇入道と改めて駒込の下屋敷に退隠の身の男である。

姉小路と紀州家の奥女中の密談がどのようなことか、上知の一件に絡んで忠邦も気を回しているところに、とつぜん太田道醇の名が出てきたものだから、忠邦も熱心にお久の話に耳を傾けざるをえない。

「駒込の隠居がどうだというのだ？」

と、忠邦は姉小路と山浦との話の内容を根掘り葉掘り訊いてみた。

しかし、お久も両人の話の場に居合わせたわけではない。山浦がくると、決まって姉小路は人払いをする。それでお久もその場から追い立てられる。ただ、そこを何かと気を利かせてその近くをうろつき、話のはしばしを耳に入れるだけであった。したがって、細かな点になると、彼女にもわかりようはなかった。

だが、駒込の隠居の名が両人の密談の中にそうとう頻繁《ひんぱん》に出ていたということだけでも、忠邦にはだいたいの察しはついた。これは太田道醇が上知のことで紀州家の不満を煽《あお》り立てようという策動だとみた。

上知の一件は、すでに家慶将軍の名で発令されている。忠邦には国防上という大義名分があったが、なにぶん領地替えは各藩の利益に関ることゆえ、なるべく刺激を少なくするために上からの高圧手段を避けた。当事者の各藩が自分から進んで上知を願い出て、将軍がそれを許可するという面目上の体裁《ていさい》を整え、細かな点に気を配ったのもそのゆえである。

もとより忠邦も各藩が心から積極的に上知に賛成するとは思っていなかった。いたし方なく幕府の方針に従うとみたが、しかし、この消極性は反対の立場と紙一重の差でしかない。だからこそ忠邦の苦心は幕府の押しつけ命令という形式を避けるにあったのだ。

いま太田道醇の名が姉小路と紀州家女中との唇《くち》にのぼったと聞いた忠邦は、紀州家が上知に反対の態度をはっきりとさせたと考えた。でなければ道醇ごときがのこのこと出てくるわけはないのだ。

道醇は、この忠邦のやり方に反対して加判の列を引き退った男である。

もともと道醇は血の気の多い人物である。そのまま隠居として朽ち果てるとは忠邦も考えていない。それだけに道醇は日ごろから気にかかる存在ではあった。

その隠居が姉小路と紀州家女中との間に亡霊のように立ち現われたとなれば、何を土台にして彼が策動しようとしているか、忠邦には江戸の絵図面のように筋道がはっきりと映ってくる。

姉小路も大奥を率いて近ごろとみに忠邦に対して批判の気勢をあげている。この大奥を忠邦は厄介とは思っているが、押し切る自信はあった。また、いま大奥に屈服しては彼の施策はたちまち挫折するのだ。姉小路の動きは厄介千万だとは思っていたが、忠邦はその怕さを己れの心の中でできるだけ消そうとしていた。

だが大奥の勢力に紀州家の奥向きが結びつき、さらに太田道醇が両者の仲立ち役となって登場すれば容易ならざる事態となる。道醇のうしろには、いま信州高島に流謫《るたく》されている水野美濃を筆頭とする家斉側近群がいて、忠邦派への仕返しを狙っているのだ。

忠邦は、これは一刻も棄ててはおけない情勢と判断した。

彼は翌日、さっそくに鳥居耀蔵を城中の一室に呼び入れた。両人だけの秘密な相談は城内でも有名になっている。

「どうも紀州家の動きがおかしいと思っていたが、案の定、太田備後がうしろから煽っているようだな。おぬしのほうに何かそれに関連した情報はないか？」

と、忠邦は訊いた。

「紀州家が上知のことでだいぶん穏やかでない様子はこちらにもはいっております」

甲斐守は強い意思を人に感じさせる角張った顎《あご》を反《そ》らせた。

「だが、紀州家は御三家のことではあり、藩内で少々異議があっても、けっきょくは宗家のためにご当主さまがまるく収められると思っておりました。なるほど、姉小路さまと紀州家奥向きとにそのような往来があるなら、だいぶん面倒なことになりましたな。紀州家も単独では動けますまいが、大奥のうしろ楯があれば、これは強くなります。太田道醇のことも初耳で、まことに愕《おど》き入りました」

と耀蔵は言ったが、言葉ほどにはうろたえていない。彼は、退隠した太田道醇などがどう動いたところで何ほどのことがあろうというのである。

「さような動きはてまえの耳に未だ達しておりませぬ。はじめて承ったことで、まず、そのぶんには大事ないと存ぜられます」

つまり、自分の情報網にひっかかっていない程度のことだからさしたる心配はない、というのが耀蔵の言い分である。この自信は、彼があらゆる方面に入れている密偵の組織から来ている。

だから、忠邦が太田道醇のことを気にしているのとは反対に、このときの耀蔵はそれにたいした懸念も措かずむしろ目下難航している印旛沼の工事に話題を移した。

「普請《ふしん》の工事費が、どう見積もってもあと二十万両は必要のようです。けっきょく、この工面《くめん》は後藤三右衛門の調達に頼るほかはないようです」

「やむをえまい」

と、忠邦も額に手を当てて同意した。

三右衛門が今度の工事に協力を拒んだのは先の例でもわかる。ただ彼が手持ちの余裕金のないのを口実に絶対的にそれを拒絶したとは思えない。最終的には後藤も金を出す肚は十分に持っている。いったん献金を断わったのは後藤の駆引だ。その駆引はどこからくるか。

第一に三右衛門は、その条件として通貨の改鋳《かいちゅう》を願っている。これは後藤にとってうまい汁なのだ。ひとたび改鋳をやれば、正規な手数料以外に莫大な利益金が転《ころ》げ込む。献金をしても、そろばんは合いすぎるのだ。

第二は、かねて三右衛門が請願しているとおり彼に官位を与えることだ。後藤は布衣《ほい》以上の位を望んで熄《や》まない。ところが、後藤三右衛門はもともと信州飯田の百姓の倅《せがれ》で、後藤家の正流ではない。今日彼の家が隆盛になったのも、この百姓出の男の辣腕《らつわん》から来ている。

人間は金が溜ると名誉が欲しくなるものだが、御目見《おめみえ》以上の官位を三右衛門に与えるのは破格のことで、忠邦も周囲の思惑《おもわく》を考えてこれまでずっとその請願を抑《おさ》えとおしてきたことである。

後藤が印旛沼工事の不足分の金を出す代わり、改鋳による利益と官位の名誉とを引替えに要求するのはわかりきっている。

忠邦は、この両方ともすぐには鵜呑《うの》みにできない。まず通貨の改鋳にしても、元禄以来たびたび同じことを行なってきたことであり、そのつどこの経済政策は評判を落としている。忠邦の方策は勤倹節約によるデフレであるから、通貨の改鋳といったインフレ策を採《と》るのは彼の耐えうるところではなかった。

だが、印旛沼工事完成のためには背に腹は替えられない。後藤のほうは自分がなんとか説得するという甲斐守の熱心な申し出に、忠邦は、

「まあ、後藤にはあまり無理なことを言わさずに、よろしく頼む」

と、交渉を一任した。

耀蔵は城から退出したが、すぐに後藤三右衛門を呼びにやるのではなかった。しばら

く煙管《きせる》をくわえて烟の輪を吹いていた。

水越《みずえつ》め、だいぶんあわてていると思った。

この前まで大奥の動きをさしたることはないと考え、これを乗り切るのに自信満々だった彼が、紀州家の出方と太田道醇の出現で気持ちがだいぶんぐらついてきた。自信は持っているようでも、まだほんとうのものではない。

なるほど、水越の言うとおり上知のことは各藩の利害に重大な影響があるから、彼が細心の注意を払ってきたのも無理はない。そこまで気を配っていながら、結果的な成功を信じたのは将軍の信用を彼が頼りにしていたからだ。その将軍を背後から動かす大奥の反撃が外の勢力と露骨に結びついたとわかれば、水越の動揺も無理はないともいえる。だが、このような瑣末《さまつ》な現象にびくびくするようでは水越の器量もたかが知れていると耀蔵は思った。

水越の自信の動揺の裏には、もう一つ理由がひそんでいる。それは印旛沼の工事が思うようにいかないことだ。これさえ円滑に進んでいれば、彼ももっと自負を持っていたにちがいない。

——鳥居耀蔵は自分の位置を見回す。この際あくまでも水越を助けて自分の地位を保つべきか、それとも新しい情勢を分析してしばらく様子を窺うかである。

耀蔵は何度となく吐月峰《はいふき》に煙管を叩く。真剣な思案のときは無意識に煙草を激しく吸う癖がある。

しかし、水越の前ではああ言ったものの、太田道醇の動きを知らなかったのは自分のうかつであった。まず、この実体を解いていくことにしよう。そのうえで果たして水越が惧《おそ》れているような策動であるかどうかを知らねばならぬ。風声鶴唳《ふうせいかくれい》ならそれでもよし、また水越が予感するような発展性を持つ性質だったら、この処置を考えなければならない。

年寄姉小路が率いる大奥だけならまだなんとか方法がある。しかし、紀州家がうしろに結託しているとなれば、ことは少々厄介となる。簡単に太田道醇一派を弾圧するだけではいけないのだ。耀蔵は、水越の利益というよりも、自分のために、この正体を探ってみようと思った。

このようなことは耀蔵にとっては一つの生き甲斐である。眼に見えない人の動きを、うす紙を剝ぐように次々と暴《あば》いていく。未知の世界を一歩一歩解明していくような喜びとどこか似通っていた。彼には捜査権も逮捕権もある。単純に推察していくのではなく、決定的な方法を握っているのだ。

耀蔵は用人を呼び、すぐさま金田故三郎と浜中三右衛門に、今夜屋敷にくるよう伝えさせた。

耀蔵自身は、それからすぐに下屋敷に赴《おもむ》いた。ここで後藤三右衛門を呼びつけた。

三右衛門は羽織に仙台平の袴《はかま》姿で急いでやってきた。両人の仲はほとんど友だち同然だが、三右衛門もいちおうの身分の格差は心得ている。腐《くさ》れ縁ではつながっていても、礼儀はどこまでもわきまえている。

まず、四方山《よもやま》の話がある。

耀蔵は、印旛沼の工事がどうもはかばかしくいかないなどと話した。先日現地から帰ってきた本庄茂平次の報告がその材料にだいぶんはいっている。

三右衛門は気のない相槌を打っていた。その顔色は早くも耀蔵の呼びつけた用事を察しているかのようである。だが、表情には出さない。

いつもなら取止《とりと》めのない話で両人の肚の探り合いとなるが、今日の耀蔵は心急ぐものがあってか、単刀直入に出た。

「さて、三右衛門、今日はそのほうに折り入って頼みがある」

「ははあ、なんでございますか？」

三右衛門は柔らかに問い返した。百姓出の彼は、まだ体格に農夫の面影が消えていない。どうかすると、商人らしい物腰がその骨格と不釣合いに見えることがある。

「うすうす、そのほうも考えているかもしれぬが」

と、耀蔵はほほえみを泛べて言った。

「なにしろ、今度の工事はあんがいと手強《てごわ》い。工事の金も当初の予想をうわ回って存外の物入りとなり、だいぶん手順が狂ってきた。とはいっても手伝いの各藩に金のないことゆえ、これ以上無理を申すわけにもいかぬ。さりとて公儀にも正直のところ金が尽きている。毎度のことで言いづらいが、どうだろう、少々そちのほうから手伝ってもらえぬか？」

「ははあ、さようでございますか」

と、三右衛門は俯向《うつむ》いた。

「無理は重々わかっている。先年水野越前殿からそちにお手伝金の頼みがあったが、そちからあっさり蹴られている」

「いや、そのように仰せられては、この三右衛門の立場がございませぬ。なにぶん、世上の評判は輪に輪をかけて大げさに申しておりますが、後藤家の内実もまことに苦しゅうございます。あの節は御老中のお言葉ながら、どうにも御意に副《そ》うことができませなんだ。しかしながら、決してこの三右衛門が御老中の申し出を蹴ったなどというような不遜《ふそん》なことは……」

「いや、言葉のうえはどうでもよい」

と、耀蔵は眼を細めた。

「とにかく、そのほうに断わられたのは事実じゃ。だが、今度は是が非でもこの耀蔵の頼みを諾《き》いてもらわねばならぬ。むろん、わし一個の考えではない。これには水野越前殿の意思も大きくはいっていると考えてくれ」

「………」

「なあ、三右衛門、そのほうの家も公儀とともに栄えてきたもの。公儀が難儀していれば、そちも黙ってはいられぬはず」

「甲斐守さま、お言葉でございますが、恐れ多くも当将軍家のご威光はあまねく四海の民に及んでいるところ、ご公儀のご難儀を黙視する者はこの日本国じゅうに一人としてございませぬ」

「三右衛門、わしはそちからそんな決まり文句を聞くつもりはない。お互い、肚を打ち割ったところで話したい。どうじゃ、出してくれるか、それともこの前同様にどうでも断わる所存か？」

「して、どのくらいご入用なのでございますか？……てまえも後藤家の当主とはいえ、ご存じのように養子にはいりました身分、てまえ一存では参らぬことがいろいろとございます。親類縁者の思惑、これも考えませぬと……」

「もっともなことだ。無理は申さぬ。二十万両」

「二十万両？」

後藤三右衛門は大きな眼をむいた。

「甲斐守さま、それはちとお申し付けの額が多うございますな」

「多いか？」

耀蔵は浅黒い三右衛門の顔をじっと見る。

「多うございます。後藤家の身代はとてものことにそれだけのお手伝いの余裕はございませぬ。もし無理をいたしますれば、後藤家も身代限りとなってしまいまする。平にご容赦を願いとう存じます」

「だめか？」

耀蔵はしばらく三右衛門を眺めていたが、とつぜん、かたちを改め、

「三右衛門、うぬはよくもこの耀蔵にそんな大口が利けたな」

と、大声を出した。


後藤三右衛門は、その大声を受け止めるように耀蔵を見返した。

「なんと仰せられます？」

両肩を張った三右衛門の姿勢は、耀蔵の唐突な怒りを撥ね返すかのようだった。

「何をと問い返すまでもあるまい。これ、よう聞け」

と、耀蔵の眼がたじろぎを見せぬ相手の瞳にのしかかった。

「三右衛門、そのほうの身代は風聞によると、およそ二百万両ほどあるそうだな」

「これはしたり、殿さま。噂とはおよそ根もないことに輪に輪をかけて大きく伝えられるものでございます。てまえの一生で作り上げました身代、とてものことにさような蓄財はございませぬ」

三右衛門は冷たいほほえみを泛べた。

「ほう、おぬし一代で蓄えた身代と申したな。……なるほど、二百万両は噂かもしれぬが、そのように取沙汰《とりざた》される身代をおぬしが作り上げたことは否めまい。だが、その身代は、いかにおぬしが器量人だとて独りの力でできたのではあるまい。公儀のご威光があればこそできたことじゃ。そうは思わぬか？」

「まことに」

と、三右衛門は頭を少し下げた。

「お上《かみ》のご威光がなくしてはもとより後藤家の繁盛《はんじょう》はございませぬ」

「三右衛門。うぬはいつの間にそのような思い上がりになったのじゃ？」

「は？」

「いまなんと言った？　お上のご威光なくしては後藤家の繁盛はないと言ったな。その言い方は、恐れ多くも将軍家と後藤家とを対等に考えた言い方じゃ」

三右衛門がはっと表情を変えた。

「お上のご恩を蒙《こうむ》ったればこそ、そのおかげをもって後藤家はここまで伸ばさせていただいたとなぜ申さぬ？　うぬは二百万両の身代を作ってとり逆上《のぼ》せおったな」

「言葉の不束《ふつつか》な点は平にご容赦を願います」

「いいや、ならぬ。およそ不用意に吐いた言葉ほど当人の心をそのまま見せるものはない。うぬの胸の中にはお上の恩義を忘れて、おのれ独りの力で身代を築いてきたという思い上がりがあるのじゃ」

「恐れながら、殿さま、それはちとご難題と申すものでございます。この三右衛門、もとより信州の片田舎の百姓の出、行儀も未だにわきまえませぬ野人にございます。言葉の不備はなにとぞご容赦を願いとう存じます」

「その言い訳は余人には通るかもしれぬが、この耀蔵には通じぬことだ。おぬしの思い上がりで今、この耀蔵もはなはだしく窮地に陥《おちい》っていることがあるぞ」

「殿さまを窮地に……このてまえがさようなことをしたと仰せられますか？」

三右衛門は不審と同時に、耀蔵の舌先にごまかされまいとする警戒が、その屹《きっ》とした面上に現われていた。

「これまでは言うまいと思っていたが、ここまでおぬしがのぼせ上がっていては、その頭を冷やすためにも話して聞かそう。……この耀蔵はな、いちいちの愚痴をめったに他《ひ》人《と》には言いとうない性分《たち》じゃ。ことにこの一件は些少《さしょう》なりともおぬしの好意が絡んでいる。されば、今までは黙っていておれだけが苦労してきた」

「殿さま、だんだんの仰せ、この三右衛門、ますます合点が参りませぬ。仔細をお聞かせ願いとう存じます」

「おう、言わいでか。ことは今年の神田明神の祭礼の折り、おぬしがわしの伜を見物の桟敷《さじき》に招いたことがあるな」

「たしかにございます。幼いご子息さまをお誘いして、てまえの女房がお供をし、祭礼の行事をお見せいたしました。ご子息さまはことのほかお喜びで、てまえも女房の口からその次第を聞いて安堵したことでございます」

「その好意はありがたい。だが、おぬしの思い上がりが今となってはこの耀蔵をひどい迷惑に陥れているのだ」

「あの件につきまして、何かいたらぬことがございましたか?」

「三右衛門、わしは甲斐守の官位を戴き、町奉行という重い役目を仰せつかっている。されば、その伜や家内の者にも祭礼見物にふさわしい格式がなければならぬ。それはそのほうも心得ておろう。どうじゃ?」

「恐れながら、そのこともいささか心得おりましてお取り計らいしたつもりでございます」

「その心得とはどういうことであった？」

「粗末ながらもご見物によろしい場所へ新しく桟敷をかけまして、普通の者は妨《さまた》げにならぬよう遠ざけさせました」

「それがいかぬのだ。そのほうとて、当節万事質素に相成るよう、上は御老中をはじめ下々《しもじも》の役人に至るまでお布令《ふれ》どおりを守っているくらいは知っておろう。ことにこの耀蔵は市中取り締まりとして御用を相勤めている。その者の家内をこれ見よがしに特別な桟敷に招じ、余人を遠ざけ、しかも、わざわざその前を祭礼の行列を通行させるようにしたとは、ご趣旨に悖《もと》る取り計らいではなかったか」

「…………」

「祭礼見物とはもとより微行《しのび》のこと、他の人間と別ならば、塀《へい》の裏、窓の隅からでも苦しゅうはない。それを晴れがましくも、よくも桟敷に上げて衆人の眼にさらしおったな。三右衛門、その桟敷には目隠しのしつらえはあったか？　幕、簾《すだれ》、そのようなものをかけていたか？」

「なにぶん取り急ぎましたので、簾の儀は間に合いませなんだ。ただ幕の用意だけは仕《つかまつ》っておきましたが……」

「その幕も絞っていたか、あるいはそのままか」

三右衛門の頭がだんだんに下がってきて、その額にうすい汗が出てきた。

「これ三右衛門、聞けば、そのほうは幕を遠慮会釈もなく絞り上げて、目隠しも何もない桟敷の上にわしの子供と召使いの者をよう並ばせたな。遮《さえぎ》る物もない高い所にわしの家内を並ばせて、江戸じゅうの老若男女によくもよくもその面皮《めんぴ》をさらして見世物にしてくれたな」

「…………」

「これがいま、わしの大きな難儀となっているのだ。……わしは水野越前殿のご信用を受けて諸事の改革に身命を賭《と》して当たっている。されば、とうぜんわしへの風当たりも強い。反感、嫉視《しっし》、憎悪《ぞうお》、事あらばわしの足を払おうと狙う輩《やから》がうようよしている。これはそなたにもわかるであろう」

「はあ……」

「その輩が申すには、後藤のしつらえた桟敷に鳥居甲斐守の家内は綺羅《きら》を飾ってすわり、祭礼見物をいたしおった。あのような晴れがましい桟敷の上で見物するなど恐れながら公方《くぼう》さまもようあそばさなんだことだと、喧々囂々《けんけんごうごう》の非難じゃ」

これは耀蔵の嘘ではなかった。事実、陰でそのような声があがっている。もっとも、まだ表面化してはいないが、彼のもとで働く密偵の報告では頻々とその陰口を伝える。これが力の弱い人間だったら、たちまちその口実で蹴落《けお》とされるところだが、現在の耀蔵の威勢の前にはまだ表立って弾劾《だんがい》する者はなかった。だが、耀蔵にとっては後味悪い非難にはちがいないのだ。

「万一、それが表向きになれば、わしも立場に窮する。すでに目付の下役どもは当番の目付にまでこのことを報告しているとも聞いている。質素倹約を取り締まらねばならぬ奉行の家内が高価な菓子や肴でもてなされ、さらに法度《はっと》となっている鮓店《すしだな》の鮓や、口取りの硯蓋肴《すずりふたもの》、総じて奢《おご》りがましいものを取り揃えて一同に振る舞ったとあれば、わしの立場はどうなる？　そればかりか、女中たちには掟《おきて》に背《そむ》いて酒の振舞などを強いたとは、重ね重ねも言語道断。いかにわしがその場に立ち会わなかったとはいえ、奉行の家内がそのようにもてなしを受けたとあれば、言い訳も立たぬ。そこにつけ込んでわしを蹴落とそうとはかる人間どもが近ごろ活発に動いておる。……三右衛門、わしはなんとかそれを取り静めようとひとりで苦労しているが、もとはといえば、そのほうの思い上がりからじゃ。どうじゃ、わかったか？」

いつの間にか肩を落とした三右衛門を、耀蔵は上体を乗り出して睨みつけた。

「恐れ入りましてございます」

と、三右衛門もすぐには言い訳の言葉を発見できなかった。

「てまえの不注意から殿さまにさようなご迷惑をかけましたことは、重々お詫びを申し上げまする」

「今さらそのほうに詫びられても、この耀蔵、窮地をのがれるいささかの助けにもならぬ。これは拙者ひとりの力でなんとか切り抜けようと苦慮してきた。そなたに申しても詮《せん》ないことだからの。……ただおぬしの最前よりの言葉があまりに思い上がっているゆえ、いまいっさいを申し聞かせたまでじゃ」

「なんともはや申し訳のないことでございます。日ごろご恩になっている殿さまに、せめて万分の一でもご恩報じいたしたくご子息さまをお誘いし、つい不行届きなことになりました。この段はお詫びとともにてまえの他意なき心をお汲み取り願いとう存じます」

「それはようわかっている。わかっているからわしは今までその愚痴を申さなかったのだ。これが余人ならば、たちまちその一件でお咎めを蒙り御役御免となろうぞ」

「…………」

「三右衛門、おぬしは困ったことをしてくれた」

「はあ」

と、三右衛門は頭を畳に落とした。

「だが、おぬしにはまだわしの心が通じぬとみえる。先ほどの話に返るが、公儀のご難儀を見てたかだか二十万両のお手伝いができぬというのは、おぬしの逆上《のぼせ》がまだまだ下がっておらぬからじゃ。公儀のおかげをもって得た、噂とはいえ二百万両の身代に比べれば二十万両はたかが知れたもの。三右衛門、わしの言葉に背いてそれすら断わるとなれば、おぬしは公儀に背いてまでも今の身代を持ちつづけていくつもりか?」

「なんと仰せられます?」

「おぬしは金を持っている。だが、公儀は権力を持っている。あまり思い上がると、淀《よど》屋辰五郎《やたつごろう》のように闕所《けつしょ》、没収ということもないではないぞ」

「…………」

三右衛門は全身を石のように堅くしてみじろぎもしない。耀蔵の言葉が脅迫とわかっても、その可能性が否定できないからだ。いま耀蔵は公儀は権力を持っていると言ったが、現在の幕府の中心になっているのは水野越前守と、当の鳥居耀蔵だ。この二人の意思で強権の発動はどうにでもなる。

淀屋辰五郎は元禄期の大坂の豪商だが、宝永《ほうえい》二年町人の分限を越えた驕奢《きょうしゃ》のゆえをもって闕所、所払《ところばらい》の刑に処せられた。処刑の理由は、辰五郎が豪遊が因で金に困り、謀反の罪を犯したからだというが、もちろん、これは当局がでっち上げの罪をきせたのだ。そのほか、のちにも加賀藩の銭屋五兵衛《ぜにやごへえ》の取潰しの例がある。

強権の前にはいかに富商でもひとたまりもない。相当な献金をしていても、いざとなればものの役には立たない。三右衛門も水野と鳥居には相当な金を贈って懐柔しているつもりでも、ひとたび利害が衝突すれば、どのような言いがかりで身代限りの処刑に遭《あ》わぬとも限らない。とかく政治家は都合のいいときは富商の言うことを聞くが、いざ風向きの具合が悪くなると情け容赦もなく強圧にかかる。

日ごろから腐れ縁があればあるほど政治家と商人の互いの利益の背馳《はいち》は絶え間なく起こることであり、また政治家はそのような内実を表向きにされないためにも、とかく罪をでっち上げて有無《うむ》を言わさず相手を処断する。一つは己れの汚職を世間の眼からごまかす防衛でもあった。

三右衛門は耀蔵の言葉にこれだけの理由による脅威を感じた。相手の性格がわかるだけに敵に回すと怖ろしい人物なのである。


「存ぜぬこととはいいながら」

と、三右衛門は神妙に畳に手をついた。先ほど見せていた対抗的な態度は、その姿勢からは消えている。

「さようなご迷惑をご恩あるお殿さまにおかけ申したことは、なんとも申し訳のない仕儀でございました。なるほど、いま教えていただいたところによれば、てまえにもさような有頂天がたしかにございました。三右衛門の至らぬところでございます。……つきましては、このお詫びのしるし、またてまえの反省のためにも、先ほどお話のあった印旛沼普請御手伝金の件、とくと考えさせていただきます」

「おう、さようか」

と、耀蔵は三右衛門の様子を見守っていたが、にわかに顔も身体も崩した。

「そうとわかってくれたら、わしも言うことはない。ちと言葉が強かったが、その点は勘弁してくれ」

語調も変わってくる。

「めっそうな……お教えをいただいて、三右衛門、眼が醒めた心地でございます」

「そなたが公儀に御手伝金を差し上げるとなれば、越前殿もどのように喜ばれるかわからぬ。だが、三右衛門、わしはおぬしにただ、金を出せとだけ言うつもりはないぞ」

「と仰せられますと?」

「そなたも商人、身代はあっても二十万両出すとなれば大きに痛いくらいはわかっている。その見返りは十分に考えてやろうではないか。商人は万事利益なしには金を出さぬ。必ずそれには利子を付けて元金とも戻ってくることを狙うでな」

「殿さま、それでは……」

と、三右衛門が思わず膝を乗り出すと、ほほえみを泛べた耀蔵は静かにうなずいた。

「そなたの手元に戻る元利とは、お吹替《ふきかえ》じゃ」

「えっ、それでは、あのお吹替のことをお許しいただけるのでしょうか?」

「この耀蔵、筋は通しているつもりだ。公儀のおかげで栄えたそのほうの身代、ご恩にお報いするは当然と叱ってはおいたが、おぬしの立場には盲ではない」

「条理を尽くされたそのお言葉、三右衛門、心から恐れ入ってございます」

「世上で後藤家の身代は二百万両以上と取沙汰いたすようになったのも、その儲けの手段はどうじゃ、これはご先代文恭院殿（家斉）さま以来たびたびの金銀吹替で、そのつど莫大な利潤を得たからではないか」

と、耀蔵は言った。

「吹替のたびにそちの身代が太る。このたびも二十万両の献金と引替えに当百銭《とうびゃくせん》の吹替となれば、その儲けも莫大じゃ。ただし、そのためには公儀の重立ったところを説得して回らねばならぬ。何せ、たびたびの吹替で銭に対して世間の評判は悪くなっている。それを押してまたまた改鋳をしようというのだから、頭の堅い公辺の役人どもを説得せねばならぬのでのう」

「ごもっともでございます」

「ついては、その連中を納得させるためには相当な礼金がいる。次にはわしも骨折賃を貰わねばならぬ。水野殿にも御役中諸事出費の嵩んでいる折りから相当なこともいたさねばなるまい。三右衛門、今度の改鋳には儲けの頭割とはいかぬまでも、配当は適当に頼むぞ」

耀蔵は臆面もなく報酬を要求した。

三右衛門はしばらく考えていたが、彼の頭の中は商人一流の思案が奔流のように駆けめぐっていた。

「せっかく改鋳の儀をお許し願えれば」

と、彼は言った。

「いかがでございましょう。いっそ、ここで一時、当百銭通用お差止めの風聞と申すのを匂わせましては……」

「なんと申す?」

「されば、その風聞により当百銭の相場は格段に値下がりいたします。そこにてまえが手を回して格外の安値で買占めをいたします。ただ今の通用高は、およそに見積もりまして約四百万両がとこは出回っていると思われます。そのうち当方にて買い受けまするぶんをその四つ一ぶんとして百万両、右を一枚七十二銅ずつに取り入れましても、この利分が一枚につき二十四銅となります。百万両と申しますれば百三十二万貫文、当時一両につき六貫六百文の相場に直してちょうど金二十万両と相成りますかな。この鞘だけでも公儀に差し出します御用金は浮きます。そのうえ、新鋳を五十万両とすれば、吹替を通用高の三つ一ぶんとして、その地金の買入れから吹滓《ふきかす》、量目の盗み、何やかがてまえの利潤となります。目の子算用にしても、まず七、八十万両……」

「三右衛門」

と、耀蔵は感嘆した。

「さすがにそのほう、骨の髄《ずい》まで商売人じゃな。改鋳によっての利潤はわしも考えていたが、当百銭の通用停止の風聞を流して買占めをなし、その鞘をかせぐ狙いまでは、このわしもよう気づかなんだ」

三右衛門が、はじめて笑った。

その夜、呼び寄せた金田故三郎と浜中三右衛門に鳥居耀蔵が何事かを言い含めた。


後藤三右衛門と会った鳥居耀蔵は、翌日その次第を水野忠邦に報告した。だが、全部をそのまま述べたのではない。当面言いたくないことは匿《かく》しておいてある。

「三右衛門が承知したか」

と、忠邦は後藤が二十万両を印旛沼の用金に提供すると聞いて安堵と喜びをみせた。

四苦八苦していた彼である。

「三右衛門のことだ、ただでは承諾しなかっただろうな?」

忠邦は、必ず出たにちがいない交換条件のことを気にかけた。

「お察しのとおりです。三右衛門はやはり官位と鋳直《いなお》しのことを持ち出しました」

耀蔵は、安堵の次に浮かんだ渋い忠邦の表情を見上げた。

「官位のことはともかくとして、鋳直しのことは承諾を与えました」

「やむをえまい」

と、忠邦も諦めている。

「まったく仕方がございませぬ。三右衛門の術策にけっきょく乗せられたかたちですが、それくらいの利を喰わせないと奴も承諾はしませぬ。はじめさんざん泣きごとを並べておりましたから、こちらもあっさりと出ました」

忠邦は、癖になっている眉間の皺をよけいに深めた。改鋳による世間の新しい非難悪評が泡のように沸き立つのが見えるのだ。それでなくともたびたびの改鋳は悪評をよんでいる。

「大事の前の小事とは言えませぬが、大きな仕事をするためには多少の犠牲はやむをえませぬ。なるほど、今までの鋳直しもそのつど世間の評判を悪くしましたが、さりとて、そのために一揆《いっき》が起こるほどの騒動にはなりませぬ。慣習《なれ》というのはおそろしいもので、使いなれているうちにしだいに不便とも思わなくなります」

「うむ」

「商人にしても、町人どもにしても、けっこう、それに似合うような使い途をしておりますから、こんど改鋳をしてもまた同じ気持ちになります。あまりくよくよなさっては肝心《かんじん》のお仕事が成就いたしますまい」

耀蔵は人間の慣習性を説くのだ。非難は当座のこと、やがて、それは環境への順応性によって和らげられ落ち着くと言っている。

「まあ、ほかに方法があるまいでな。……改鋳するとすれば、やはり当百銭か」

「まず、そのへんが無難かと思われます。銅をへらし、錫《すず》をふやすほかに仕方がございますまい。小判のほうには手をつけない方がよろしいかと存じます」

金貨の方はさすがに影響の大なるのを憂えたようだ。

当百銭というのは楕円形《だえんけい》の真ん中に四角な穴を穿《うが》った天保通宝《てんぽうつうほう》という銅貨で、のちのいわゆる「天保銭」のことである。天保六年、幕府が鋳造させたもので、一枚をもって一文銭の百文に当てさせた。はじめは江戸だけで通用させたが、のちにはしだいに上方《かみがた》にも送られて流布《るふ》している。

規定の品位は、銅七割八分、錫一割、鉛一割二分となっている。造られたときは一両につき四十枚だが、近ごろは下落して、前に後藤三右衛門が引替値《ひきかえね》を述べたとおりである。幕府としては金銀貨の出目（含有量の差益）が利益となるのだが、銅貨の場合は幕府の利潤よりも鋳銭座の割りがよい。銅銭を鋳ても手数料は金銀貨に準じるからである。これは金銀座が幕府に対して吹方入用《ふきかた》（地金代を含まない手数料）をもって請け負うかたちになっていた。

したがって、後藤のような商人になると、規定の含有量をごまかしても、検査役を籠絡《ろうらく》しているから、それだけの利潤があがるわけだ。もっとも、幕府としては百文銭の払下げの代わり金として大部分が一分金、残りが二分金、二朱金といった小型の金貨を回収しているので、そのぶんだけ利益ということになる。

吹替をやるごとに後藤に儲けがはいることはいうまでもない。しかし、これまで金銀銭の鋳直しは頻繁に行なわれたが、銅銭の鋳直しは珍しい。その原因の一つは、金銀山からの採掘がぱったりと止まったので、材料としてはどうしても古金を鋳潰さなければならない。だが、とかく所持者は通用停止になった古金でも金銀の含有量が高いので引替には出したがらない。幕府はその引替に奨励金まで付けて勧誘しているが、遅々として集まらなかった。このことからも金銀貨に限った改鋳は、もはや、天保八年を最後として限界に達したといえる。

いずれにしても後藤三右衛門に印旛沼の費用の足りないところを出させる以上、当百銭の改鋳は彼の乞うままに許可することになった。

「つきましては、当百銭の通用停止《ちょうじ》のことは早く決められたほうがよろしいかと思います」

「うむ」

「ご存じのように、これまでの例として通用停止並びに引替の儀はなかなかこちらの考えどおりには参りませぬ」

これは耀蔵の言うとおりで、何月何日限り廃止すると布告を出しても通貨は流動しているので、定まった期日よりも一年、二年と延びていく。それも良貨が出回るなら引替も早いが、悪貨と交換するのだから誰も渋るわけである。

「では、停止のことは即刻布令にしようか」

と、忠邦が言うと、耀蔵はおもむろにそれを抑えた。

「布令を出されても同じことでございます。布令が出てからなおも流通しているとなれば、かえって威厳に関ります。それよりも、近々停止になるという噂を流せば、町人どももその心がけとなり、布令を出したときにはそのぶんだけ引替が早くなると存じます」

「そうだな」

理屈は耀蔵の言うとおりだ。しかし、耀蔵が後藤三右衛門の要望を代弁していることは忠邦も気がつかぬ。

「つきましては」

と、耀蔵は忠邦の決心を促《うなが》すように追討ちをかけた。

「三右衛門が申しますには、改鋳の願いを聞き届けくださったお礼としてあなたさまに相応の礼金を出すと申しております」

「それは……」

と、忠邦の眼が少しうろたえた。耀蔵はそれに蔽《おお》いかぶせるように、

「いや、後藤もこれでそうとう儲けますからな。奴からそう申し出るぶんにはなにもご

遠慮なさることはありますまい。別段こちらから押しつけた話ではありませぬ」

忠邦が思いなしか頬を赧らめた。

耀蔵は忠邦の手元が不如意《ふにょい》なことをよく知っている。老中になるまでにも浜松藩の財政が傾いたといわれるくらい金を使ったが、現在の地位に就いてからも何かと物入りがつづく。いくら老中筆頭でも、勘定奉行のように予算を直接に扱わないから余禄はない。それに老中としての資格で相応の見栄も必要である。

忠邦は耀蔵の言葉に否とも応とも答えなかった。

耀蔵は屋敷に戻った。

彼はたった今見てきた忠邦の表情が笑止《しょうし》に思われてくる。忠邦は印旛沼の普請が成功すると思っているのだ。

だが、耀蔵は、現地から戻った本庄茂平次の報告やその他の知らせで、とてものことに工事の完成はおぼつかないと判断している。忠邦の耳にはいいことばかりしかはいらないようだ。熱心な当の主唱者だし、誰も気に入らないことは彼の耳に入れない。その点、耀蔵の地位はわりと事実がはいってきやすいのだ。

忠邦がなおも工事の成就を確信しているのは、渋川六蔵あたりの焚《た》きつけがかなり効いている。この有能な技官は忠邦の信用が厚い。忠邦が工事の主唱者なら、渋川はその献策者である。

両人とも掘割に熱中しているので冷静な判断ができないでいる。ほかの者も相手の思惑を考えて機嫌を悪くする報告は避けるのだ。

それに、たとえ工事の完成が危いと考えたところで、忠邦の執念は己れの政治的生命を賭けていることだし、至誠天に通ずの気勢だ。自分の心を自分で鞭打っているようなもので、希望的観測が事実と混同している。

その忠邦に、現地の代官篠田藤四郎の収賄や手伝《てつだい》各藩のやる気のなさを伝えたら、どんな顔つきをするだろうかと、耀蔵は思った。

彼も茂平次の報告を聞くまでは、篠田藤四郎がせっせと荒稼ぎをしていることなどは夢にも知らなかった。だが、そう聞けば、なるほど、あの男ならやりそうなことだと思う。役人は何かの事業があるときでなければ、こんなうまみはない。篠田の奴め、千載《せんざい》の一遇だと思って金を溜めこんでいるにちがいない。

江戸市中の経済事犯の取り締まりにかけては峻烈な耀蔵も、印旛沼工事の腐敗にだけは眼をつぶっている。荒立てることはないのだ。黙っていれば、そのうちこちらにも利益が回ってくる。

そういえば、そんな報告をもたらした茂平次も藤四郎から相当な金を喰わせられたと耀蔵は察している。この男、なかなか使えるのだが、抜け目のなさも人一倍だ。小悪党の茂平次がかわいげでもある。

事実、茂平次はこう言うのだ。

「篠田藤四郎は誰よりも殿を惧れております。てまえにも殿の前をよろしくと何度も頼んでおりました。……ここで殿が印旛沼を見にいくと仰せられるなら、藤四郎め、あわてふためくことでございましょう」

暗に、その掛け声だけでも藤四郎から金がくることをほのめかしている。

「それでは、近いうちに行ってみるかのう」

「は？」

「いや、わしの身体を江戸から動かすのではない。つまり、掛け声だけじゃ。そうなれば、茂平次、わしの内証もちと裕福になるかもしれぬな」

「はい」

「いったい、藤四郎は、わしが遊びにいくといえばどのくらい出すだろう？」

「されば、二、三百両がとこは殿のひと声だけで軽くはいってくると思われます」

「茂平次、ひと声千両というのは、このことだな」

「まことに」

と、茂平次も耀蔵といっしょになって笑った。

「いちばんの難場はどこだ？」

「やはり当初考えましたように、花島村のあたりでございましょう。ここは新川と花見川とをつなぐ場所。ただいま溝《どぶ》のような川筋をつけておりますが、何せ元来が高所ゆえ相当な深さまで掘らねばなりませぬ。だが、いったん掘っても、雨が降り、沼の水嵩が増せば、たちまち決壊、工事はまた振出しに戻らなければなりませぬ」

「すると、溢れた水は田畑を浸《ひた》すな？」

「そのとおりでございます。一面洪水となり、どこが畑やら掘った川やらわからなくなりましょう」

「うむ」

耀蔵はしばらく眼をつぶっていたが、

「そうなれば、奔流する水の勢いで掘った川底も深くなるのではないかな？」

と、考えるように言った。

「さあ」

その点は茂平次には判断がつかぬ。川底は深くなるよりも、かえって沼から流れ出てくる土砂のために底が埋まるような気もするのである。

茂平次が自信なげにそのことを言うと、

「そうかな?」

と、耀蔵はしきりに首をかしげていた。

たしかに茂平次が言うとおり、利根川が氾濫《はんらん》し、印旛沼の水位が上がれば、そのぶんだけ泥土《でいど》が新川に運ばれて底に溜まるかもしれない。だが、水の勢いが激しければ、人工的に掘った川は水勢によって両岸が削られるのではなかろうか。底は浅くなっても川幅は広くなる。理屈としてはそう考えられるが、まだ実際にやってみないことにはそのとおりになるかどうかわからない。どこかで実験でもしなければ結果は出ない。

こういう工夫はまだ誰も言い出していない。もっとも、自分は工法には素人《しろうと》だ。玄人《くろうと》の普請方にはとっくに、その空論であることがわかっているかもしれぬ。こんど渋川六蔵に会ったら、ひとつ訊いてみようと思った。

その翌る晩、浜中三右衛門が息せき切ってやってきた。

「甲斐守さま、先日仰せつけられた一件について報告に参りました」

浜中には太田道醇の動静を探るように言いつけてある。水野忠邦がしきりと気にしていたことだ。

「わかったか？」

「いろいろなほうに手を回して、ようやくだいたいのかたちだけは摑んで参りました」

浜中三右衛門は、出世の蔓《つる》を摑みたくて耀蔵の言うことならきりきり舞して働く。彼は口ではわざと謙遜しているが、だいぶん自信がありそうな顔色だった。

「仰せのとおり、駒込の隠居はこのところだいぶん動いているようでございます。やはり先般紀州家の奥女中が訪ねてきております。表向きにはお庭拝見ということでございましたが、それから引きつづいて同じ紀州家の家老が微行《しのび》で参っておりますゆえ、ただの遊びの訪問ではございませぬ」

「そうか。で、そのほかに？」

「この紀州家の奥女中というのは、てまえ、少々紀州家出入りの御用商人に知辺《しるべ》がございまして聞きましたところ、どうやら山浦という御台所つきの女中のようでございます」

「かなり羽振りを利かしている女か？」

「なかなかのやり手だそうでございます。話に聞きますと、この女は水戸家の御台所つきの女中花の井とだいぶん親しい往来があるようでございます」

「なに、花の井と？」

「ご存じで」

「いや」

と口を濁したが、花の井が大奥の年寄姉小路の実妹であることぐらいはわかっている。姉小路も花の井もともに将軍簾中と水戸斉昭《なりあき》夫人に従《つ》いて京都から下ってきた者だ。しかも両夫人は有栖川宮家《ありすがわのみやけ》の出で、実の姉妹だ。

こうなると、姉小路に紀州家の山浦を引き合わせたのが、水戸の花の井だということは一条の道を俯瞰《ふかん》するようにわかる。

上知のことで不満を持った紀州家が大奥に働きかけ、また水野忠邦と仲の悪い斉昭夫人の傍にいる花の井がそれを姉小路に焚きつける。

斉昭は目下本国水戸に帰ったまま帰府を許されない。これは斉昭を嫌う忠邦が斉昭の勝手な本国滞在延引を口実にした封じ込めだ。斉昭は何度も嘆願書を出すが、忠邦は頑として斉昭を江戸に戻さないでいる。水戸家が忠邦を呪っているのは当然だ。だから花の井の策動は、あわよくば紀州家の反対を煽って忠邦を窮地に陥《おとしい》れ、老中を退《ひ》かせ、つづいて斉昭を江戸に帰そうとする狙いであろう。今まで太田道醇を単なる策士と考えていたが、背後の屋台骨は意外と大きい。忠邦が怖れるのも理由のあることだった。同時に、これはうかつに動けぬぞと、耀蔵に警戒心が起こる。

「それにつきまして、もう一つ聞込みがございます」

と、浜中三右衛門は鼻をうごめかした。

「駒込の隠居は、その後青山の旗本飯田主水正《もんどのしょう》の屋敷に参り、碁の会ということで談合を行なっております」

「なに、飯田主水正？」

耀蔵の記憶にこの名前は残っている。先般柳橋の料亭を取り潰そうとしたとき、相手のうしろ楯となって頑強に抵抗した男だ。

「奴がまた出てきたか」

と、思わず口走った。

「まことに怪しからぬことでございます。飯田主水正は、駒込の隠居と他の連中の会合場所に己が屋敷を提供しております」

「他の連中とは？」

「これを探り出すのはなかなか困難でございましたが」

と、ここでも三右衛門は己れの手柄を自慢げに述べた。

「そこに集まったのは、隠居のほかには三つの藩の重役どもでございます。いずれも人目を憚《はばか》った微行《しのび》でございましたが、一人はいうまでもなく紀州家の家老、一人は信州高島に流されている水野美濃守の家来かと存ぜられます」

「美濃がのう」

と、耀蔵は呟いた。なんだか白昼に幽霊を見るような心地だった。だが、忠邦や自分の手によって排斥された美濃守が遠く信州に在って太田備後守と気脈を通じたのはありえないことではない。だが、それだけならまだたいしたことはなかった。

「甲斐守さま」

と、浜中三右衛門がひと膝乗り出して言ったことは、さすがの甲斐守の耳を疑わせた。

「あと一つの組がどうしても探れませなんだが、やっと見当をつけましたところでは、どうやら御老中土井大炊頭さまの家臣らしゅうございます」

秋の蠅

浜中三右衛門が訪れた翌日、本庄茂平次は鳥居耀蔵の前に出た。耀蔵は屈託げな顔をしている。めったに生《き》のままの感情を表情に出さない耀蔵だから、茂平次も、これはよほどのことがあったなと思った。そこは顔色を読むのに機敏な彼のことである。

何かあったとすれば、昨夜、浜中三右衛門が何やら報告して帰ったから、その話の内容に関連したことにちがいない。

「殿」

と、茂平次は、不機嫌そうに唇を閉じている耀蔵の前に進んだ。

「今夜は、もはや、お仕事はございませぬか？」

ちらりと相手を上眼づかいに窺い、わざと軽い調子で言った。

「うむ」

　耀蔵ははかばかしい返事をしない。

「もし、お身体がお空《あ》きであれば、下屋敷のほうにお越しなさってはいかがでございます?」

　下屋敷には耀蔵の妾がいる。

「あまりご政事向きのことばかりお考えあそばしては、お身体によろしくございませぬ。大事なときに殿が臥《ふ》せられるようなことがありましては、それこそたいへんでございます」

「うむ……」

　何を言っても耀蔵の心はそこにないようで、いつになく思案に眼を沈ませている。

　茂平次が手持ち無沙汰に控えていると、耀蔵は気づいたように茂平次を見た。

「茂平次、いま、何を申したのだ」

「はあ、お身体がお閑ならば、お気晴らしに下屋敷においであそばされてはと、おすすめしていたのでございます」

　茂平次は頭を少し下げた。

「気晴らしか……どうもそうはいかぬようになったのだ」

「ははあ、浜中三右衛門がお目通りしておりましたが、何か大事なことでも？」

　茂平次はその軽い表情のまま耀蔵をみつめた。

「茂平次、そちは太田道醇という男を知っておるか？」

「存じ上げておる段ではございませぬ。まだお目にこそかかっておりませぬが、てまえの家内の元主人水野美濃守さまと語らって、ご退隠後も歌会にこと寄せ、駒込の下屋敷で越前守さまを倒す寄り寄りの会合をなされた方でございます」

「そうであった」

　と、耀蔵はうなずいた。

「そちから聞いたことや、またほかから耳にはいったことなどで、わしは水野美濃を江戸に置いては越前守殿のためにならぬと思い、信州高島に遠ざけたのだ」

「殿の綿密なるご配慮、いつも恐れ入っております」

「ところが、茂平次。その隠居がまた寄合いをはじめたのじゃ」

「えっ、では、あの、またもや歌会を？」

「いや、今度はそうでない。碁の会といってな、四、五人集めおった。その中には水野美濃の家来もはいっている」

「これはおどろきました。まだ、美濃守さまはさようなことをなされておるのでございますか。よっぽど悪あがきをなされておりますな」

「いや、美濃なら蚊《か》ほどにも思っていぬ。だが、今度の上知一件で紀州家の不服に乗じ、道醇が動き、ほうぼうに語らいかけている。その中に土井大炊が一枚はいっているのだ」

「なんと仰せられます？」

と、茂平次は初めておどろきを正直に見せた。

「土井さまはご上知のことをご承諾になり、そのため御用部屋がまとまったということではございませぬか」

「たしかにそちの言うとおりだ。だからわしも少々眼をむいているのだ」

「これはおどろきました。土井大炊頭さまは水野老中に何ごとも追随なされ、ご両人の間はしごくご円満だと承っておりましたが」

「それだからわしも足先が不意に躓いたような心地じゃ。……土井大炊。これは思わぬことになった」

と、耀蔵は茂平次から眼を離し、腕を組んで、あらぬ方を睨んでいた。

「殿、それはたぶん、浜中三右衛門がお耳に入れたことだと存じますが、浜中の報告が、あるいは間違っているのかもわかりませぬ」

「そんなことはない」

と、耀蔵は言下に断じた。

「浜中の調べはともかくとして、それを聞いてわしには合点するものがあるのだ。……そこに今まで気がつかなかったのはわしのうかつじゃ」

「と仰せられますと？」

「わしにも今までは、水越《みずえつ》と土井大炊との表側の関係だけしか映らなんだ。……その奥の読みができなかった。土井大炊が水越の敵に回る。なるほど、ありうる。これはありうるぞ」

と、耀蔵はひとりでうなずいている。

「土井大炊はな、あのとおりぼんやりした風貌だが、彼もいつまでも水越の下についてばかりはいられまい。独りでつっ走っている水越の姿に快からぬものがあるはずだ。ただ、それを胸の内に抑えていたのは、水越があまりに甲高い声ばかり出しおるからだ」

耀蔵は、そこにいる茂平次に聞かせるよりも、自分の考えで、分析するように呟いた。

「なるほど、水越は親戚の堀大和を御側御用取次とし、将軍家を抑えたつもりでいる。だが、そう言ってはなんだが、先代文恭院殿のような重しの利く方ならともかく、当代さまのようにいささか軽い方では、かえって水越のほうが独りよがりに浮き上がるのだ。このへんが土井大炊にわからぬはずはない……」

耀蔵は同じ調子をつづけた。

「また水越のやり方は、もうそろそろ鼻についている。たとえば、印旛沼の工事が失敗《しくじ》れば、これはあの男の命取りにもなるだろう。なにしろご改革に気が急《せ》いて少々やりすぎたでな」

耀蔵は、自分がその片棒を担いだことなどはふれないで、他人事《ひとごと》のように評した。

「土井大炊もそろそろ眼があいてきたわけだな。万一、水野が倒れたら、次はおれの番だとな。人間、こういう欲が出れば、そろそろと身体を動かしたがるものだ。ことに上知の一件は、紀州家不本意という大きな題目がある。また姉小路などの大奥の援《たす》けもあるようじゃ。これも強い」

聞いている茂平次は、耀蔵の深刻な表情の理由がはじめてわかった。いうまでもなく、耀蔵は水野越前と一心同体、一蓮托生だ。水越の没落は耀蔵の転落を意味する。これは気が重いはずだと思った。だが、いっしょになって深刻な顔をする茂平次ではない。この際なんとか相手を慰め、気分を引き立てる側に回らねばならぬ。

「だんだんの仰せ、ごもっとものようでございますが」

と、茂平次は膝を進めた。

「それもただ今のところ殿のご推察ではございませぬか。浜中がどのようなことを申したか存じませぬが、確たる証拠もないことを……」

「黙れ」

と、耀蔵は一喝した。

「証拠がないから、わしの考えが間違っていると申すのか？」

不機嫌になっているところだから、耀蔵の忿《いか》った眼は茂平次を縮み上がらせた。

「はあ」

と、彼は畳に頭をこすりつけた。

「わしは些細なことから全体が見える男だ。つかまえどころのない正体でも、わしにははっきりとかたちが見えるのだ。そちにはわからぬ」

「まことにごもっともでございます」

と、茂平次は謝るだけだった。

その姿を上から見おろしていた耀蔵の眼が少しく柔らいできた。

「茂平次、そちは浜中の報告にはっきりした証拠がなかったのだろうと申したが、実はあるのだ」

「はあ」

「道醇が音頭取りとなって、その碁会を開いた場所というのが、青山にいる旗本飯田主水正という男の屋敷だ」

「えっ、飯田主水正？」

茂平次が急いで顔をあげた。

「では、いつぞやの……」

柳橋の都家「籠城」の張本人だ。のみならず、茂平次にとっては苦い記憶がある。この都家の二階から天水桶に投げ込まれたことだ。見かけがおっとりした旗本なので、つい侮《あなど》ったのが不覚で、どこにそんな技を持っていたかと不思議に思われるくらいの早業だった。あっという間もない。宙が転回し、つづいて全身に痛さと水の冷たさとが襲ったものだ。

　手ごわい相手である。苦手というのはこういうのを言うのであろうか。茂平次は飯田主水正と聞いただけでいやな気がした。

「いつぞや奉行所の者に楯突いた男だな」

　と、耀蔵も「籠城」一件だけをおぼえている。

「その主水正が太田道醇殿や土井大炊頭さまなどと気脈を通じているのでございますか？」

「己《おの》れの屋敷を談合の場に貸したからには、そう見てよい。ただ、この話は道醇のほうから持ちかけたのであろうな。土井のほうとは関係があるまい」

「太田道醇殿は飯田主水正を知っていたのでございましょうか？」

「さあ、そこだて。これまでのところ、そういう話は耳にしておらぬから、この間には誰ぞ仲介者があるのであろうな」

「それは何者で？」

「まだ、そこまではわからぬ。だが、この前の柳橋の騒動でもわかるとおり、飯田主水正は旗本連中に奇妙な人気があるのだ。そういう手合いが道醇との間を取り持ったのかもしれぬ」

「怪《け》しからぬ男でございます」

と、茂平次は主水正のことを罵った。

「それではまるで謀反《むほん》同様でございます」

「謀反？」

はじめて耀蔵が口の端に笑いを泛ばせた。

「これ、茂平次、謀反などとめったなことを言うではない。謀反とは公儀に刃向かうことじゃ」

「でも、水野さまはいま台閣を背負っておられます。とりも直さず越前守さまが公儀でございましょう」

「越前が公儀というか……」

と、耀蔵は片方の眼を細めた。

「老中はいつまでも老中ではない。不変なのは将軍さまだけだ。水越もそろそろ寿命が来たのかもしれぬ……」

「殿」

と、茂平次は言った。

「水野さまを失脚させようなどとは不埒な輩《やから》でございます。なんでしたら、てまえ、その飯田主水正をもっと探らせ、彼の悪《あ》しき所業をつき止め、ひっ括るようにいたしましょうか？」

「あわてるな」

と、耀蔵は動かないままに答えた。こちらの考えを茂平次が取り違えているかと思うと、こやつ、目はしが利くようだが、やはり大きなところはわからぬと思った。

「わしにも考えがある。それまでへたな動きをするでないぞ」

茂平次が甲斐守屋敷につづくわが家に戻ると、女房のお袖が、仏頂面をして、

「あんた、今日の午ごろ、男の人が二人見えましたよ」

と告げた。

「なんという名前だ？」

「あんたがいないと言ったら、夕刻また改めて出直してくると言って名前は言いませんでした」

「人が訪ねてきたら、どうして名前を訊かないのだ?」

と、茂平次は女房の皺のふえた顔に叱った。

「そんなことを言っても、向こうから言わなければ仕方がありません」

と、お袖は脇を向いている。水野美濃守のところに奥向女中として勤めていた彼女も、今ではそのころの丁寧な言葉を捨てていた。一つは茂平次との間がよくないからだ。

茂平次は両国に女をつくっている。近ごろのことではなく、また、今まで何人も変わっていた。それが露見するたびにお袖は茂平次につっかかるが、いつもごまかされたり、宥《なだ》められたりした。だが、喧嘩となると、茂平次からひどい目に遭う。畳の上にねじ伏せられ、その髪を手首に巻いた茂平次に引きずり回されることなど普通で、ときには宙吊りにされることもあった。殴られた顔が紫色に腫《は》れあがり、眼が潰れる思いをしたこともある。

茂平次はお袖にはとうに飽いている。だが、甲斐守の家中の手前、追い出すわけにはいかないから、女房のほうが出ていくのを待っている。きたならしいお袖の老《ふ》けを見ると、唾を吐きたいときもある。

茂平次は留守に来た来訪者を気にしなかった。耀蔵の用人となってからは、甲斐守に推薦《すいせん》してくれと、彼のもとに頼みにくる御家人が多くなっている。おおかた、その連中かもしれないと、たかをくくっていた。

それよりも、今日、主人耀蔵が言ったことが気にかかるのだ。水野越前守を倒す勢力が出てきたというのだが、そのことを甲斐守も気に病んでいるのだ。いつもだと笑って話す剛腹な男だが、今日ばかりはひどく屈託げだった。なるほど、土井大炊頭が越前守の反対に回ったとすれば事態は容易でない。御用部屋が真二つに割れないともかぎらないのだ。

しかし、土井大炊にどのように実力があろうとも、けっきょくは水越の勢力に抑えられるにちがいないのだ。耀蔵もあまりに政務の中心近くにすわりつづけていたため、かえって目先のことに妨げられて、全体の眼が鈍くなったのかもしれぬ。

大将、少々気が弱くなったのかなと思った。ひとつ元気をつけてやることだ。それには、あのいやな飯田主水正を懲罰《ちょうばつ》するように焚きつけるのも一法だ。今度は飯田も水野越前の反対勢力につながっているというから、仕返しにはどんな手段でもとれるのである。

夕刻になって、

「あんた、昼間の人が来ましたよ」

と、お袖が知らせてきた。

「名前は訊いたか?」

「井上十太夫《いのうえじゆうだゆう》という人と、その従兄弟《いとこ》だと言っております」

「井上十太夫?」

聞いたことのない名前だ。

「どこの藩中だな?」

「どこだか知りませんよ。あんたが会って訊いたらわかります」

お袖は素気《そつけ》なかった。一昨日の晩の喧嘩をまだ根にもっている。茂平次はこいつ、と胸がむかっとしたが、とにかくこの場は客を上がらせることにした。

甲斐守に推挙を頼むというのなら、ひとつ揶揄《からか》ってやってもよい。事の次第ではいくらかになるかもしれないのだ。いつぞや、口添えを頼むと言って、十両ほど菓子折の中に忍ばせてきた小普請もいた。

　座敷に茂平次がはいっていくと、二人の若い武士がそろって顔をこちらに向けた。意外だったのは、色の黒い頑丈な男も、その横に並んでいる蒼白い痩せた男も、茂平次には前からの馴染の人物だったことだ。色の黒いのは井上伝兵衛の弟子小松典膳、痩せたのは熊倉伝之丞の息子伝十郎である。

「やあ」

　茂平次はぎょっとして立った。

「あんた方だったのか」

　と、今度は二人の顔を咎《とが》めるように見おろした。

「いや、本庄氏」

　と、頭を下げたのが小松典膳で、白い歯を出して笑った。

「われわれの名をまともに言ったのではあんたに面会できぬと思ってな、悪いが、ご内儀には変名を申した」

　茂平次はお袖のうかつさに腹が立ったが、今さら仕方がない。しぶしぶ二人の前にすわったが、両人が来た用向きのだいたいは察していた。

「なかなか良いお住居のようで」

と、典膳があたりを見回した。

「近ごろは御用繁多で、なかなか旧道場にも参れませんが、ご一同にはお変わりございませんか」

と、茂平次も表面は和《なご》やかに挨拶をした。

すると、典膳の横に並んだ熊倉伝十郎が痺《しび》れを切らしたように膝を乗り出した。

「ときに、本庄氏」

と、伝十郎は眼をすえて口を切った。

「あんたは、下総でわたしの父伝之丞にお会いなされたであろう?」

言葉は初めから鋭い調子を持っていた。

茂平次には前からその答えの用意がある。表面は平然としていても、心は防禦で固まっていた。

「たしかにお会いしました」

返事は落ち着いていた。

「なに、会われた？」

伝十郎は瞬間に典膳と眼を交わした。

両人のこの早い眼配せが何を意味しているかも茂平次にはわかっている。おそらく熊倉伝之丞は印旛沼に出発するに当たり、井上伝兵衛の女房、つまり伝之丞にとっては嫂《あによめ》や、伜伝十郎、伝兵衛の弟子小松典膳などを集めて、今度こそそのがれぬ確証を摑んでくるという決心のほどを披瀝《ひれき》したにちがいない。その伝之丞が印旛沼に出かけたまま戻ってこないとなると、江戸の連中が伝之丞の消息を茂平次のところに訊きにくるのは当然の順序である。茂平次はそのへんのところをとうに読んでいた。おそらく、江戸からわざわざ印旛沼普請の現地まで伝之丞捜索に行った者がいるにちがいない。

向こうを尋ねれば、茂平次が伝之丞と会っていたことがわかるわけだ。たとえば、大和田の宿屋でもそのことを知っている。

伝十郎と小松典膳とは、その聞込みを証拠としてここに乗り込んだにちがいないのだ。もし、茂平次が伝之丞とは下総で会ってないなどとシラを切れば、たちまち彼らは調べた事実を突きつけて詰問したであろう。事実、二人とも茂平次が嘘をつくと思っていたらしい。

それを彼があっさりと伝之丞との遭遇を認めたので、少し勝手が違い、二人は顔を見合わせたのである。……と、これだけの推量がわずかの間に働くくらいだから、茂平次は沈着だった。かえって興奮しているのが向かい合っている二人で、ことに伝十郎などは若いから顔色まで変えていた。

「なに、向こうで父とお会いなされた?」

と、伝十郎は一膝も二膝も乗り出して袴の膝をつかんだ。

「たしかにお父上伝之丞さまは、下総国大和田という宿場の旅籠《はたご》にてまえを訪ねてみえられました」

茂平次の口調はゆっくりとしている。

「して、そのときのありさまは?」

「はて、なぜ、そのようなことをわたしにお訊きなされる?」

茂平次は相手の二人の顔を静かに見比べた。

「いや、本庄さん」

と、小松典膳がいくらか落ち着いた口調で言った。

「伝十郎殿の父上がまだ家に帰ってこられぬからです」

「ほほう」

茂平次は眼をまるくした。

「あれからずいぶんになりますが、どうなさったことでしょうな」

「本庄氏」

茂平次のとぼけ面に伝十郎はますます逸《はや》った。

「あんたが父と大和田の宿で会われたときの様子はどのようであったか聞きたい」

「べつに変わったことはなかったです」

と、茂平次は相手が急き込むほど言葉も悠長にした。

「ただ、伝之丞さまが何かわたしに話があると言われたので、二人で宿を出て、その辺をぶらつきました。月のよい晩でございました。……そうそう、蛍がしきりと飛んでいましてな、いや、もう、あの辺の蛍の群れはたいそうなもので、江戸ではめったに見られぬくらい見事でしたよ」

「そんなことはどうでもよい。あんたと父とがどんな話を交わしたか、それを聞きたいのじゃ」

「どんな話といって。……これはいつもてまえが迷惑していることですが、伝之丞殿はまたもや井上伝兵衛さまを殺した下手人について、わたしに心当たりはないかとの仰せです。このようにしつこく下手人、下手人とてまえにお訊きなさるのは、ひっきょう、前からてまえにかけられた疑いがまだ解けませぬようで」

「それは、……まあ、よい。それからどうなった？」

「てまえがいろいろとお答えすると、伝之丞殿は、よくわかった、実はあんたに疑いをかけているのは自分の身内の者で、自分は皆からつつかれて是非なくあんたにつきまとっている次第だ、だが、今の話でよくわかった、わしもあんたが兄伝兵衛を殺したとは思っていない、あれほど師匠の伝兵衛が眼をかけたあんただから、まさかそんなことがあるはずはないと思っている……」

「父はたしかにさように言ったのですな？」

伝十郎が疑わしげに訊くと、典膳は茂平次の顔を睨んでいた。

「おふたりが傍におられたらお聞かせしたいくらいでした。嘘は申しませぬ。たしかに伝之丞さまはわたしの言うことをよくわかってくださったようです。しまいには、悪く思わないでくれ、今も言うとおり、伜や……つまり、失礼ながら、あなた方のことでしょうな、伜や門弟どもがあまりに騒ぐので、つい、わしがここまで出向くことになった次第だ。こんど江戸に帰ったら、あんたが下手人でないことを一同によく説き聞かしてやる、あんたには重ね重ね失礼をした、とこう仰せられました」

「………」

「そこで、わたしは、いや、かように師匠殺しの下手人の疑いをかけられるのはわたしが不肖だからですと謝っておきました」

「それから?」

「そんな話をして、ほぼ半刻《はんとき》ぐらい歩き回りましたかな。宿の前でお別れしたきりで、以後伝之丞さまをお見かけしません。これはわたしの泊まった大和田の旅籠《はたご》に訊いてくだされば、わたしの言ったことが間違いかどうかわかります」

両人はまた顔を見合わせた。その言葉が間違ってないことがわかっているのだ。宿では、茂平次を訪ねて熊倉伝之丞そっくりの男が来たことや、二人で外出したが、半刻ほど経って茂平次が戻ったことなど、調べに出向いた者に告げたにちがいないのである。つまり、茂平次の話は符合しているのだ。

その証拠に、伝十郎も典膳もしばらく次の質問がつかえていた。

だが、伝十郎より年上の典膳が先に口を利いた。

「あんたはたしかに、その後、熊倉伝之丞殿にはお会いにならなかったのですな？　これは重大なことですから、とくとお訊きしておきたい」

「ご念には及びませぬ」

と、茂平次は言い切った。

「わたしは熊倉殿が普請の現場など見物されて、とっくに江戸にお帰りになったことと思っていました」

「それが今も言ったように、未だに帰ってこぬのです。こりゃ、本庄さん、どういうふうに考えたらいいでしょうな？」

「さあ、わたしに訊かれてもとんとご返事ができませぬが、熊倉さんはせっかく下総までおいでになったことゆえ、ついでにあの辺の名所旧跡を訪ねて回っておられるのではないでしょうかな。なにしろ、あのあたりは平将門《たいらのまさかど》の遺跡や、さては里見八犬伝《さとみはっけんでん》の土地柄でもあり、上総のほうに参りますと、これは日蓮上人出生の漁村などございますからな、見物するぶんには日数のほうが足りないくらいです」

茂平次はのんびりと述べた。

「お言葉だが、伝之丞殿はさような道草を食われるはずはない。われわれが江戸で伝之丞殿の帰りを待ちかねているのを心得ておられた」

「ほほう、何をそんなに？」

伝十郎がたまりかねたように何か叫ぼうとするのを、典膳が横から制した。

「まあまあ。何をそんなに、ということも、いずれあんたにもわかることでしょう。……ともかく、そんな具合で、江戸で首尾如何《しゅびいかん》を待ち受けているわれわれのところに一刻も早く戻られるのが伝之丞殿の立場であり、また気性でもあります。だから、われわれとしては伝之丞殿が行方知れずになったのを不吉に思っているわけです」

「さように心配なさることもあるまい」

と、茂平次のほうから慰めた。

「それは取越し苦労というもの。今晩のうちか明日の朝にでも、ひょっこりお帰りなさるかもしれませんぞ」

「なかなかさようには考えられませぬ」

と、典膳は応じた。

「はて、それはまたどういうわけで?」

「われわれが現地に行って調べたところによると、伝之丞殿は、了善なる祈禱僧の家に、行方を絶つ前の晩まで往き来しておられたことがわかりました」

「なるほど。では、てまえと別れてから、その者の家に行かれたわけですな。……では、その了善にお訊きなされば、たちどころに熊倉さんの消息がおわかりになるでしょう」

「ところが」

と、典膳が茂平次の顔を意味ありげに見た。伝十郎は詰問を典膳に任せた代わり、傍から茂平次の反応を塵一つでも見のがすまいと眼を据えていた。

「ところが、その了善という僧侶は……ああ、そうだ、本庄さんは、その了善という祈禱僧をご存じでしたな?」

「あんまりよくは知りませんが、ときどき彼が因縁をつけてうるさくやって来たことはあります」

「因縁と申しますと?」

「いや、もう、他愛もないことで。それがどうかしましたか?」

「向こうでいろいろ尋ねてみると、本庄さんのところにその了善がよく押しかけていたと聞きましたのでな」

「まあ、そんなことはどちらでもよいが、肝心の伝之丞殿の消息は了善に訊いてわかりましたか?」

「了善は死んでいました」

「なに、あの了善が?」

茂平次は愕いてみせた。

「さよう」

と、二人とも茂平次を瞬きもしないで見守っている。

「それは気の毒な。丈夫な男でしたが、卒中にでもかかりましたか?」

「相対死《あいたいじに》です」

相対死とは情死のことで、近松《ちかまつ》らの浄瑠璃《じょうるり》が心中を美化したので、幕府は享保年間に心中の語を禁じ、この言葉に変えた。

「ほう。そりゃ女とですか?」

「さよう。相対死といえば女とに決まっている。しかも、その女というのが本庄氏のよくご存じの女です」

「なんと？」

茂平次は眼を宙に吊らせて、

「まさか角屋のお玉ではないでしょうな？」

「そのとおりです。了善と死んだのは、そのお玉なる女です」

「これはなんとも、はや」

茂平次はいよいよ驚愕の色をあらわした。

「あのお玉が了善と……人間は思わぬことがあるとはいえ、これはまた意外千万です」

と、彼は溜息をついた。

「本庄氏、あんたは、そのお玉という女ともたいへん懇《ねんご》ろだったようで？」

「いや、どうも」

と、今度は頭に手をやって茂平次は恥じた。

「さようなことまでお調べになったとはつゆ知りませんでした。よくも隅から隅までお調べが届いていますな」

　両人は茂平次の皮肉も届かぬくらいに緊張している。一方、茂平次はへらへらとつづけた。

「お玉という女は、てまえが甲斐守殿の使いとして現地に参ったとき代官篠田藤四郎殿に案内されて角屋に上がったのですが、そのとき敵娼《あいかた》に出ました女です。恥をさらすようですが、何せ、ああいう田舎に五、六日もいると、つい、夜は慰めを求めたくなりましてな。面目次第もござらぬ。彼の地ではどのように噂しているか存ぜぬが、ありようは、その場の客と女郎、これ以外に深い仔細はござらぬ」

「したが」

　と、典膳が言った。

「了善なる者も本庄さんはご存じだ。またお玉という女ともさような間柄であった。この二人が相対死をしたとなると、本庄さんも関り合いがまるきりないとは申されますまい」

「それは言いがかりというものです。相対死のことはわたしの出立後です。まったく何も存じませせぬ」

「しかし、かの地で聞くと、了善なる者はお玉に恋慕し、しばしば角屋に通っていたといいます。そこに本庄さんが現われたので、了善はお玉を奪《と》られたと思い、ずいぶんと角屋の前でも暴れたように聞いておる」

「これはいけぬ。ますますいかぬ」

と、茂平次は首を竦《すく》めた。

「悪事は千里を走ると申すが、こともあろうに、貴殿方のような堅物《かたぶつ》のお耳にさような醜聞がはいったとは、わたしも身の置きどころがないくらいです。いや、正直に申せば、まったく、そういうことがございました。了善という坊主が何やらわけのわからないことを喚くので、たまりかねててまえが懲らしめたこともございます」

こんなこともちろん調べてわかっていると思っているから、茂平次は匿さなかった。

「しかし、たとえ相対死した坊主と女と双方をてまえが知っていたとしても、伝之丞殿の行方とはなんら関り合いはござらぬ。伝之丞殿が了善と往き来があったと聞くのも今が初めて。まったく世の中は見えない糸でつながっていると思いますな」

茂平次は述懐した。

「見えない糸？　さよう、人間の関係は絶えず糸でつながっている」

と、典膳が応じた。

「了善とお玉、熊倉さんと本庄さん。こう四人の者が、見えない糸どころか、はっきりした糸でつながっているのです。こんなふうに考えると、熊倉さんが消えたのはあんたとまるきり無関係でないと思いますよ」

「これはおどろいた。見えない糸と言ったのは、いわば縁《えにし》のこと。その言葉尻を取られては、てまえ、近ごろ迷惑の至りです」

「いや、了善なる者とお玉とは、世に言う惚れた好いたの仲で義理に詰まり、相対死を遂げたのではない。了善がお玉を殺し、自分で果てたのです」

「では、無理に相対死を遂げたので？」

茂平次はここでも意外でならぬ顔をした。

「さよう。奉行所の検視ではさようになったそうです。ところが、土地の者のもっぱらの噂では、了善の傷も自分で斬ったのではなく、誰かに斬られたのだということです」

「ほほう」

茂平次にとって、ここは初めて興味深いところだった。そんな噂が流れているのか。

あれから手を回して大和田の陣屋にこっそりと訊き合わせたところ、了善とお玉とは、了善の刃による強引な相対死という落着で終わったということだった。ところが、奉行所の処置にかかわらず土地の者がそんな風聞を立てていようとは、さすがの茂平次も知らなかった。

「だが、そんなことはどちらでもよろしいでしょう」

と、茂平次はさあらぬ顔をした。あんまりそこをつつくとおかしなことになる。

「たかが祈禱坊主と女郎との相対死、どちらにしてもくだらぬ話です」

「いいや、あんがい、そうではない」

典膳は強く遮《さえぎ》った。

「村の者の噂から、わたしの推量は別なところにある。村の者は、了善がお玉に無理にしかけた相対死だと言っている。だが、わたしの推量というのは、ここに別な人間がいて両人を殺し、他人の眼にはさも相対死をしたかのように装《よそお》ったのではないか、こう考えている」

「それはまた奇抜なご推量だが、もうおもしろくないから、この話はやめましょう。たかが乞食坊主と女郎のことですからな、わたしには用がない」

「ところが、これはわれわれに大事なことです」

と、典膳が粘った。

「坊主と女郎とを殺した人間がほかにあるとすれば、なぜ、その者は両人を斬ったのか？　その前に熊倉さんはいずれへともなく消えている。未だに死骸も現われていませぬ。そこで、われらの推量としては、誰かが伝之丞殿を殺し、それを知っている了善とお玉とを相対死のように見せかけて命を奪い、永久に口を封じたのではないかと、こう考えたわけです。しかも……」

典膳が力をこめて言った。

「しかも、その相対死の行なわれた翌る朝、あんたは現地を立って江戸に戻っているからな」

典膳のこの言葉がみなまで終わらないうちに、

「やあ、無礼な」

と、とつぜん、茂平次が怒り出した。

熊倉伝十郎と小松典膳とを前に置いた本庄茂平次が、

「慮外なその言い方、聞き捨てならぬ」

と大声をあげたので、両人は呆気にとられた。

今の今までのらりくらりと小狡《こずる》く言い訳をしていた男が、にわかに、居丈高《いたけだか》になったのである。

「最前より聞いていれば、この拙者を伝兵衛殺しの下手人と決めたのみならず、了善という乞食坊主と女郎とが相対死したのも、何やら拙者の仕業と決めたような口吻《くちぶり》、あまりといえば無礼千万ではないか」

茂平次の顔は真赤だった。

「こんなことに返事は無用だが、のう、典膳、乞食坊主と女郎とが死のうが生きようがわしには関りのない話。また、その翌る朝、大和田村の陣屋を拙者が出立したのも前から決めていたことだ。この二つを組み合わせて、両人を殺したのがいかにもこのわしだと言わぬばかりの今の言葉。……おぬしたちとは前からの知合いで我慢を重ねておだやかに返事をしていたが、こうまで言われると、いかに辛抱強いこの茂平次も、もう堪忍がならぬ。典膳も、そこに青筋を立てている伝十郎も、拙者が坊主と女郎とを殺したというたしかな証拠を持っての談判か？」

「…………」

直接証拠と言われると、質問者の二人は弱かった。だからこそ典膳は茂平次の痛いところをちくりちくりと刺しながら、その返事から実相を引き出そうと企てていたのだ。これまでの例から考えて、茂平次は鼠のように低く構えて逃げ回ると思っていたし、そういう茂平次の返事の食違いや、言葉の矛盾から伝之丞行方不明《ゆくえふめい》の真実まで探ろうとしていたのだ。それで、証拠はと開き直られると、両人ともすぐには声が出なかった。

「どうやら、証拠もないのに当推量だけでわしを詰問にここに来たようだな」

と、茂平次は二人の様子を嗤《わら》った。

「さような態度でわしを問い詰めにくるとは、はじめから魂胆あってのことだ。つまりは、行方知れずになった熊倉殿を、わしがなんとかしたように考えてのことだろう。馬鹿馬鹿しい。そんな阿呆らしいことをぬけぬけと言いにこられるのも、ひっきょう、わしが伝兵衛殿の弟子だったということからじゃ。だが、そういつまでもわしを弟子扱いにしてもらっては迷惑千万、いや、無礼至極であろう」

茂平次は自分の言葉を激昂させた。

「無礼といえば、あんたの父上熊倉伝之丞もそうだった。このわしを伝兵衛殿の下手人と決めてかかり、どこまでも蛭《ひる》のようにくっついて離れなかったわ。わしは、その恥辱をどれほど我慢したかしれぬ。熊倉殿が伝兵衛殿の弟御でなかったら、わしはとっくに果たし合いを申し込んだかもしれぬ」

「何？」

と、息子の伝十郎が傍に置いた刀を摑んで腰を浮かした。

「さ、それはなんだ？」

と、茂平次はじろりと若い伝十郎を見た。

「果たし合いを申し込んだかもしれぬ、と言ったのを、あんたの父御《てでご》を討ったとでも聞こえたのか。わしはそうは言わぬ。あれほどの辱しめを受ければ、武士として、そうしたいのが意地だと、譬《たと》えを申したまでじゃ」

「………」

「だが、わしはそれをしなかった。確たる証拠もなしに、まるで仇討ちのように狙われてみろ。こっちの気持ちはどうなる？　こりゃ、誰でも辛抱はできまい。それを辛抱したのはわしが伝兵衛師匠の恩義を考えればこそだ。この気持ちがおぬし方にはわからぬか」

茂平次の荒い声に、家の者が襖の外に寄ってくるのがわかった。

「いや、それは」

真蒼になって伝十郎は口走った。

「われらとてもあんたを理由なく疑っているのではない。これには証拠もある」

「証拠……これは聞き捨てならぬ。今までついぞ、その証拠なるものを聞いたことがない。なるほど、それで熊倉殿がいつまでもわしをつけ狙って離れなかったのじゃな。では、よほど確かな証拠であろうな。いったい、それはどんなものだ？　とくと聞かしてもらおうか」

茂平次は口を歪めて含み笑いをみせたが、内心では、はて、そんな証拠を残したおぼえはないがと、少し不安になった。あのときは井上伝兵衛を不意に刺し殺して逃げた。帰宅して身のまわりを調べたが、落としたものは一物もなかったのだ。しかし、人間には思わぬ手落ちということもある。何を相手に握られたのだろうと、かすかな不安が心の底からもたげてきた。

しかし、それは顔色にも見せぬ。傲然《ごうぜん》と構えた彼には変わりはなかった。

「証拠は」

と、引くに引かれぬ立場になった伝十郎が口早に答えた。

「伯父伝兵衛を殺したのは本庄茂平次だと、さる人から知らせがあったのだ」

「なに、さる人から……これは容易ならぬ言葉だ。さような人間があれば、拙者、ぜひ会いたいものだ。会って黒白をつけよう。いったい、それはいずれに住む何者じゃ？」

「仔細があって名前は言えぬ」

伝十郎は吐くように言い放った。

「なぜだ？　それほどの大事を知らせた人の名前を言えぬとは。……これ、伝十郎殿、わしはその者の指名で伝兵衛殿殺しの下手人にされている。これは拙者の立場から訊かねばならぬ。ぜひ、その名前を言いなさい」

茂平次はまさかと思うが、またどこかに新しい懸念《けねん》が起こった。相手がカマをかけているとも取れるが、自信がありげでもある。伝兵衛を自分が殺したことをうすうす察しているのは主人の鳥居耀蔵だけである。耀蔵がそんなことを言うはずはないから、もしかすると、耀蔵が何かのときに、あれは茂平次がやったと軽率に洩らしたことがあって、それを聞いた人間が告げ口をしたのかもしれぬ。

茂平次にははじめて疑心暗鬼が湧いた。

しかるに、伝十郎は次の言葉を詰まらせたのである。

「いや、その人の名前を持ち出すのは迷惑をかける。これは言えぬ」

と、口ごもる。その様子も言い方も弱いのである。人の顔色から、その気持ちを察知するのに長《た》けた茂平次だ。彼に安堵《あんど》と自信がきた。

「その人間に迷惑をかけて悪いというなら、この拙者の立場はどうなる？　その人間のために拙者は、あんた方に狙われているのだ。もし、あられもない濡衣《ぬれぎぬ》でわしが討ち果たされたら、どうしてくれるのだ。……理不尽な話だ。誰だか知らぬが、下手人がこの茂平次だとはっきり言ったというなら、どういう次第でその名指しができたか、その者の言葉を聞きたい」

「……当人から、下手人はあんたじゃと文が来たのじゃ」

二人の掛け合いを横で聞いている典膳が困った顔をしていた。その表情から、ははあ、これは言ってはならぬことを若い伝十郎が口走ったのだなと、茂平次は見破った。つまり、誰かがそんな投げ文をしたのかもしれぬ。それで、こいつら、いきり立っているのだなと、はじめて合点できた。

だが、そんな事情はあくまでもこの両人の胸に収めておかなければならないこと、口に出すべきことではなかった。おそらく、その投書には具体的なことは何一つとして書かれていないにちがいない。

「文？　ほほう、そのような大事な手紙をくれるからには、よほど昵懇なお人であろうな？」

「…………」

「なんという名じゃ、聞かしてもらいたい。これくらい迷惑な話はない。よしないことを密告されたばかりに、こちらは命までつけ狙われているのだ」

「いや、本庄氏」

と、典膳がとりなすように言った。

「今の手紙の一件は聞き流してもらいたい」

「なに？」

茂平次は典膳に頭を回した。

「重ね重ね奇怪なことを聞く。たった今伝十郎殿が言ったことをおぬしが水に流せとは。……ははあ、読めた。これはなんだな、伝十郎殿がわしにカマをかけたわけだな」

伝十郎が叫ぼうとするのを典膳が制した。

「そういうわけではないが、……まあ、いろいろとこちらにも事情があって」

「そっちの事情は知らぬ。迷惑を受けているのはこのわしじゃ。これほど大事なことを言っておきながら、水に流せの、取り消せのなどと、よくも言えたものじゃ」

両人は、猛《たけ》り立つ茂平次の前に言葉が出ないでいる。

「これほどの恥辱はない。よくもここまでわしを侮ってくれたな。いかに伝兵衛殿の横《おう》死《し》に逆上したとはいえ、熊倉伝之丞殿をはじめあんた方両人、ならびに井上道場の弟子どもは狂人とみえるな」

「なんと？」

「そうではないか。わけもわからぬ投げ文を信用し、証拠もないのに拙者をつけ狙う。世にこれほど阿呆らしいとも馬鹿馬鹿しいとも、なんともはや言いようのないことがあろうか。……はは あ、わかった。このような無体を言うのも拙者が伝兵衛殿の弟子であったため、わしをいつまでも蔑《さげす》んでいるのじゃな」

「いや……」

「そうではないか。まさか赤の他人にはここまで恥辱を与える勇気はあるまい。……もはや、拙者の忍耐も切れたわ。これまでは口はばったく聞こえるゆえ、言いとうなかったが、今の拙者は町奉行鳥居甲斐守の用人だ。伝兵衛殿とのかりそめの師弟関係を梄に取って恥辱を与えるとは、すなわち、あんた方はてまえ主人甲斐守を侮辱するものだ」

「………」

両人はさすがに窮した。

「甲斐守にこの次第を言えばなんと申そうか。さだめし貴公ら二人をただではおくまい。甲斐守のあの気性じゃ、何をするかわからぬから、その覚悟でいるがよい」

茂平次の勢いに、両人は怯《ひる》みをみせた。

「はっきりと言い渡す。向後、わしを伝兵衛殿の弟子と思わんでくれ。逆縁だが、師弟の縁《えにし》ははっきりと、地獄だか極楽だかにいる伝兵衛殿にお返しする」

「茂平次！」

と叫ぶ伝十郎を、茂平次はじろりと見た。

「なんだ、その顔は？　わしの言うことに間違いがあるかえ？　あらば、その文句を聞こう」

「………」

「ふふふ、ざまあみろ、口があくまい。わしは伝兵衛殿殺しの下手人でもなければ熊倉伝之丞殿の行方にも関りはない。これが最後の言葉じゃ。さあ、ここを早々に立ち去るがよい。その面を見るのもいやじゃ。今後ふたたびわしの前に現われるでないぞ」

と、言うなり茂平次は奥へ向かって手を叩いた。

「誰か参れ。客人はお立ちじゃ。履きものは揃えてあるか。……次に、あとから塩を持って参れ」

怒りに震えた伝十郎と典膳の耳にはいったのは、次の間を歩いている茂平次の哄笑だった。


熊倉伝十郎と小松典膳とを追い返した茂平次は、その足でふたたび鳥居耀蔵のもとに行った。用人だから、こういう際は都合がよい。

茂平次は両人か訪ねてきたいっさいの顚末《てんまつ》を話した。

「こういう状態ではてまえもおちおちとしてはいられませぬ。あの二人のうちとくに伝十郎は、父親の伝之丞がいなくなったので、少々逆上しております。とんと狂人同様の輩《やから》に噛みつかれてはかないませぬゆえ、なんとかお考えおき願いとう存じます」

と頼んだ。暗に耀蔵の手で彼らを取り締まってくれというのである。

耀蔵は話を聞き終って茂平次の顔を意味ありげに見た。

「茂平次、いつかはそなたに訊こうと思いながら、つい、その機会《おり》がなかったが、今はよいきっかけじゃ。……だいたいは察しているが、まだ、そちの口からはっきり聞いてはいぬ。どうじゃ、井上伝兵衛を討ったのは真実そちであろう?」

耀蔵は以前にもそれとなしに茂平次をためしたことがあったが、そのときは茂平次のほうが曖昧に濁して逃げている。

「お察しのとおりでございます」

と、茂平次は頭を下げた。

「やっぱりそうであったか」

「殿、それも殿のおん為を考えたからでございます」

「伝兵衛がわしの為にならなかったというのか?」

「さようでございます。伝兵衛は、水野美濃が殿を追い落とそうと策したうえに、西の丸大奥がそれに加わっているという、てまえの情報を小耳に挟んでおります。しかも、小賢しくてまえに忠告したのみならず、ほかの者にもそれをしゃべった形跡がございます」

「誰だ？」

「さきほど、水野越前守さまを取り除く談合のことに名前の出ました、青山の飯田主水正という旗本にございます」

「そのときから、あの男は出ていたのか？」

「飯田主水正のもとには、友人として井上伝兵衛がしばしば訪れております。現に、あのときも、てまえに余計なことを言うなと不機嫌になって、そのまま別れて主水正の屋敷に立ち向かったようでございます。されば、必ず、この大事は主水正に伝えていると気づきました。このようなことを他人にしゃべるような伝兵衛では殿の今後に不都合が生じると思い、それより四、五日してひと討ちに討ち果たしましてございます」

　茂平次は軽く顔を下げて初めて白状した。

だいたいを察していた耀蔵もはっきりとこう言われると、改めて茂平次を見すえた。

「伝兵衛は剣術の達人であった。よく、そのほうの腕でやれたのう？」

「とてもまともに向かいましては太刀打ちができぬと思い、相手の油断につけ入りまして討ち果たしました。油断を狙われて討たれるようでは、伝兵衛、さしたる名手とは考えられませぬ」

「そちが伝兵衛を殺したとは思っていたが、大胆なことをしたものだ」

「それもこれも殿のお為を考えてのことでございます」

「まあ、仕方がない。できたことだからな。で、伝兵衛の家族は、そちが下手人だということをどうして知ったのだ？」

「べつに確たる証拠があって言っているのではございませぬ。なんとなくてまえに眼をつけているようで。その前に伝兵衛から、あの一件に絡《から》んで叱られていましたので、てまえを怪しいと思ったのでございましょう」

「今日訪れたというのは、その伝兵衛の実弟の息子と、伝兵衛の弟子だと言ったな？」

「はい。実は、その伝兵衛の実弟と申すのが熊倉伝之丞という名で、こやつがてまえをしつこく追い回しておりました。それが近ごろふいといなくなりましたので、やつらは伝之丞までてまえが殺したくらいに考え、今日の詰問となったのでございます。あいつらのみならず、伝兵衛の旧弟子どもがてまえを狙っているかと思うと、そのほうに気をとられ、殿へのご奉公もおろそかになりましょう」

茂平次は、伝之丞殺しまでは耀蔵に打ち明けられなかった。

「そちのような男でも、そんな気の弱いところがあったか？」

「ご冗談を……仇と狙われました身は、一寸一刻も安心していられませぬ。いつ、どこにあいつらが潜んでかかってくるかもしれないと思うと、始終、怯えていなければなりませぬ。今日もはっきりとてまえを名指し、井上伝兵衛殺しと、実弟熊倉伝之丞殺しの下手人呼ばわりをしておりました」

「で、そちはなんと答えたのだ？」

「てまえも伝兵衛との師弟関係を考え、今までは何を言われても辛抱していたが、あまりに相手がのしかかってくるゆえ腹に据えかねて、殿のお名前を拝借し、かりそめにも町奉行の用人に対して無礼であろうと、怒鳴りつけてやりました」

「相手はどうした？」

「さすがにご威名に懼《おそ》れて退散をいたしましたが、それも一時のこと。いま申しましたように、いつなんどき仇討ち呼ばわりをしてくるかわかりませぬ。さすれば、てまえはともかく、殿のご威光にも関ること。なにとぞ、このへんをご賢察のほど願わしゅう存じます」

「そうか」

と、耀蔵はうすら笑いをして、障子の桟に止まった秋の蠅《はえ》に眼をとどめていたが、

「その熊倉伝十郎というのはいずれの藩だ？」

「松平隠岐守家来の由にございます」

「松山藩か……小松典膳と申すのはどこの藩だ？」

「こやつは牢人者にございます」

「よし」

と、耀蔵が気軽にうなずいた。

「わしがなんとか隠岐守に掛け合ってやろう。茂平次、気にかけるでない」

茂平次が畳に頭をすりつけた。

「隠岐を少々おどしてやれば、なんとか片づくだろう」

耀蔵は、蠅が障子の桟の隅で弱く藻掻《もが》いているのを眺めながら言った。

檻の賢者

水野忠邦の公用人岩崎彦右衛門《いわさきひこえもん》は、松山侯松平隠岐守用人奥平左内《おくだいらさない》を水野の上屋敷に呼びつけた。

表向きは懇談だが、岩崎彦右衛門が言い出したのは詰問だった。

「松山藩には熊倉伝十郎なる者がおりますかな？」

岩崎彦右衛門は、忠邦の公用人として権勢を持っている。この男は忠邦の執事であり、代弁者であり、かつ、代理人であった。

何事かと馳《は》せつけてきた奥平左内も、彦右衛門の唐突の質問にはめんくらった。

「たしかに、てまえ藩中に熊倉伝十郎という者はおりますが……」

「いかなる身分でござるかな？」

彦右衛門は、表面、どうでもいいことを尋ねているようである。

「されば、近習役《きんじゆやく》を勤めておりまする」

「さようか。して、その者の父はなんと申しますかな?」

「これは熊倉伝之丞と申し、馬廻役《うままわりやく》にて百六十石二人扶持を頂戴しておりまする」

「なるほど」

彦右衛門はうなずいて、

「その熊倉伝之丞なる者は、いま、どうしておりますな?」

左内は、岩崎彦右衛門がどうしてそんなことを訊くのかと不思議に思った。どうやら、今日の呼出しは熊倉父子に関係したことらしいが、いやしくも筆頭老中の公用人が、一藩の家臣、それも微禄の家来のことでわざわざ呼び出すというのも奇怪なことである。ひっきょう、これはよいことではあるまい。凶と踏んだ左内は、しだいに胸の中が騒ぎ立ってきた。

「仔細ありまして、伝之丞のほうは療養のため引き籠っておりまする」

「どこぞ悪いのですか?」

「脚気《かっけ》の気味で……」

と、左内は恐る恐る言った。実はそうでないのだが、いちおうの口実だけは整えておかなければならない。

「……臥《ふ》せております」

「それは気の毒な」

彦右衛門はそのまま黙っている。しばらく経って、今度は左内のほうが質問に回った。

「熊倉伝之丞ならびに伝十郎、何か不都合なことでもいたしましたか?」

「いや」

語調は重いが、彦右衛門はやはり同じ顔色で、

「伝之丞のほうはともかくとして、伝十郎なる者、いささか気鬱《きうつ》の気味があるのではないのですかな?」

これも左内にとって意外な言葉である。

「さあ」

と言ったが、返事のしようがない。自体、彦右衛門が何を言い出すのか、そのへんのところが摑めないでいる。

「何かは存じませぬが、てまえもまだそこまでは」

「ご存じない？　……ははあ、では、いちおう、申すが」

と、彦右衛門はどうやら本筋らしいものにはいった。

「熊倉伝十郎なる者は、南町奉行鳥居甲斐守殿家来本庄茂平次なる人を仇と呼ばわって、つけ狙っているようだが……」

「仇？」

「さよう、これは鳥居殿からこちらに話がありましてな」

こちらとは、いうまでもなく主人忠邦のことを指している。

「この本庄氏は、甲斐守殿の用人でしてな。身におぼえのないことを貴藩の熊倉伝十郎に言われ、とんと迷惑をしておると申されています。なんでも、先日も伝十郎は他の者と語らい本庄氏の屋敷に乗り込み、今にも刃傷沙汰《にんじょうざた》に及ぼうとしたそうで」

「はあ」

と左内は言ったが、顔から血の色が引いた。

「さようなことはまったくもって存じませず、ただ今初めて貴殿から承ったような次第で」

と、言葉までもつれた。

「大藩の御用人ともなれば、下々のことまでは手が回らないのも当然」

と、岩崎彦右衛門はちょっぴり皮肉を言った。これは水野がわずか七万石の小大名であるのを利かしているのだ。

水野忠邦も譜代だが、伊予松山の松平は譜代中の大藩である。いうまでもなく、この松平は久松家で、その先祖は家康の異父弟に当たる。徳川家の政策として小藩の譜代大名には幕府の諸職につけて権力を与えたが、それでも小藩のひけ目は、とかく大大名に対して意地悪い眼を持っていた。伊達、毛利、島津などはいうまでもないが、同じ譜代にしても松平家のような十五万石に対しても似たような感情がある。

「いいえ、さようなわけではございませぬが」

と、彦右衛門の皮肉は奥平左内にもわかっていた。

「てまえ不調法にてまことに申しわけのないことで」

「いやいや、貴殿を責めるわけではござらぬ」

と、忠邦の公用人は静かに笑う。

「ありようは、鳥居殿がとんと迷惑をされていることをお伝えしたいのじゃ。それも何か証拠があって仇討ちの名乗りをされるならともかく、さようなものは何一つないというえ、さきも申したとおり、当の本庄氏はいっこうにおぼえのないことだと言い張っておられる。なんでも、熊倉伝十郎の伯父は井上伝兵衛とか申して、当江戸市中において剣術の師匠をしていたそうな。本庄氏は、その弟子だということだが。ところが、伝兵衛が何者かに討たれたので、伝十郎なる男は本庄氏を下手人にみているそうですな」

「…………」

「本庄氏も旧師匠の縁故から、ずいぶんと遠慮していたというが、伝十郎は執拗《しつよう》に本庄氏をつけ狙っているそうな。さようなわけで、本庄氏もたまりかねて甲斐守殿へ訴え出たという次第じゃ」

彦右衛門は言葉の区切りをつけるように、初めてじろりと白い眼をむいた。

その日のうちに、熊倉伝十郎は組頭といっしょに用人奥平左内のもとに呼び出された。

「伝十郎か」

左内は苦り切った顔をしていた。

「はい」

伝十郎もなんのために用人に呼び出されたかわけがわからないでいる。同道の組頭は、伝十郎が過失でも犯し、そのための責任が自分の身に及びはしないかと、はらはらして脇に控えていた。

「伝十郎、そのほうは本庄茂平次という人を知っているか？」

伝十郎は、はっとした。茂平次のことがどうして用人にわかっているのか。

「存じております」

と、眼を左内の顔にあげた。

「それはどのような人物か？」

「はい、鳥居甲斐守殿家来にございます」

「うむ」

左内は大きくうなずいて、

「そちは本庄茂平次を仇と狙ってたびたび仕掛けたそうだが、さようか？」

伝十郎は眼の前に大きな石が落下したように感じた。

「仇として仕掛けたことはございませぬ」

と、唾《つば》を呑んで答えた。

「しかし、先夜もほかの者と語らい本庄氏の宅に押し入り、今にも斬りつけようとしたそうではないか」

「それはちと違います。あれは伯父伝兵衛の殺害を茂平次に確かめに参ったのでございます」

伝十郎は不安を隠して言った。

「それは井上伝兵衛という名だな。伝兵衛を本庄氏が殺したという証拠があるか？」

「証拠はございませぬが、てまえはさように信じております」

「証拠のないものをみだりに仇呼ばわりしてよいか」

と、左内は理詰めにした。

「まだ、そこまでは申しておりませぬ。ただ、てまえ、信念として伯父を討ったのは茂平次だと考えております。いずれはっきりいたしました節は藩に願い出《い》で、仇討ちのお許しを得たいと存じておりました」

伝十郎は息がはずんでくるのを抑えた。

「では、本庄氏の家に押し入ったのではないというのだな？」

「押し入ったのではございませぬが……」

　と、伝十郎は言葉を少し迷わせた。偽名で乗り込んだのだから、結果的には押し込んだと言えないことはない。

「茂平次はわれわれの追及から逃げ回っておりますので、多少、押しかけ気味なところはございます」

　若い伝十郎は正直に言い直した。彼はつづいて説明した。

「それと申しますのは、父熊倉伝之丞も本庄茂平次を問い詰めるべく、先日、印旛沼に出発したまま未だに戻っておりませぬ。当時、茂平次は印旛沼ご普請場に参っておりましたので、必ずや茂平次も父伝之丞と出会っております。しかるに、父伝之丞が行方を絶っておりますゆえ、あるいはこれも茂平次が討ち果たしたのではないかと懸念しております」

「それも証拠があるか？」

　と反問した左内に、伝十郎が屹《きっ》と眼を向けた。

「御用人さま、証拠証拠と仰せられるが、物事には証拠はなくともはっきりと判断ができることもございます」

　と、思わず声が激した。

「伝十郎」

と、横からおどろいて組頭が叱った。

「まあ、よい」

と、用人奥平左内は制して、

「そちはどうしても本庄氏を仇と狙う所存か」

と、落ちついて質《ただ》した。

「はい、この決心には……変わりがございませぬ」

伝十郎は奥歯を噛んだ。

「そうか。それなら仕方があるまい」

と、左内は低く言った。

「その覚悟が変わらぬ以上、そのほうは当家より召し放すことにする」

「なんと仰せられます?」

と、伝十郎は眦《まなじり》をつり上げた。さすがの組頭も左内の言葉にはびっくりしている。

つづいて動揺したのは、組頭の責任として自分にも処分がきそうな怖れだ。

「伝十郎、伝十郎」

と、声が上ずっている。

「それでは、てまえは当家より召し放たれるのでございますか？」

伝十郎は組頭を無視した。

「伝十郎、そのほうは証拠もないのに仇呼ばわりし、他人に迷惑をかけている。しかも、本庄氏は鳥居甲斐守殿用人じゃ。そのへんのわきまえがなかったとみえるな」

と、左内も相手だけを直視して、組頭へは一顧もしない。

「お言葉でございますが」

と、伝十郎は遮った。

「茂平次は甲斐守殿の家来にはござりまするが、てまえはまだ彼に刃傷を仕掛けたわけではございませぬ。てまえの疑念を晴らすため問い詰めに参っただけです」

「それがいかぬ。いやしくも他家の用人に対し仇呼ばわりをしたのみならず雑言《ぞうごん》を吐いたとは、当藩の士風とも思えぬ」

「御用人さま」

「これ、伝十郎、よう聞け。わしは今日、水野越前守殿公用人岩崎彦右衛門殿に呼び出されて、初めて仔細を聞かされた。わしは赤恥をかいたぞ。何も知らなかったでな。彦右衛門殿はこう言われた。熊倉伝十郎は気鬱症に罹《かか》っているのではないかとな」

「御用人さま」

と、伝十郎が唇を歪めた。

「いや、誰でもそう思うのはもっともじゃ。証拠もないのに、しつこく仇としてつけ狙う。これは、とんと狂人じゃ。相手が迷惑なさるのも当然。しかも、そのほうはあくまでも本庄氏を仇としてつけ狙うというなら、当家ではさような狂人を置くことはならぬ。これから先、当家にどのような迷惑がかかるかわからぬでな」

「御用人さま、てまえは狂人でございましょうか?」

「そのほうはそうは思わぬかもしれぬが、この事態では世間はそう取ってくれぬ」

「世間ではございますまい」

と、伝十郎は左内に肩を張った。

「おおかた、水野越前守さまのご威勢ならびに町奉行鳥居甲斐守殿の権勢に御用人さまも膝を折られたのでございましょうな」

「これ、伝十郎、口がすぎるぞ」

と、横の組頭が喚くように叱吃《しった》した。

「いいえ、非礼を承知で言葉をお返しいたします。御用人さま、てまえの退去は、殿ならびに御家老方もご承知のことにございますか？」

「むろんだ」

左内は睨みつけた。

「よろしゅうございます。主家に迷惑をかけてはてまえも立つ瀬がございませぬ。また不忠にもなりまする。しかしながら、伯父ならびに親をおめおめと討たれて泣寝入りでは、てまえ、孝道が立ちませぬ。また武士としての意地も立ちませぬ。……牢人してでも、あくまでも茂平次をつけ狙いまする」

若い伝十郎は言い放った。


その夜、熊倉伝十郎を中心にして一家は泣き伏した。伝十郎の母親は袂《たもと》を噛んで声を堪《こら》えている。駆けつけた井上伝兵衛の妻も顔を掩《おお》っている。小松典膳はじめ旧井上道場の弟子たちも伝十郎を中心に置いて暗然となっていた。

激昂する者は、

「松平家は水野老中の権勢に屈したのだ」

と憤慨し、

「かまうことはない。本庄茂平次の家に皆で押し入り、彼を斬ろう」

と言う。賛成する者は多い。それを止めたのは伝十郎である。

「方々《かたがた》の気持ちはわかりますが、てまえとしてはやはり道理を通したいと思います。仮りに茂平次をひっ捕えて殺すことはいとやすいことなれど、世間では仇討ちとは見ますまい。てまえも左内殿の言葉に憤慨はいたしましたが、なるほど、証拠もないのに茂平次を仇と狙ったのは行きすぎのように思います」

「しかし、伝十郎殿」

「いや、お待ちください。なるほど、左内殿は水野老中や鳥居甲斐の威勢に怖れ、てまえを追い放ちましたが、道理は道理。やはりしっかとした証拠を握るか、または茂平次にいっさいを白状させるか、二つに一つの方法を選ぶよりほかありますまい。それでこそ世間も納得する立派な仇討ちができますする」

「…………」

「父伝之丞も茂平次によって討たれたことは必定《ひつじょう》です。しかしながら、未だにその亡《なき》骸《がら》も出て参らぬ。つまり、世間の眼からいえば、父は逐電《ちくてん》と変わりはござらぬ。それを直ちに茂平次に対し父の仇呼ばわりするのもいかがかと存じます」

「いや、伝十郎殿」

と、一座の中で言う者がいた。

「これは不吉な言い方かもしれぬが、この際、遠慮は言っていられぬ。龍倉伝之丞殿の死骸は、あの辺の川に棄てられたのかもわかりませぬぞ。聞くところによると、印旛沼から流れる川は泥が深く、とんと底なしの沼だそうで、いったん、その中に物体が沈めば、二度と上がってこぬとは、このたび印旛沼普請より帰った友人が申しておりました。律義な伝之丞殿が未だに戻られぬのは、ひっきよう、茂平次の所業に決まっております」

「お言葉だが、それも単なる想像」

と、伝十郎は答えた。左内の前にいたときより、ずっと冷静になっていた。

「これも証拠はござらぬ。また、肝心の父の遺体も上がりませぬ。わたしは主家を召し放されて、初めて憑《つ》きものが落ちたように思われます。今までは主家も大事、伯父、父の仇討ちも大事と存じ、両方に脚を引っ張られておりました。なれど、向後《こうご》は主家への遠慮も思惑《おもわく》も不要となりました。茂平次の追及に専心できまする。今度のことは、てまえ、かえって良い結果になったと存じております」

「伝十郎殿の言いぶん、しごくもっとも」

と言い出したのは小松典膳だった。

「われらもさように思う。やはりこれは、茂平次を白状させるか、動かぬ証拠を握るか、どちらか一つを摑んだうえで仇討ちをすることです。でないと、われらは乱心者にされます。乱心者で終わってはならぬ。さような仇討ちでは、亡くなられた師匠井上伝兵衛殿にも、また伝之丞殿にも申し訳がござらぬ」

小松典膳のこの一語が皆の気持ちを決定させた。

集まった者は悲痛な顔で帰っていく。

あとに残った小松典膳も何かと伝十郎と話し、さらに伝十郎の母親、つまり伝之丞の女房にも、師匠井上伝兵衛の妻にも慰めの言葉をかけ、やっと最後になって起ち上がった。

「典膳」

と、伝十郎が玄関まで来て、その手を握った。

「これからは、二人でどこまでも力を合わせてやろう」

「いうまでもない」

典膳もそれを堅く握り返す。

「伝十郎殿、この家にくるのも、これが最後かもしれぬな」

「うむ」

さすがに伝十郎は顔を背《そむ》けている。松平家を追われると、とうぜん、藩邸の所属であるこの家から出ていかなければならなかった。


松山藩の熊倉伝十郎の長屋を出た小松典膳が芝口北紺屋町《しばぐちきたこんや》の喜左衛門裏店《きざえもんうらだな》に戻ったのは、その晩の五ツ（午後八時）ごろである。棟割長屋の井戸近くに来たとき、ふいに物陰から人影が二、三人湧いて出た。

「小松氏」

呼びかけられた典膳は立ち停まって、相手の姿を油断なくみつめた。

「誰だ？」

「小松典膳殿に間違いないな？」

先方は着流しで立っているが、羽織が短いのは言わずと知れた八丁堀同心である。典膳の退路を断つようにうしろから二人の小者が提灯を持って現われた。同心の横にいた二人の小者も典膳の両側に足を移した。

典膳は見回して、

「無体な」

と睨んだ。

「そういうからには小松典膳だな？」

同心は身体を斜交《はすか》いに片足を前に出した。

「いかにもわしは小松典膳だが」

「ゆえあってお調べがある。同道されたい」

同心は気魄をこめて言った。

「いかなる仔細、それを聞こう」

「同道すればわかる」

「そちらは都合がよいかもしれぬが、無体に引っぱられてはこちらは迷惑じゃ」

典膳には早くも事態がわかった。たった今、熊倉伝十郎と別れたばかりで、その伝十郎は松山藩から追放になった。むろんのこと鳥居甲斐守からの圧力に藩の重役が屈したのだ。しかし、熊倉伝十郎は藩士だったから、その程度の扱いで済んだが、次は素牢人のこちらに何かがくると予感していた矢先だった。さっそくである。

「手向かいするか?」

と、同心は大きな声を出した。

「手向かいはせぬ」

と、典膳は嗤《わら》った。

「ただ、理由を聞きたい」

一歩前に出ると三方を取り巻いている小者がどよめいて囲みを狭めた。

この声を聞きつけて長屋から様子を見に外へ出てくる者がある。典膳は、まだ内職の竹を削っている女房が頭の中を掠《かす》めた。

「理由が言えぬなら、何も同道することはあるまい」

「なに」

と、同心が気負って小者に眼配せをしたとき、

「待ってくれ」

と、典膳は押しとどめた。女房のことが眼に泛んだ。近所の騒ぎが頭の中にひろがっ

た。

「よしよし。それなら、とにかく参ろう。参れば話はわかる。だが、奉行所に参れば、当分家に戻れぬかもしれぬな。それともすぐに放してくれるか？」

「それはわからぬ」

「わからぬなら、いつ放されるかも請け合えぬのだな。長く戻れぬとなれば、家のあと片づけもある。拙宅は眼と鼻の先だから、そこに寄ってのことにしてもらいたい」

「家はどこだ？」

と、同心は訊いた。

「すぐそこに見えている。なに、少々門口で待ってもらえば済むこと。女房にも別れを告げたいでな」

同心は黙っていたが、

「できるだけ早く済ませろ」

と、典膳の傍に歩いた。

「縄を打つのは御免蒙《こうむ》りたい。まだ罪状も決まらぬのに縄つきの亭主を見せたら女房が嘆く」

「神妙にするなら、それでよい」

典膳がわが家に歩くと、同心がぴたりと横につき、小者が前後に付いた。長屋の者は戸口からのぞいて、この黒い影の一団を見送っていた。

角から四軒目、廂《ひさし》の傾いている入口に立った典膳が戸を叩くと、中からそれを開けて若い女房が顔を出した。

「あっ」

と、女房の口から声が洩れたのは、提灯が夫の背後を囲んでいるからだった。

「騒ぐでない」

と、典膳は叱って、

「仔細あって、これから奉行所に同道する。もっとも、時刻が時刻だから、今夜はどこその辻番に留め置かれるであろうな」

「あなた」

「うろたえるな。なんの用で引っぱられるか、わしには見当がつかぬでもない。だが、破廉恥《はれんち》な罪で裁きを受けるのではないから安心しろ」

「…………」

「向こうに行けば、少々長引くかもしれぬ。家の中のことは心配あるまいな?」

「はい……大丈夫でございます」

「それを聞いて安堵した。いつも言い聞かせているとおり、いつなんどき不時のことがあるかもしれぬ。そちに心得はできているはずじゃ」

女房が咽喉《のど》の奥で声を洩らした。

「さて、そこなる同心殿」

典膳は身体の向きをかえた。

「姓名を承りたい」

「南町奉行所鳥居甲斐守配下与力片山小一郎《かたやまこいちろう》組、同心千馬喜三郎《せんばきさぶろう》と申す」

「奉行じきじきの指図かな」

「なに?」

「拙者を召し捕れとは、誰の命令だ?」

「余計なことを」

同心が典膳の腕を捉えた。

「神妙にしろ」

「このとおり、神妙にしている。訊《き》いているだけだ」

と、典膳が大きく笑った。女房が後から走り出た。

普通、夜にはいってからの逮捕は、その晩辻番に留め置かれるか大番屋に留置されるかである。辻番から大番屋に回って取調べを受けることもある。事実、小松典膳もそう思っていた。

しかるに、彼はそのまま伝馬町の牢屋敷に入れられた。すでに亥《い》の刻（午後十時）近かった。

「怪しからぬ話だ」

と、小松典膳は、そこまで見送ってきた奉行所の与力と同心を睨んだ。与力は途中から現われたもので、この同心の上役になる。

「入牢《じゆろう》証文はあるのか？」

典膳の問いに、

「ご心配なく」

と、与力は一枚の紙をひらひらと典膳の眼の前に見せて牢屋役人に手渡した。

いかに江戸時代といってもむやみと人を牢に入れることはできない。辻番または自身番の留置は、今で言えば緊急逮捕であるから、その後の大番屋、牢屋敷となると、そのつど正式な入牢証文の請求が必要である。火急を要する場合だと、一件書類を奉行所に差し出せば、夜中でも宿直の者が入牢証文を書いて手渡すことになっている。与力は、これを牢屋敷役人に提出し、被疑者の身柄を引き渡す。つまり、これから先は町奉行の手を離れて牢屋奉行石出帯刀《いしでたてわき》の責任下にはいるのである。入牢証文は逮捕状と拘留状を兼ねたようなものなのだ。

以上の手続きを知っている小松典膳は、すでに入牢証文が用意されているのを知って、やはり図《はか》られたと思った。手回しが早すぎる。一回の取調べもなく入牢が決定したのだ。

(これは長くなる)

と感じた。女房に気楽に言ったのはむろん心配させないためだが、内心でもこれほどとは思わなかった。いかに鳥居奉行が本庄茂平次を庇護しているかがわかる。

牢屋役人は典膳の衣服を改め、刀はもちろんのこと、自殺の危険ありと思われるものは悉《ことごと》く取り上げた。

「罪名はなんじゃ？」

と、典膳が訊いても、

「それは明日のことだ」

と、役人は相手にしない。

牢屋敷には、一般の者を入れる百姓牢と、士分の者や僧侶、神官を入れる揚り屋とがあるのは知られているとおりだが、この揚り屋は牢屋敷の北側にあった。中の造りは、規模が小さいのと、板の間に薄縁《うすべり》が敷いてあるのとが違う程度で、百姓牢とそれほど変わらない。その揚り屋の隣には牢役人のいる詰所があり、夜は警固の場となっている。外鞘《そとざや》から鍵役《かぎやく》が錠をはずす。外鞘のところどころには裸蠟燭《はだかろうそく》を立てて、夜中でも内鞘の中を照らすようになっている。暗くしておくと、逃亡、病気などの異変がわからないからだ。

鍵役がしゃがんで内鞘の錠を外から開け、

「頼むぞ」

と怒鳴った。百姓牢だと、「新入りがある。受け取れ」と言うところだが、揚り屋では牢名主などいない。いちばん古いのがその代わりをしている。

「月番、南町奉行鳥居甲斐守さま御掛《おかかり》……伊予牢人小松典膳、吟味中牢入りを申しつけられた。受け取るがよい」

と呼んだ。百姓牢の場合より言葉が少しく丁寧である。

「おう」

と、中から応えたのがわずか一人だった。

典膳は四つん這《ば》いになって、開けられた潜り戸から暗い牢屋にはいろうとする。百姓牢だと、馴れない者はまごまごするので、キメ板で尻を殴りつける。その拍子に中へ犬のように転げ込んでいくわけだ。

典膳は、うしろにバタンという潜り戸が閉まる音と、つづいて錠をおろす音を聞いて、そこにすわった。役人の足音が向こうに去り、外鞘の戸が閉まり、錠前がガチャンとかかった。

典膳は奥をのぞいたが、外鞘の裸蠟燭の灯がかすかに届いている。その中で黒い影が一つ起きてすわっていた。牢内では寝具を給さぬのが定法だ。病人でなければいっさい、そういう給与がない。

典膳が先方を見ているとおり、向こうでもこちらを眺めている。

相手はどのような囚人かと典膳は考える。近ごろは御家人でずいぶん乱暴を働く者がいるから、その類《たぐい》かもしれない。

「もそっとこちらにお寄りなされ」

と、典膳がものを言う前に向こうから声をかけてきた。あんがい、年寄りじみている。言葉の調子も江戸のものではない。

「御免」

と、典膳はにじり寄るように進んだ。

「ご遠慮なさるな。先は長い」

と、先客は言った。

「どのような科《とが》でここにはいられたか存ぜぬが。かような場所でくよくよしてもはじまりませぬ。病気などしてはおしまいです」

その声も言葉も温《あたた》かみがあった。えてしてこういうところにいる人間は排他的になるものだが、この人は、初めからこっちを抱えこんでくれるように情味が感じられた。

「申し遅れました。てまえ……」

「いや」

と、向こうで笑って、

「ただ今、牢役人から聞きましたのでな。それで十分です」

「はあ」

「もう馴れています。わたしはここに半年以上おりまするが、その間に何人入れられて何人出ていかれたやら、多いときは、この狭い座敷に十人以上という混みようじゃった。それが二、三日前みんな出ていかれて、てまえひとりで寂しくなっていたところです。あんたは珍客じゃ」

と、声から微笑が消えなかった。

典膳は、その言葉に九州訛を感じた。それも本庄茂平次と同じ抑揚なのである。

「卒爾《そつじ》ながら」

と、典膳も心がゆるんで相手に尋ねた。

「お尋ねしますが、おてまえは長崎のほうのお方ではございませぬか?」

「やれやれ」

その年配の男は言った。

「わたしの説はだいぶん強《きつ》いとみえまして、ここにおはいりになる方々がきっとさように申されます。ですが、九州とは申されても、初めから長崎とズバリと申されたのはご貴殿ひとり」

「では、やっぱり」

「さよう。これは申し遅れましたが、てまえは、先ごろまで長崎で会所役人を勤めていた高島四郎太夫と申します田舎者です。よろしく」

典膳は、あっと、口から叫びが出るところだった。とたんに膝を直して、うしろに退り、ひとりでに手をついた。

「これは存ぜぬこととはいいながら失礼をいたしました。さては、おてまえさまが、あの有名な高島秋帆先生でございましたか」

「いやいや」

と、高島四郎太夫は首を振った。

「先生と申されてはてまえのほうが困ります。たかが一介の田舎町役人、さように堅苦しくなられることはございませぬ」

「秋帆先生のご高名はつとに拝聞いたしております。先年、武州徳丸原《とくまるがはら》で砲術の演習をされました際は、江戸じゅうで先生の技に驚嘆せぬ者はございませなんだ」

「お恥しいことを……」

「それぱかりか、先生のご見識は心ある者の敬慕の的となっております。伊豆韮山《にらやま》の代官江川坦庵先生を始め、全国に高弟少なからず、われらのごとき者がご謦咳《けいがい》に接するのは容易でないところです。図らずも咫尺《しせき》の間にお目にかかったとは、まことに夢のようにございます。てまえ、改めて申し上げます。伊予松山藩松平隠岐守元家来小松典膳と申す者。二年前にゆえあって主家を辞し、目下浪々の身にございます。なにとぞお見知りおきのほどを」

「小松殿」

と、高島四郎太夫はまた笑いだした。

「かような場所で、そんな堅苦しいご挨拶を受けますと、てまえ、とんと閉口いたします。どうぞお気軽に、お気軽に。でないと、てまえも窮屈千万。せっかく、かような場所に縁あって同居いたすなら、お互い、垣根を取って心安く往き来いたしたいものです」

「はあ」

典膳は、思いがけないところで思わぬ人物にめぐり会い、暗い牢屋が一どきに光明に満ちたように感じた。

「まあ、気楽にこちらにおいでなされ」

と、高島四郎太夫はすすめた。

「はあ」

小松典膳は畏敬《いけい》の眼で、遠い蠟燭の灯に映し出されている四郎太夫の顔を見上げている。

「ときに」

と、四郎太夫は言った。

「先ほども申しましたように、おてまえはわたしの言葉でズバリと長崎訛だとお当てなされた。だれぞお知合いに長崎の方でもおられましたか?」

四郎太夫としては典膳の知人に同郷の者があればと、それを懐かしんで訊いたにすぎない。

「はい、知人と申しますか、とにかく知合いにそのような男がございます」

「ほう、長崎は狭い土地ゆえ、たいていの名前ならわたしは知っているつもりです。その方はなんと申しまする?」

「口にのぼすのも穢《けが》らわしい名前ですが」

と、典膳は唇を歪めた。

「本庄茂平次と申します」

「なに、本庄茂平次？」

四郎太夫が肩を大きく上下させたほど愕きをみせた。

「おや、先生には本庄茂平次をご存じで？」

典膳がさしのぞくと、

「うむ」

と、四郎太夫はしばらく沈黙していたが、

「よく存じております」

と、苦りきって答えた。

小松典膳も、高島四郎太夫が長崎から江戸に護送されてきて獄につながれていることぐらいは知っていた。だが、詳しい事情はわかっていなかった。四郎太夫には何やら長崎で不穏な行為があって、それが幕府の咎《とが》めを受けたという程度の漠然とした知識しかない。噂は概略のことしか伝えないのである。

それに典膳は、高島秋帆の下獄が鳥居耀蔵の策謀であることも、その命を受けた茂平次が下で働いたこともいっさい知っていなかった。

「やはり本庄茂平次をご存じでしたか」

と、小松典膳はただそれだけでうなずいた。

「さよう。茂平次はわたしの勤めていた会所にもいたことがありましてな、ときどきわたしの家に遊びにきたこともございます」

四郎太夫はあまり感情を見せず、その言葉のあとから、

「して、あんたも茂平次をご存じですか？」

と、おだやかに訊いた。

「はい、あることで茂平次をよく知っております」

と、典膳は答えたが、その返事に思わず憎しみの調子が現われた。

暗い中だし、初対面ではあったが、高島四郎太夫も典膳の語調にその感情を捉えたようだった。彼は言葉を休んでから、また尋ねた。

「つかぬことを伺うが、おてまえはどういう機縁で本庄茂平次と知り合われたのですか

な?」

「茂平次は、てまえの師匠井上伝兵衛と申す者の剣術の道場に出入りしておりましたので」

典膳は茂平次のことにふれるのが不愉快なので、説明も無愛想なものになった。

「なるほど、あの男は長崎でも剣術のほうは達者なほうでした。江戸の道場に通ったからにはかなり腕も上げましたでしょうな?」

「なに、さしたることはございません」

典膳が吐き出すように答えたので、四郎太夫はあとを黙った。今度は彼の露骨な感情をはっきりと受け取ったのである。

小松典膳の側では、四郎太夫が本庄茂平次をどうみているかが初めて自分の意識に上《のぼ》ってきた。四郎太夫と茂平次とは長崎の者だし、しかも、同じ会所に勤めていたという間柄なら、四郎太夫が茂平次を憎く思っているはずはなかろう。それでなくとも、家郷を離れた者には同郷の者は懐かしいはずである。

これはつい言葉に飾りを失ったと、典膳は後悔した。茂平次がどのような人物であっても、四郎太夫には関係のないことである。さりとて今さら本庄茂平次を賞め直してやる気は毛頭ない。典膳の言葉も自然とあとが切れた。

沈黙が両人の間に落ちたが、四郎太夫のほうから軽く咳払いをし、身体をもぞりと動かした。

「小松氏」

と、四郎太夫は呼びかけた。

「はい」

典膳が眼を上げると、四郎太夫は遠い蠟燭の明りを受けた顔に苦笑のようなものを泛べていた。

「これもつかぬことを伺う。何せ、かような牢獄の中ゆえ、退屈凌《しの》ぎにお訊きするまでだ。……違っていたら、失礼を詫びたい。そこもとは本庄茂平次をあまりお好きでないように見うけるが、いかがかな？」

正直、典膳は思い切ってうなずいた。

「お尋ねがあったゆえ申し上げます。先生の同郷の者ではございまするが、本庄茂平次はわれらの仇にございます」

嫌いな奴だとか、厭らしい男だとかいう返事ぐらいを期待していたらしい高島四郎太夫も、典膳のこの強い言葉には呆れたようだった。

「仇？」

その顔がおどろきの表情をひろげて、

「それはまたいかなる仔細で？　いや、立ち入ったことをお尋ねして恐縮です。差しつかえなくば伺いたいものじゃ」

「なんで差しつかえましょう。ただ、てまえが惧《おそ》れるのは、茂平次の悪事を申し立てて先生にご不快をかけはせぬかということです」

「なんの」

と、四郎太夫ははっきりと手を振った。

「実を申せば、わたしも茂平次は好きでないのです」

「先生も」

温厚な四郎太夫がはっきりとそう言うのである。典膳は勢いづいた。

「なるほど、茂平次の人柄なら、さすがの秋帆先生もご寛容にはならないでしょう。先生、てまえが茂平次を仇と狙うのは、実はかようなわけでございます」

典膳が膝を進めて一部始終を話した。

簡略に経過を述べるだけで時間がかかる。事実、話の終わり近くなって見回りの役人が足音を立ててきた。

小松典膳は四郎太夫の指図で、役人が外鞘の短くなった蠟燭の上に新しい蠟燭を継ぎ、内側の奥をじっと窺《うかが》って去るまで薄縁《うすべり》の上に寝たふりをしていた。

蠟燭が新しくなったせいか、牢内はやや明るく感じられた。四郎太夫の顔も、その相貌がさきほどよりは明瞭に見える。

「さようなわけで……」

と、典膳はつづきを彼に話した。

「われらは茂平次を師匠の仇、また伝兵衛殿の弟御に当たる熊倉伝之丞殿の行方不明も茂平次の仕業《しわざ》と存じ、これも彼が討ち果たしたものと睨んでおります。されば、それを追及するために、伝之丞殿の子息伝十郎とてまえとで茂平次のところへ糺問《きゆうもん》に参りましたところ、卑怯なる茂平次は奉行の鳥居甲斐に庇護を求めました。あの妖怪め、茂平次をかばって、伝十郎を主家から追わせたのみならず、牢人者のてまえはかようなところにぶち込みました」

話しながら典膳は悲憤がこみ上げてきた。

連行されるときには興奮のあまり、さほどにも考えなかった事態が、入牢してみて容易でない現実としてわかってきたのである。穽《あな》に陥《お》ちたというのが典膳の実感であった。

おれをどうする気だ、と喚きたくなるのだ。彼は最初に軽く考えたのを後悔した。相手は冷酷無比な鳥居耀蔵だ。容赦のない権力の重圧を、この牢にはいって初めて知らされたのである。

あれもこれも本庄茂平次の仕業だと思うと、典膳は腸《はらわた》が煮《に》え返りそうだった。話す言葉もますます激してきた。

「先生、わたしは今になってどうして茂平次を斬らなかったかと悔んでおります。なまじ大事をとって彼の白状をとりたいばかりに、こういう体《てい》たらくになりました。われらの考えがあまりにまっとうすぎました。仇討ちをするからには相当の順序をふみ、大義名分を正そうとしたのでございます。そのためには茂平次の白状が入用となります。なんとかしてそれを取りたいばかりに、今日まで過ごして参りました」

典膳はくやし涙が溢れ出た。

「熊倉伝之丞殿はそれをなされたいばかりに、かえって茂平次の術策にかかり、おそらく、あえない最期を遂げられたことと思います。茂平次のような奴はダニ同然ですから、問答無用に斬ってよかったのです。あいつの口から出まかせの嘘に引きずられたのもわれらが誤りでした。……考えてみると、こちらもわが身を捨ててかかるという覚悟がつきませなんだ。正規の仇討ちをしたいという心には、どこかに誉《ほまれ》を取りたい欲があったのです。間違いでございました。てまえは今度こそ……」

と、格子戸の中を睨《ね》め回して、

「ここから脱牢してでも茂平次を叩き斬ります。師匠の仇のみならず、あいつは公儀の中に巣食う蛆虫《うじむし》です。あいつのためにどれだけ庶民が迷惑しているかわかりませぬ。てまえは天下のためにも必ずあいつを斬ります」

典膳の声が高くなった。どこかでごそりと物音がした。

牢内では科人《とがにん》同士の話は禁じられている。夜のことだし、その声が聞こえたので役人が様子を見に起きたのかもしれなかった。

「静かに」

と、四郎太夫は典膳を押しとどめた。耳を澄ましたが、役人のくる足音は起こらぬ。

「なるほど、そうであったか」

しばらくして四郎太夫が言った。

「本庄茂平次なら、それはやりそうなこと。さりながら、そこまであの男があんた方を図ったとは知りませなんだ」

と、ふっと太い息を吐いた。

「先生も茂平次の性質《たち》はご存じだったので?」

「さよう、よくわかっております」

四郎太夫は大きくうなずいたが、少し躊躇《ためら》ったあと、

「典膳殿、おてまえの腹立ちはごもっとも、よくてまえにも推察ができます。だが、破牢してまでも本庄茂平次を討つというのはいかがでしょうな?」

のぞきこんで言う言葉を典膳は四郎太夫の分別とみた。

「ここで破牢しては先生にご迷惑をかけます。ご迷惑をかけないようになんとか牢抜けをして茂平次を討ちます」

「いや、典膳殿、それはあんたの思い違い。わたしは自分の迷惑を考えてお止めしているのではない。たとえあんたが放免になってここから出られても、仇討ちの儀はおやめ

になったほうがよろしいのではないかというのです」

「これはまた、先生のお言葉ながら意外なことを承ります」

典膳は興奮のさめぬ顔をあげたが、

「なるほど、かようにお話ししただけでは先生にはてまえの気持ちがわかりますまい。ひっきょう、他人のことでございます。これはやはりてまえの胸の中に蔵《しま》っておくことでございました」

と、悔いるように言った。

「それもあんたの間違い。わたしもあんたと同じです」

と、四郎太夫は微笑した。

「なんと仰せられます?」

「典膳殿、わたしがこうしてこの牢にはいっているのも、実を申せば本庄茂平次に図られたのですよ」

「え?」

典膳は眼をむいた。

「あんたの話ほど混み入ってはおらぬが、ま、概略をお話し申そう」

高島四郎太夫は、もう一度、すわり具合を直した。

秋帆は、このたび罪を得て獄に下ったのは、鳥居甲斐守の命を受けた本庄茂平次が長崎に来て画策したこと、それには事実を曲げていること、あらゆる虚構が、秋帆謀反の資料になっていることなどを話した。

「……さようなわけで、茂平次は鳥居殿の走狗《そうく》となって、わたしを陥れるため一役買ったのです。前から知らない仲ならともかく、茂平次は会所の下役人としてたびたびわたしのところにも参り、何かと機嫌をとっていた男です。会所では彼に不正な事実のあることがわかったので辞めさせたのですが、いつの間にか江戸で鳥居殿に取り入ったとみえます。次に長崎に下ったときは、もう、鳥居殿の意図を受けて、わたしに罪を被《かぶ》せる材料をしきりと集めていたわけですな。普通の人間ではとてもできないことです」

「さようでございましたか」

と、小松典膳は初めて聞いた秋帆の下獄のいきさつに衝撃《しょうげき》を受けた。

「先生、それならばなおさらでございます。お話を承れば、いかにも茂平次のやりそうなこと。奴のために奇《く》しくもここに二人が同じ牢内に落ち合うことになりました。てまえはいよいよ茂平次への憎しみが募って参りました。師匠の仇もさることながら、先生をかような目に遭《あ》わした茂平次は言いようのない極悪人《ごくあくにん》、これはいよいよ斬って捨てねばなりませぬ」

典膳は激昂した。他人事とは思えないのだ。全国の蘭学者に崇敬せられている秋帆が、いかに鳥居の差し金とはいえ、茂平次の奸策のために牢につながれている。しかも、罪名が外敵と通じ、内乱を企てたというのだから、いつ処刑されるかわからないのだ。

蛆虫より劣った茂平次に、この碩学《せきがく》の高島秋帆が生命を奪われるという不条理に典膳はわが身が震えるほど内側から忿怒《ふんぬ》がこみあがった。

「いや、お待ちなされ、典膳殿」

と、四郎太夫の言葉は冷たいほど平静だった。

「わたしは、こうなったのは運命だと思っています」

「運命？」

典膳には、そんな歯がゆい言葉は苛立ちを起こさせるだけであった。

「さよう。人間の一生にはいろいろなことがござる。自分で起こしたことでなくとも、理不尽な罪に陥るのは世間に珍しくはない。わたしは本庄茂平次をさほど憎いとも思っていません。これは言わば、道を歩いて石ころに躓《つまず》いたようなものです。石ころを憎んで蹴ったところでなんになりましょう」

「しかし、先生」

「まあ、お聞きなさい。それよりも、わたしは今の日本のありさまが心配です。それだけがわたしの気持ちから離れません。本庄茂平次など歯牙《しが》にもかけていません」

「…………」

「わたしは、いつここから引き出されて首を刎《は》ねられるかわかりませぬ。また、わざと裁決しないまま十年、二十年とここに置き、死を待っているのかもしれません。ですが、命のあるかぎり、わたしは日本の現状を憂えるのをやめません」

「だんだんのお言葉ですが……」

と典膳は言いかけたが、秋帆はそれを抑えた。

「年寄りの言うことは、若いあんたにさぞ歯がゆく思われることでしょうな。だが、まあ、我慢してわたしの手短な話だけを聞いてください」

「はあ」

典膳は仕方なしに控えた。

「今から数年前のことです。長崎にニーマンという甲比丹《カピタン》がおりましてな。彼《か》の者があるときわたしに世界の地図を出して見せました。これは、今までてまえが見ていた地図よりも遥かに精密です。わが国は清《しん》国の東の端に、ちょうど、尺取虫がとりついたような格好になっております。今さらながら清国の大きなことには愕《おどろ》きました。もし、この清国の武力をもって侵攻すれば、日本などはそれこそ虫を潰すにもひとしいような地勢です。いや、もう、その地図を見ただけでもてまえは心配になりましてな。そこで甲比丹に尋ねたものです。清国は、このように大国で武備も盛んな国であるから、まことにわが国は累卵《るいらん》の危うきにあるように思われる、ご意見はいかがかと、こう訊いたのです」

典膳には、そんな話は興味がない。しかし、相手が秋帆では遮ることもできず、じりじりして聞いていた。

「すると、甲比丹が申すには、いや、清国から日本に攻めることはないでしょう。それよりも、かえって日本が清国に攻めこむことはまことに容易なことと思われる。まず、三、四年を経ずしてこれを占領できるのは間違いがない。ただし、清国はあまりに国が大きいため、そのあとが厄介である。されば、日本が清国を攻めるのは得策でなく、かえって貿易の利を得たほうが都合がよろしかろうと、彼の甲比丹は申しました……」

牢内は両人の密語をひそめて更《ふ》けていく。

秋帆は典膳に話しているうち、言葉に熱が加わった。

「……ニーマンという甲比丹との話は、その場限りで、べつに心に留めていたわけではないが、その後、三、四年を経てから阿片《あへん》戦争がはじまり、清国はエゲレス国のためにさんざんの敗北を喫し申した。その原因は、まったく彼我の火砲の相違にある。さればわが国も長らくの泰平に馴れて火器による実戦の経験もなく、清国と同様でござるから、もし外国と事を構えるときは、清国同様の結果になることは明らかでござる。かの甲比丹も兵事の心得もないのに、なぜ、さきに申したような勝算を明確に答えることができたかと不審に思っていたが、かの国のならわしとして、平生《へいせい》無事のときでも兵事の理《ことわり》を研究しておくという風があるからこそ、かのニーマンも言下に答えることができたのでござる……」

聞いている典膳はいらいらしてきた。こういう話は自分には遠すぎて実感として耳にはいってこない。いや、それよりも、鳥居耀蔵や本庄茂平次のためにこの苦しみを味わっている四郎太夫が、何を寝ぼけたことを言っているのかと言い返したくなる。

典膳は拳《こぶし》で膝をこすりながら、四郎太夫の話を我慢して聞いていた。

「清国は二百余年の泰平に馴れて武備を怠ったから敗けたという人がある。だが、かの国は武備を怠ったのではなく、幾百万の兵を擁し、武術に精励し、陣営軍法なども怠っていない。ただ、清国は自国が世界一の大国であるとみずから恃《たの》み、他の国を蔑視したから、これが敗因の一つとなったのでござる。わが国も長い間夷狄《いてき》などと外国を蔑《さげす》んできておる。かの国が武器の点で日進月歩、著しい発達を遂げているのに眼を塞ぎ、神国などと申してとかく元寇《げんこう》の神風を頼ろうとしている。まさに清国の轍《てつ》を踏む危うきにある」

ここまで言って聞かせて四郎太夫も、典膳がもじもじしている様子に気がついた。

「と、まあ、わたしは思うのだが、こういう話は二刻《ふたとき》も三刻もかけてもまだ説き足らぬくらいです。夜もだいぶん更けた模様、典膳殿、あとは明日お話しするとしますかな。貴殿もここにこられてすぐだから疲れもあろう。ぽつぽつお寝《やす》みなされ」

「いや、秋帆先生」

と、典膳は遮《さえぎ》った。

「お言葉ですが、わたしは疲れてもおらぬし、眠うもございませぬ。ただ、先生のご教訓を聞きながらも、お話がまだ頭にはいってこぬのでございます」

「無理もないことです。わたしの話を初めて聞く者は誰でもそうお考えになる。幸いここは牢獄ゆえ余人も妨げぬ。明日から世間話のようにぽつりぽつりとお話しすることにします。さすれば貴殿も納得してくださるでしょう」

「お言葉を返して重々恐れ入りますが、てまえには、先生がいかほどそれをお教えくださいましても、当分理解はできぬかと存じます」

「それはまたどういうことです？　わたしの話に独り合点なところがあれば、いくらでもご疑念にお答えしたいのですが」

「いやいや、さようなわけではありませぬ。他のことを考えれば、俗にいう見れども見えず、聞けども聞こえずでございます。てまえのただ今の気持ちは、それに似ております」

「なるほど。ほかにご屈託があれば、それも道理です。これはわたしが悪かった。貴殿はここにはいられたばかり、さぞかしご家内への思いや家事への心残りもございましょうな。それをお察しできずに、ひとりで勝手なことを話したのをお詫びします」

「秋帆先生、それはちと曲解かと存ぜられます。てまえの頭に詰まっているのは、鳥居耀蔵や本庄茂平次への仕返しにございます」

「なんと、仕返しと申されますか？」

「さよう」

典膳は言下に言い切った。

「先生をこの牢内につないだのも彼らの悪辣《あくらつ》な専横からです。蘭学嫌いの耀蔵は、ことさらに罪をこしらえ上げ、先生を投獄させております。またてまえにしても、本庄茂平次を師匠の仇と狙っているのを防ぐため、理由なしにここへ放り込みました。かような奴らには何を申しても所詮はむだ、理の通ることではございませぬ。なにしろ、相手は権力を持っておりますから、文字どおり活殺自在でございます」

「…………」

「されば、所詮はまともに彼らには向かえませぬ。わたしは鳥居耀蔵はともかくとして、本庄茂平次だけは叩き斬ります」

「斬る？」

「当然のことです。師匠の仇として、あやつをぜひ殺さねばなりませぬ。てまえはここにはいって、その決心をつけました。鳥居耀蔵、本庄茂平次の輩《やから》は、いわば公儀に寄生する害虫でございます。あのような者を生かしておいては庶民の苦は絶えませぬ」

「典膳殿、あんたは本庄茂平次を斬ると言われるが、それは師匠の仇討ちが本体なのですか、それともただ今申された庶民の苦しみを除くためにやられるのですか？」

「師匠の仇討ちが本体です。それがひいては庶民の苦を取り除くことになります」

「次には、あんたをこのような目に遭わした仕返しもありますな？」

「むろん、それもございます。てまえはここを破牢してでも、きっと本庄茂平次を殺さずにはおきませぬ」

「なに、ではやっぱり牢を破ると言われるか？」

「このままここに置かれては手も足も出ませぬ。もとより、わが身を顧みる遑《いとま》はありませぬ。てまえは、これから牢抜けばかりを工夫します。先生にはご迷惑をかけませぬゆえ、これだけはご承知おきください」

典膳は話しているうち胸の沸《たぎ》りがこみ上がってきた。

「それはちと狭い料簡《りょうけん》ではありませぬか」

　と、四郎太夫は穏やかに言った。

「なるほど、あんたの気持ちはわからぬではない。師匠の仇を討つのも武士の意気地として当然のことでしょう。また、害虫の茂平次を殺すのも庶民のためともいえましょう。茂平次を殺せば、耀蔵も少しは反省するかもわかりませんからな」

「できれば鳥居耀蔵も殺したいのです」

　典膳は言った。

「いや、それもよろしかろう。だが。典膳殿、今はさような個々の感情に囚《とらわ》れている秋《とき》ではございませんぞ。武士の意地を立てるとか、義を貫くとかいうのは時代遅れです」

「先生」

「まあ、お聞きなされ」

　と、秋帆は手つきで典膳をおさえた。

「先ほどの話ですが、今は日本がいちばん危ういときです。たとえば、あんたは先ほどから命を惜しまずに義を貫こうとなさっています。この命を惜しまないということですがな、これはわが国の士風としてずっとつづいている。つまり、死力を尽くして戦うという風です。しかしながら、戦いは命を捨てたからといって勝てるとはかぎらない。武器が整備されたうえで命令に従い夷狄を攻撃するのはよい。だが、まだ整備ができていないのに討ちかかってはあたら練達の勇士もむなしく拳を握り、異国船より射ち出す弾丸のために手も足も出ないままに命を散らすことになります。あんたは義のために師匠の仇を討つと言われるが、そこのところを国のためと考え直してはもらえぬかな?」

「………」

「改めて言うまでもないが、天正《てんしょう》三年、織田・徳川の両軍が、武田勝頼《たけだかつより》の率いる甲州勢と長篠《ながしの》で戦ったことがあります。甲州勢といえば、信玄の生きているころから向かうところ敵なく、その名前を聞いただけでも他の軍勢は立ち竦《すく》み、一戦もせず逃げ出したくらいじゃ。さりながら、長篠の戦いでは織田・徳川の両軍は新来の種子島《たねがしま》をもって甲州勢をさんざんに打ち破った。名だたる甲州の騎馬戦法もこの火砲の前には歯が立たず、股肱《ここう》の勇将のほとんどは弾丸に射ち抜かれて果てました。ひっきょう、これは武田の戦法が昔ながらの兵法であるのに対し、織田・徳川方は西洋の戦法で立ち向かったから大勝利を得たのでござる。今のわが国が外国と事を構えれば、この長篠の役《えき》の二の舞を演ずるは必定。現在の幼稚な兵器は、とんと八幡太郎義家《はちまんたろうよしいえ》時代の弓箭《ゆみや》と同じでござる。こりゃ命を惜しまず敵を砕かんとする勇士も、小石のごとく射ち転がされるだけでござる。しかるに、外国は、北から、西から、南からわが国を窺っている。典膳殿、わしは、茂平次を斬ろうとするあんたのその料簡を、もっと広いところで使ってもらいたいのじゃ」

典膳は黙っている。四郎太夫の言うことは理屈としてわからなくはないが、どうも気持ちに響いてこない。

それよりも、この苦しみに陥れた鳥居耀蔵や本庄茂平次に対して四郎太夫が少しも憤りを感じないのが不思議だった。不思議というより腑甲斐ないのではないかとさえ思う。

なるほど、高島秋帆は洋学者であり、砲術の研究家であり、実際に自分の屋敷を舶来の武器で固めている実践家でもある。だが、根はやはり長崎の町役人だと思う。耀蔵にも茂平次にもいっこうに敵意を感じてないのは、根っからの武士と思われない。

それが典膳には歯がゆい。心のどこかに四郎太夫への軽蔑がひろがってくる。

「貴殿はまだ血気に逸《はや》られている」

と、四郎太夫はまたたしなめた。

「ひっきょう、一人の血気ではたかが知れている。せっかくのその精力をただの武士の義理だとか、仇討ちだとかいう旧《ふる》い個人的なものへ向けるのは惜しいのだ。典膳殿、これからの日本はいくらでも人材が欲しいところです。一人でもむだな使い方をするのは惜しい。わたしはあんたのような若い人にこれからの日本のために役立ってもらいたいのです」

「先生、わたしはさような気分にはなれませぬ。先生は仇討ちを旧い考えだと仰せられたが、武士に生まれたからには武士道を守るのは当然。なんと仰せられても茂平次を斬ることは諦めませせぬ」

「さようか」

暗い中で四郎太夫の微笑が感じられた。

「では、今日のところはくどくは申さぬ。ただ、茂平次を一人斬ったところで日本の現状が変わらないことだけは確かです。あんたのような若い人こそ人間を相手にせず、外からの備えに役立ってもらいたいのだがな」

「てまえは不敏にして未だそこまでの境地には立ちいたっておりませぬ。……御免」

と、典膳はごろりと横になった。

「これは思わぬ長話になった。典膳殿、疲れているおてまえをいつまでも起こして悪かった。では、静かにお寝《やす》みなされ」

四郎太夫も脇に寄って身体を倒した。やがて四郎太夫の寝息が聞こえはじめた。

典膳は寝つかれない。

だいいち、薄縁を敷いたとはいえ板の間の上である。すぐに身体が痛くなる。牢内にいつまでも閉じ込められるのかと思うと、胸の高鳴りがいつまでもやまぬ。四郎太夫の言ったことも今では遠い声になってなんの印象も残っていない。胸を去来するのは女房のこと、身の成行きのことである。また、熊倉伝十郎や井上道場の門弟どもがこの投獄を聞いてどんな思いを持っているかも気になってくる。

苦しい寝返りを何度も打った。耳に聞こえてくる静かな四郎太夫の寝息が邪魔でならない。頭の鉢が痺《しび》れているのに、脳だけは冴え返ってくる。

そのとき、慌《あわただ》しい足音が外鞘で聞こえた。普通の見回りでないのは、人数でもわかる。

典膳は跳《は》ね起きて格子をつかまえた。耳を澄ますと、遠くの百姓牢のあたりで何やら声を出して役人に訊いている者がある。

「静まれ、静まれ。何ごともない。早く寝ろ」

と、役人の叱咤する声がする。

典膳は初め誰かが牢抜けをしたのではないかと思った。が、耳に聞こえたのは遠くで鳴る半鐘だった。すり半《ばん》だから、これは近い。

「高島先生」

と、典膳は四郎太夫を起こした。

「火事です。お起きください」

四郎太夫の寝息は止まった。さすがに屹《きっ》と上体が起きた。

「火事は牢屋敷内ですか?」

「いや、それはわかりませぬ。役人は静まるように申しておりますから、近くの町家かもわかりませせぬ」

半鐘はつづいている。四郎太夫も耳を傾けていたが、

「なるほど、近いようですな」

四郎太夫はゆっくりとすわり直した。

「お役人、お役人」

と、典膳は呼んだ。

「なんじゃ？」

外鞘からやっと人が近づいてきた。

「お尋ね申す。半鐘が鳴っているようだが、火事は牢屋敷から近うござるか？」

「心配するな。火事は遠い」

役人は答えたが、その声は落ち着いているとはいえぬ。

「どこです？」

「まだわからぬ。わからぬがとにかく遠い」

「しかし、あれはすり半です」

「騒がれなくともよい。万一、当牢屋敷が火の粉をかぶって危うくなれば、その折りに申し渡す。それまでは静かに寝ているのだ」

役人はいろいろと訊かれるのが面倒とみたか、足早に去った。

「先生」

典膳は四郎太夫の横にぴたりとすわった。

「これは牢を出るのが今夜のうちかもわかりませぬぞ」

典膳の声はうわずっていた。危うく四郎太夫の手さえ握りかねなかった。

「もし牢屋が危うくなれば、われわれは外に出される。奉行はそうせざるをえないのです。あの火事は天の佑《たす》けかもしれませんぞ」

火災が起こって牢屋敷が危険になった場合、囚人どもを解放して立ち退かせることは明暦《めいれき》の大火以後の通例となっていた。明暦の火事では、伝馬町牢に火が移るとみた奉行石出帯刀は、鎮火したら必ず帰参せよ、と言い渡して囚人どもを急ぎ立ち退かせた。翌日、集合場所に指定した下谷《したや》の寺に戻った囚人の数を調べると、一人の逃亡者もなかった。帯刀は感動して、約束を違《たが》えずに立ち戻った囚人どもに特赦を与えて釈放した。

以後、江戸の大火のたびに伝馬町は危険に見舞われたが、明暦の処置が例となり、危険とみた場合は囚人の仮釈放が行なわれている。

いま、典膳が興奮して言っているのは、その慣例が大きな希望になっているからだった。

「焼けろ、焼けろ」

と、典膳は格子をつかまえて叫んだ。

「先生、わたしはまだ天から見放されていないようです。はいった晩にさっそくこの火事だ。ありようを言えば、わたしは先生の話を聞いていながらも、いかにしてこの牢から抜け出るかを考えていました。破牢は容易なことではない。容易ではないが、たとえ百日かかっても二百日かかっても、必ずこの牢を抜け出ずにはおかぬと決心しておりました。しかるに、このありさまです。今にこの牢に火がつきます。苦労することはない。われらは大手を振って外に出られますぞ。先生」

四郎太夫は冷淡にすわっていた。

風立つ

水野忠邦が韮山代官江川太郎左衛門の面会を受けたのは、天保十四年九月十五日の酉《とり》の刻（午後六時）前だった。そろそろ退出しようとする間際《まぎわ》であった。

江川は、武蔵、伊豆並びに島々《しまじま》、相模、駿河一円の幕府直轄地を支配する代官だが、今年になって鉄砲方兼務となり、役料三百石を受けている。もともと韮山では鎌倉時代以来の名家だ。近ごろの彼は韮山の任地と江戸住まいとが半々になっていた。

忠邦は太郎左衛門から面会を申し込まれたときから、その話がいま獄につながれている高島秋帆の赦免申請《しやめんしんせい》だとわかっていた。太郎左衛門は、四郎太夫が伝馬町の獄舎に入って以来、たびたび放免の嘆願書を提出しているのである。

江川は四郎太夫が長崎から出府して徳丸原で砲術演習をしたときの推進者だ。秋帆に対しては師の礼を取り、また、全国の秋帆の弟子や同情者の先頭に立って彼の赦免運動に尽くしてきていた。

忠邦は江川太郎左衛門に会うことにあまり気乗りがしなかった。その一つは、鳥居甲斐守と太郎左衛門とが合わないことにある。もともと、耀蔵が狙いをつけているのは江川である。高島にひっかけて江川をなんとか陥れて疑獄に連座させたい意思を抱いているのだ。それが思うにまかせず、四郎太夫だけを投獄したのだが、鳥居の敵意は、それで太郎左衛門を諦めたわけではない。かつての「蛮社の獄」のように証拠を作り上げて太郎左衛門を捕捉したいと思っている。

忠邦が太郎左衛門と会いたくないのは、そういう性根を持っている鳥居への遠慮もあったが、もう一つは四郎太夫のことでは返答に困ることがあったからだ。

忠邦は、これまで十回に及ぶ取り調べが四郎太夫について行なわれてきたのを知っている。鳥居甲斐守は罪状として挙げた箇条について糺問したのだが、四郎太夫の答弁はいずれも理屈が通っていて疑念がない。取り調べを途中で中止したのも、これ以上調べても何も出てこないという見通しからではなく、逆に四郎太夫の申立てで取り調べ側が苦境に立ちそうな思惑のためであった。

事実、忠邦も四郎太夫の裁判のことが気にかかって、鳥居耀蔵に二、三度訊いたこと

があるが、

「高島はなかなか口巧者《くちごうしゃ》でして、おいそれと証拠を掴むことが容易でありませぬ。長崎に調べ方を派遣して気長に尋問にかかるつもりです」

と、耀蔵は答える。それが一時の言いのがれのように忠邦には取れなくはない。

忠邦もしだいに高島四郎太夫の罪状の薄弱なことがわかってきたが、奉行の鳥居が頑張る以上、彼も頭から四郎太夫をどうせよという指図はできなかった。罪人が全国に聞こえた秋帆だけに、忠邦もこの裁判は少々持て余し気味なのである。

鳥居耀蔵に言っても四郎太夫の釈放などもってのほかとばかり一顧もしない。さりとて、彼に任せたままでは高島の無実がわかりかけただけに苦慮が深まるばかりのようである。

忠邦は下城が間近に迫った時刻、別間に待たした太郎左衛門をわが部屋に呼び入れた。

太郎左衛門は、その隆《たか》い鼻と太い眼とを忠邦の正面に向けて座に着いた。

「高島四郎太夫儀、先般来、たびたび上書申し上げたごとく、あらぬ疑いで揚り屋にはいっておりますが、なんとかご赦免のほどを願えませぬか」

と、予想どおりのことを言い出した。

「聞きますれば、四郎太夫に対するお取り調べは容易に進んでおりませぬとのこと。すでに相当な時日を経ますのにさような状態とは、ひっきょう、四郎太夫に確たる証拠がないゆえかと存じます。町奉行の申しますような謀反の儀はとうてい考えられませぬ」

これに対し忠邦は一つの答えしか持ち合わさぬ。

「なにぶん、四郎太夫のことはただ今吟味中ゆえ、しかと返答するわけには参らぬ」

裁判が続行中だから、自分としての意見は言えぬというのだ。嘆願書の受理などできる相談ではないと、忠邦は言った。

忠邦は司法権の介入まではできぬと正面切って言いたげである。もっとも、幕府の職制には不明確ながら行政と司法との区別はあった。いかに老中でも五手掛《ごてがか》りの評定所以外にはみだりに裁判権に嘴《くちばし》を入れるわけにはいかぬ。

しかしながら、江川太郎左衛門からみると、この事件は明らかに政治的裁判である。さすれば、忠邦の政治力が奉行に大きく働いても不都合はないと思っている。

「お言葉を返して恐れ入りますが」

と、太郎左衛門は太い眼をいよいよ大きくした。

「高島四郎太夫儀の吟味は、承るところによると遅々として相進まぬようでございます。かような裁判は、速《すみや》かにされてこそ世間の疑惑を解くというもの。荏苒《じんぜん》と吟味を遅らせることは、四郎太夫の崇拝者が夥《おびただ》しいだけに公儀のご威光に関ることかとも存ぜられます。もし、長引いた吟味の末に四郎太夫の無罪が分明になりました節は、いよいよもってご威光にも関ると心痛いたしております」

太郎左衛門は鳥居耀蔵のやり方を非難している。それはよくわかっているが、忠邦には決まった一つの答弁から逃れることはできなかった。

「もっともな申し条なれど、自分としては吟味のことはいっさい挙げて奉行に任しているでな、そのうち督促するであろう」

だが、この返答も太郎左衛門には老中の遁辞《とんじ》としか聞こえぬ。

「四郎太夫はすでに四十歳を越えておりまする。苦しい牢獄にいつまでも留めつないで置かれることは、身体にもひとしおこたえることと存じます。この夏はなんとか越しましたものの、すぐに厳しい冬がやって参ります。われらの心配は四郎太夫の身体にございます。もし、万一、吟味の手遅れのまま四郎太夫が病気にでもなりますれば、いえ、そのために命でも落とすようなことがありますれば、これは容易ならざる事態となりましょう」

江川太郎左衛門の言辞は、四郎太夫の背後には自分を初め大勢の支持者が控えていて、あまり無体なことをすれば黙っておれぬという意味が含まれていた。

「わかっておる」

と、忠邦は江川を軽く斥けた。

「なるべく早く決着をつけるよう奉行に言うてみる」

高島秋帆の裁判も忠邦の屈託だが、それ以上に心に重いものがほかにあった。


忠邦の憂鬱は、高島四郎太夫の処置よりも、印旛沼普請工事の見通しがつかなくなったことと、土井大炊頭《おおいのかみ》を中心にかたまっている勢力の隆起だった。

印旛沼の工事は忠邦の政治的生命を賭けた事業だが、これはなんとか乗り切れるだろう。だが、焦眉の急に迫っているのは、上知問題で紀伊家が公然と反対を唱え出したことと、それに呼応した土井大炊頭一派の態度である。これには阿部《あべ》遠江守《とおとうみのかみ》、跡部《あとべ》能登守《のとのかみ》、井上備前守《いのうえびぜんのかみ》、それに北町奉行遠山左衛門尉などがいる。しかし、鬱然とした黒幕の人物は、なんといっても太田道醇である。

道醇が大奥と紀伊家の奥向きとを動かして、これだけの連中を組織したとみている。余人はともかく、土井大炊頭が公然と対立に回ったのは忠邦に衝撃だった。これまでの大炊頭は、閣議の席でもあまり意見を言わなかった。忠邦の発言に表立った批判をしないのみか、何かといえば、越前守の申し条理《ことわり》であるとか、もっともであるとか言って直ちに賛成した。

この大炊の意見が何よりも列座の結論としてまとまってきたのを忠邦は知っている。寡黙《かもく》なだけに、彼の発言は荘重な響きを持つのだ。事実、長々しい説明よりも、大炊頭の一言がどれだけ説得力を持ってきたかわからない。忠邦は、そういう土井大炊を一種の畏敬をもって遇してきていた。人柄もおだやかである。鋭いところがない代わり、その重厚さが誰にも信頼された。忠邦は、鳥居耀蔵や、親戚の堀大和守、榊原主計頭《かずえのかみ》などとは別の意味で土井を味方だと信じていた。

それだから、鳥居耀蔵からはじめて土井大炊頭変心という情報を聞いたとき、まさかと思って一笑に付したくらいだ。忠邦が太田道醇の動きに不安を感じて耀蔵に相談したときは、耀蔵は何一つ知らなかった。それが動くとたちまちこの異変を掴まえてきた。

（これは確かな出どころがあって言うのです。てまえの使っている諜者《ちようじや》はすぐれた鼻

を持っていますからな）

耀蔵のその言葉は、ほかからも忠邦は似たようなことを耳打ちされて、それを認めないわけにはいかなくなった。よそから聞いたのは形が見えてからだが、耀蔵はまだ形にならないときから情報を入れている。

（しっかりなさい。土井大炊を向こうに回すとなると、これは骨折りですぞ。越前さまの瀬戸際です）

と、耀蔵は覚悟のほどを促す。

しかし、まだ忠邦には自信が残っていた。

上知反対はあくまでも彼らの利害関係に関っていることで、それをもってすぐに自分に刃向かってくる運動には解しなかった。いま反対派に挙げている人たちは、いずれも忠邦の政策の協力者であり同調者であった。それが急に敵になったとは信じられない。上知令反対はまったく彼ら個々の経済的な理由であるから、なんとか説き伏せれば承知してくれると考えた。

それには鳥居耀蔵の報告がちと仰々しく思えるのだ。

耀蔵は何かというと事実を過大に取って、実際以上に心痛するようだ。憂患を芽のうちに摘《つ》むといった彼のやり方は行き届いたものだが、それはどうかすると被害妄想的な考え方に傾く。

また、耀蔵が知らせてくる情報も、どこまでが実際の姿か、どこまで耀蔵の意見がはいっているのか、あるいは情報提供者そのものが耀蔵の思惑を折り込んで報告しているのか、そのへんがしかとわからぬ。

忠邦は大炊頭の反対がひどくこたえただけに、その打撃の緩和を、こういうような分別で多少とも緩和しようとした。それにはやはり今まで持ちつづけていた自信が根を張っていた。

「耀蔵、わしは大炊頭殿を初め一人ひとりを説得してみるつもりだ。話せば納得できぬ人ばかりではない。上知のことは国家の大計であるから、これもわかってもらえると思う」

忠邦は、始終苛立ちながら進言を吹き込んでくる鳥居耀蔵を制した。

「できますかな?」

と、耀蔵は忠邦を憐むような眼で見る。

この男、今まで存分に腕を揮《ふる》ってきたから、どうやら自分を実際以上に大きく考えているようだと耀蔵は思った。これほど言い聞かせても、まだ過去の力を恃《たの》みにしてこっちの言うことを取り上げようとしないのだ。忠邦が思い切った腕を揮えたのも、このおれが傍について軍師となり、手足となり、働いたからではないか。耀蔵には忠邦の煮え切らない態度があんがいであり、不満である。すると、忠邦という人物が急に小さく見えてきた。

こっちの言うことを聞かなければ、ひとりでご自由にやりなさい、と言いたくなる。それとも忠邦の首を引きずって、どうです、こういうありさまですよ、と実態をのぞかせたくなる。

勝手にしろ、と舌打ちしたものの、耀蔵にも忠邦を突っ放すことができない。彼はあまりに忠邦に拠《よ》って出世をしすぎてきた。まだ一介の目付であったころは、なんとかして働き場を見せ、出世をしたかった。学者の子供に生まれながら父祖の業を継がなかったのは、学問で身を立てるよりも世俗的な出世に魅力があったからだ。

その甲斐《かい》があって忠邦の懐《ふところ》に飛び込み、渡辺崋山や高野長英などの徒を獄に入れて、まず、その腕を披露した。つづいて町奉行の職を狙った。これは寺社奉行、若年寄、老中という道順に連なる。それで、矢部駿河守を蹴落とし、そのあとを乗っ取った。

この町奉行の座に就いたからこそ忠邦の改革は円滑に行なわれたのだ。しかし、警察権だけを握ってもまだ不足である。次は幕府の財政を管掌する勘定奉行になることだ。これも現在の梶野土佐守を追って、間もなく実現のところまで来ている。

耀蔵は、だが、勘定奉行になったところで町奉行を辞めるつもりはなかった。警察と財政と二つを握ることが事実上の幕政の権力だと、よく知っていたからである。

こういうときに水野忠邦が失脚しては、こちらも巻添えを喰って没落することになる。水野を健在ならしめることは自分の生存を確保することだった。忠邦がこちらの言うことを聞かないからといって、どうなとなされ、といって放り出せないのである。

どうしたら忠邦の迷いを醒ませるか。

耀蔵は、これは自分だけが忠邦に言ったのでは弱いとみた。人間は別な男から同じささやきを聞けば、意外とすなおに気持ちの中に受け容れることがある。

耀蔵が眼をつけたのは、やはり忠邦の信頼を受けている天文方兼御書物奉行渋川六蔵だった。能吏である。

「頼みがある」

と、耀蔵は、六蔵を屋敷に呼んで、土井大炊などの動きを説明したうえ、

「こういう容易ならざる事態だが、水野殿はまだ眼がさめぬようじゃ。怜悧《れいり》なお人も、長い間、御用部屋にすわりつづけていると少し呆けてくるようじゃな。いくらお聞かせ申しても勘が鈍い」

と、笑った。

六蔵は、色の白い才知な顔を伏せて、

「そのことではてまえも心痛しております。仰せのように土井さまのご様子は合点が参りませぬ。それのみか……」

と、すすんで考えを述べた。

「土井さまが動かれるとみたか、かねての不平の輩《やから》が土井さまのもとに続々と集まっているようでございます。まずは成島図書頭《なるしまずしょのかみ》などがさようでございます」

渋川六蔵の口から成島図書頭の名前が出たので、耀蔵は内心にやりとした。

成島図書頭は司直《もとなお》といい、奥儒者である。耀蔵の父親林述斎のもとに「徳川実紀」の稿を起こし、まだその著述を進めている。一昨年、将軍家慶に政治向きの封事《ふうじ》を上《のぼ》せ

て、その功によって諸大夫に任じられた。儒者で諸大夫になったのは新井白石《あらいはくせき》以来のことだ。(明治の文筆家成島柳北《なるしまりゅうほく》は、その孫である)

こういう成島図書頭に渋川は嫉みとも反感ともつかぬ感情を持っているらしい。あるいは両人の間に合わないことがあったのかもしれない。

「このような輩は君側《くんそく》に侍《はべ》る佞臣《ねいしん》でございます。ことに図書頭は権力におもねる曲学阿《あ》世《せい》の徒かと存ぜられます。まず、水野さまから政権が移るとみて、いち早く目先の利いたところを見せたのでございましょうな」

耀蔵は含み笑いをしていたが、

「君側の奸物か」

「どうだ、六蔵。おぬし、ひとつ水越《みずえつ》に上書を書いてくれぬか。おぬしが書けば、水越も事態に納得がいくであろう。……わしのほうでは、土井大炊頭や、太田道醇、阿部遠江、遠山左衛門尉などの身辺は探らせてあるでな、いつでもそれが資料に使えるぞ」

と、前こごみになった。

渋川六蔵は鳥居耀蔵の委嘱《いしょく》を受けて、時局に関して上書をしたためることにした。

もっとも、それは最初水野忠邦に対する進言書のつもりだったが、六蔵は、

「水野さまにはてまえよりたびたび口頭で申していることですから、今さら進言書を差し出すほどでもないかと思われます。それよりも、いっそ上さまに対して上書を奉ったほうが万事めでたくおさまるかと存じます」

と意見を言った。

なるほど、すべては将軍家慶の意見で決定されることなので、忠邦よりは家慶の心を動かすのが根本問題だ。渋川六蔵の言うことは道理であるが、なんといっても身分が低すぎる。

その六蔵が自分の名で将軍家に上書を奉ろうというのだから、彼の自負のほどがみえる。能吏の中にはたびたび、このような飛躍を考える者がある。六蔵は水野忠邦や鳥居耀蔵から諮問《しもん》を受けているので、いつの間にか意識が上層部のそれと同じになっている。

渋川六蔵は、その日から家に引っ込んで上書の草案にとりかかった。さすがに将軍家に差し出すとなれば、推敲《すいこう》に推敲を重ねなければならない。理論の構成、字句の配置、修辞の適否、説得力のための強意……彼は自分の全頭脳をそれに絞った。

その二日目の夕方、石川疇之丞《とものじょう》が六蔵を屋敷に訪ねてきた。

疇之丞は、六蔵が水野忠邦や鳥居耀蔵のブレーンだと知っているので、この男に結んでおけば出世は間違いないものと考え、これまでも足繁く通ってきている。

「御免」

と、疇之丞は部屋にはいってきたが、六蔵の様子を見て眼を瞠った。六蔵は机に向かって、ただならぬ顔つきで筆を動かしている。机の周りには書き散らした紙が夥《おびただ》しく散乱している。いつも冷静な六蔵が、今は眼を釣り上げて必死の形相《ぎょうそう》だ。

石川疇之丞は、これはとんだところに来合わせたと思い、

「ご多忙のところとは存ぜず、つい、うっかりと罷《まか》り出ました。では、後日改めて出直します」

と述べた。六蔵は、それではじめて筆を措《お》き、疇之丞のほうに顔を向けた。

「まあ、よいではないか」

「でも、ご勉強のところをお邪魔しては申し訳ありませぬ」

疇之丞が言うと、六蔵は、

「いやいや、いまひと区切りついたところだ。……それに、昨日からこれに打ち込んで

いてな、少々息抜きに相手が欲しいところだった」

と答えた。

疇之丞が見ると、六蔵の眼は血走って、縁に黒い隈《くま》さえできている。その憔悴《しょうすい》ぶりを見ても、何かわからぬが、ひどく打ち込んだものだ。

「だいぶんお疲れのご様子で？」

疇之丞は愛想交りに気遣わしげに尋ねた。

「うむ……疇之丞、わしはいささかたいせつな書きものを甲斐守殿から仰せつかってな」

と、疲れたなかにも自慢そうな色が見えた。

「よほどたいせつな書きものとは察せられますが、いったい、どのようなものでございますか。お差しつかえなくば知りたいものでございます」

「これは口外してもらっては困るのだが」

と、六蔵は重々しく前置きして、

「ある人に意見書を出すのだが、誰に出すのか、おぬし、見当がつくか」

と、疲れた顔色に明るい笑みを泛べた。

「てまえごときにはいっこうに推察ができませんが、渋川さまがそのようにお力を入れられる文書ならば、やはり御老中方へ差し出されるのでございましょう」

疇之丞が推量を述べると、六蔵は、

「いや、さようなところではない」

と、疇之丞の推量の低さを嗤うように、事実を明かした。

「実はな、これは上さまに奉る上書だ」

「えっ、上さまに？」

石川疇之丞がびっくりすると、

「今度のご改革ができ上がらぬのは、君側に奸臣がはびこっているからだ。今にしてこういう連中を斥けぬと、ご政道も末になろうというものじゃ。わしは心からそれを憂えている。それで、上さまにじきじき愚見を申し上げてご裁断の資とするつもりじゃ」

と、昂然と言った。

「おぬしは知るまいが、去年、矢部駿河守を放逐《ほうちく》したのも鳥居甲斐守殿の計らいと考えられているようだが、内実はわしが駿河守のことを鳥居殿に進言したのじゃ。それで駿河の罪状が決まったのじゃ」

と、彼はさらに胸を張った。

「それは初めて承ります。渋川さまのご才幹には今さらながら感嘆のほかありませぬ。われら凡人の、とうてい足もとに及ばぬところでございます」

「疇之丞、このたびのことは矢部駿河の場合とは雲泥の違いじゃ。わしも精魂こめてこの上書に打ち込んでいる。……そうだ、まだこれは初めての草稿だが、どうだ、少しおぬしに聞かせてやろうか？」

と、六蔵は書き上がった紙を揃えた。

「それは願ってもなき仕合わせ……上さまのお眼にふれる前に拝読できるとはもったいない次第でございます」

「いや、まだ、これで決まったわけではないから、そのへんの斟酌《しんしゃく》は無用じゃ。とにかく、そこで聞いてくれ」

と、六蔵は自分の文章を早く誰かに聞かせたくてならないようだった。自慢なのである。

渋川六蔵が、草稿だが、と断わって石川疇之丞に読んで聞かせたのは、次のような文句だった。

「去々丑年《うし》（天保十二年）以来厚き思し召しをもって、ご改正の儀それぞれ仰せ出《いだ》され候につき、一統感戴欽仰《かんたいきんこう》つかまつるはずのところ、諸役人一同和熟つかまつらず、めいめい異見を立て相争い、思し召しを遵奉《じゅんぽう》つかまつり候者少なく候は、ひっきょう賢邪並び立つ候ゆえにござ候。……恐れながらお側向き召し仕えられ候者、表にて重き御役相勤め候者の内に、両三人姦曲の者これあり、一己《こ》の権威落ち候を嘆き、不平の心底を鳴らし候ゆえ、流弊《りゅうへい》に染《し》みこみ候は、同気相求め、右の者どもと、死誓《しせい》を結び、爪牙羽翼《そうがうよく》と罷《まか》りなり、賢臣を誹謗《ひぼう》つかまつり候ことと相察し申し候。……古今を通覧つかまつり候に、君として賢を憎み候心はこれなく候えども、二心これ有り、邪を愛し候意はこれ無く候えども、疑を持して決するゆえ、なんとなく離間之説行なわれ候儀にござ候。越前守殿（水野）、大和守殿（堀）はたとい権重く功高く、規詞激説、お心に逆らい候とも、少しもお疑いあそばされまじく候。

別紙申し上げ候者どもは、誉れ広く類多く、簧口轂才《こうこうこくさい》、思し召しにかない候とも、いささかもお用いあそばされまじく候。……向後思し召しの一貫つかまつるべきや否やの儀は、この節にござ候えば、とくとご思慮のうえ、速《すみや》かにご英断あそばされ、右申し上げ候邪臣を、ご貶逐《へんちく》ござ候よう存じ奉り候。そのうえにて大臣はもちろん、布衣《ほい》以上のお役人一同召し出され、右のとおり仰せ渡され候よう存じ奉り候。……」

渋川六蔵は、ここまでゆっくり読んで聞かせた。この中の「別紙申し上げ候者どもは、……いささかもお用いあそばされまじく候」という文句に石川疇之丞は聞き耳を立てた。思い切った言い方だ。いわば、その者たちの弾劾《だんがい》である。

いったい、それは誰だろうと、疇之丞が小首をかしげている間に六蔵の朗読はつづいた。

それからの文意は、要するに、改革を仰せ出されてから三年の久しきに亙るが、宿弊を一掃したという点ではとくに顕著なものはなく、役人どもは互いに相和せず、過失をあばき合い、因循《いんじゅん》姑息《こそく》の意まことにはなはだしい。経営にたずさわる者どもも私財を蓄え、曖昧な手段で私利私欲をほしいままにする由をお聞きあそばされては、ご憂慮も浅からぬところであろうと存ずる。しかりといえども、諸臣の面々、今後上は御徳義を補助し奉り、下は恭順の意を失わないようにすれば、ご威徳も顕《あらわ》れるかと存ぜられる。もし旧弊依然たるままのときは、厳格のお沙汰を仰せ出されるように願いたい。――という意味のことを、例のむずかしい表現で書き連ねている。


「さて」

と、六蔵は謹聴している石川疇之丞に向かい、

「わしははっきりと奸臣の名前を四人ほど挙げた。この者が誰かを教える」

と、その草稿を巻いて言った。

それこそ疇之丞が最も聞きたいところだ。

「行き届いたご配慮、いつもながら感嘆のほかはございませぬが、して、その奸臣というのは誰と誰とで？」

「石川」

「はあ」

「わしはな、上《かみ》へのご奉公を考えて私情をいっさい棄てている。他人《ひと》のように、一見己れを公平に見せかけて他の思惑を考えたり、斟酌《しんしゃく》したりして遅疑逡巡はせぬ。はっき

りと名前を挙げたぞ」

「はい」

「それはな、堀田摂津守《ほったせっつのかみ》、新見伊賀守《にいみいがのかみ》、土岐丹波守《ときたんばのかみ》、成島図書頭……この四人じゃ」

と、言い聞かせた六蔵のほうが興奮していた。

石川疇之丞はあっと声を呑んだ。いま六蔵が挙げた四人は、いずれも水野忠邦によって登用された人物ばかりだ。それが忠邦に最も親しい線の六蔵によって奸臣という名で糺弾されている。

「ことに許しておけぬのは成島図書」

と、六蔵は顔へ血を漲《みなぎ》らしている。

「あいつめ、いささかの学問を鼻にかけ、近ごろは増長もいいところだ。ただ古い文書を読み、それをつなぎ合わせて、御実紀などという書物の著述に従っている。大知は小才に及ばず、という言葉がある。成島図書のごとき軽薄才子は、とかく人の目に立つ。立回りもうまい。それで、もっと学問のできる者がとかくうすれて見えるのじゃ。……」

聞いている疇之丞は、六蔵が己れをその大知に擬しているなとわかった。六蔵は競争相手の成島図書に憎しみを持っているのだ。

「……のみならず、成島は奸臣どもに与《くみ》して、あわよくば大学頭《だいがくのかみ》を狙っている。あのような男がいれば、そのまやかしの学問らしい言い方に惑わされる。これはぜひとも城中から追い出さねばならぬ」

六蔵がいきまくのを﨟之丞はただ、

「ごもっともで」

と言うよりほかはなかった。

六蔵はひとり激越な調子で、しばらくそんなことを話したあと、気がついたように、

「ところで、﨟之丞、一昨日鳥居殿から聞いたが、水野殿に反対している一派の動静を探るように言いつかったそうだな。そのほうは進んでいるか?」

と訊いた。

石川﨟之丞が鳥居甲斐守に呼出しをうけたのは、六蔵のもとから戻った翌る日である。

﨟之丞は何をおいても甲斐守屋敷に駕籠を走らせた。昨日、渋川六蔵を訪ねて、甲斐

守から何か探索のことを頼まれなかったかと訊かれたとき、まださような事実はないと答えたものの、内心は心配でならなかった。

六蔵がそう言うからには、鳥居は反対派の動静を探るように誰かに命じたにちがいない。それが自分のもとには来ていないのだ。疇之丞は、取り残されたような気がして昨夜は寝床の上で輾転《てんてん》とし、ろくに眠れなかった。

それがすぐにこいという鳥居からの書面である。疇之丞が飛び立つ思いで駆けつけたのは当然だ。昨夜の心配が一挙に吹き飛んだ。耀蔵のもとには金田故三郎、浜中三右衛門などといった耀蔵に忠勤をぬきんでている同輩がいる。そういう連中におくれをとったのではあるまいか。耀蔵に会えば、哀訴嘆願、ぜひともその用事を言いつかるよう頑張るつもりだった。

玄関に上がると、用人の本庄茂平次がいつもの気楽そうな顔で出てきた。

「本庄氏、本庄氏」

と、石川疇之丞は彼の袖を引いて隅のほうへ連れていった。

「実は、甲斐守殿からこのようなお召しを受けたのだが、いったい、どのような御用であろうか、貴殿などご承知であろう?」

と、探りを入れた。

「さあ、てまえなどいっこうに」

と、茂平次は唇にうすら笑いを泛べて空とぼけている。

「ご冗談を。甲斐守殿の懐刀《ふところがたな》といわれる本庄氏がご存じないはずはない。てまえの推測を申せば、甲斐守殿から誰ぞの身辺動静を探るように仰せつけになるのではございませぬか？」

「いや、主人の肚のことは、家来のわれらにはいっこうわかり申さぬ」

と、茂平次は受け付けなかった。

疇之丞としては甲斐守に会う前に、なんとかそのへんを知っておきたい。いや、知っておきたいのは、肝心のその用事を誰かに先《せん》を越されてはいないかという心配だ。

「てまえがお呼出しを受ける前に、金田や浜中あたりが御前に召されはしませんでしたか？」

と、気ぜわしく訊いた。

「さよう」

茂平次は顋を伸ばし、指先で毛を抜くような格好で、

「さあ……そういえば、先日来より浜中氏、金田氏とも御前に罷り出たように思いますな」

と呟いた。

「や、それは、やはり甲斐守殿から密命を頂戴したので？」

「そのへんのことは、今も申したとおり、てまえなどにはわかりませぬ。……石川氏、まあ、さようにお急《せ》きなさらずと、御前に出てゆっくりお言葉を承るがよろしかろう」

と、彼は疇之丞の腰のあたりを指先で突いた。

「はあ」

疇之丞は茂平次が自分に隠しだてをしているようで、浮かぬ気持ちだった。どうも他の同輩に抜かれたような気がしてならない。

「本庄氏」

と、彼は未練げに振り返った。

「なんですか？」

「甲斐守殿のご機嫌はいかがですな？」

「ふ、ふふふ」

と、茂平次は笑い出し、

「殿のご機嫌などてまえには昔からわかりませぬ。……なれど、今日は朝からなんとのう苛々なされ、いや、もう、始終雷《かみなり》が落ちております。されば、てまえなどあまり寄りつかぬようにしております」

と言ったので、石川疇之丞は耀蔵の前に出るのが少し怕《こわ》くなった。

その耀蔵の居間にいくと、すでに人払いを命じているとみえ、誰もそこにはいなかった。

耀蔵を見ると、庭先からはいってくる光線は、いつになく耀蔵の額にけわしい縦皺《たてじわ》を浮かせていた。

鳥居耀蔵の気むずかしい顔には、石川疇之丞がこれまでに知らなかった惑乱とも忿怒ともつかぬものが目立っていた。

「疇之丞か」

耀蔵はそこに人がはいってきたので初めて気づいたというふうである。

「はあ」

と、疇之丞は進み出た。彼は耀蔵の形相が険悪なのはわかっていたが、自分に何の用事を言いつけるかと思うと、胸が轟《とどろ》く。耀蔵はしばらくあとの声を出さずにいる。庭には葉鶏頭《はげいとう》が咲いて、その上を秋の風がさらさらと吹いていく。鶏頭は夕陽を受けてさらに燃えるような紅《あか》さだった。

耀蔵の顔色だけは動いている。内面の思案を感情にして面上に流動させているようであった。その間には吐息も洩らす。耀蔵としては珍しいことであった。

さて、向き直った耀蔵が疇之丞に何を告げたか。

それはずっとのちになって石川疇之丞が、わが身の没落を救《たす》けてもらうため甲府勤番支配に出した「書付」で詳しく述べている。

以下、それに倣《なら》って書くと、――

耀蔵は疇之丞を間近に呼んで、

「一昨日わしは榊原主計頭と会った。……」

と言いはじめた。榊原は忠邦の味方として耀蔵とともに車の両輪だ。

「……彼と会って出た話は、やはり、上知の一件だ。主計頭が申すに、土井大炊一派が紀州家の尻について上知反対を唱えたため、お布令を出したものの、この先の実行がおぼつかなくなっている。このままではお上のご威光はもとより、水越の威令も地に落ちる。印旛沼御普請も容易ならざる難儀にさしかかっている際、水越追落としが急速に勢いを得るかもしれぬ。かくなれば幕閣の意見も東西に分かれ、天下の大事ともなりかねぬゆえ、早々に反対派を絶滅させるほかはない……と、こう主計頭は水越に言ったそうな」

「ははあ、さようでございますか。して、越前守さまのご覚悟は？」

「それがどうも煮え切らぬ。水越は、自分の意見と違うところを唱えたとて、いちいち役目を辞めさせるわけにはいかぬというのだ。それよりも彼は、土井大炊以下反対派の面々を説得すると申していたそうな」

「なるほど」

「だが、主計頭の申すとおり、現在は議論の段階ではない。すでに将軍家のお布令も出ていることだし、これには土井大炊以下の老中も花押《かきはん》を終えている。つまり、政令はすでに出されたのじゃ。それに異見を唱えるのもおかしいが、それを咎めずに、説得するという水越もどうかしている。将軍さまの承認なされたお布令が宙に迷っているなどとは権現《ごんげん》さま以来聞いたこともない。水越のたがが緩んだ証拠じゃ。綸言汗《りんげん》のごとしという言葉があるが、水越はみずから上のご威光を地に落としていると同じだ」

「ごもっともで」

「たとえ紀州家の反対があろうと、これを取り抑えるのが老中筆頭の役目ではないか。それを妨害する連中があれば、切るほかない。主計頭は、そう申して水野にすすめたそうだが、いま言い聞かせたとおり、水越はぐずぐず言って決断がつかぬ。主計頭は、自分の進言が行なわれないならば、もはや、水越を初め、それにつながるわれらも敗北の覚悟をせねばなるまいと嗟嘆《さたん》していた」

一度口を開くと耀蔵の言葉は流れるようにつづく。今まで腹の中に溜っていた憤りが一気に押し出ているようにみえた。

「ところが、わしの聞いたところでは、土井大炊以下の連中は、水越よりも、このわしを陥れようとしているのだ」

「えっ、甲斐守さまを？」

疇之丞はおどろいて顔をみつめた。

「うむ。つまり、水越についている鳥居甲斐守が悪いというわけじゃ。水越には悪い虫がついている。それを潰さねば水越の誤りはどうにもならぬ。つまり、水越を救うためこの甲斐守を倒そうと言うわけじゃ」

「………」

「笑止なことだ」

と、耀蔵は唇を歪めて冷笑した。

「強大な相手を倒すには、まず離間の策を用いるのが古来からの兵法じゃ。差し当たり水越を敵とせず、わしを彼から斥け、手足をもいで、しかるのちに本尊を倒す。巧妙な手段じゃな」

「まことに……」

「こういう奴らの言うことは俗耳にはいりやすい。したがって荷担者もふえるわけじゃ。なにしろ、わしは多くの敵を持っているからの。諸人に憎まれている」

「越前さまに、そのことをご進言あそばしては？」

「水越も近ごろはふらふらしている。昔の勇気も自信も喪《うしな》い、いささか逆上の気味じゃ。されば、彼らの言うとおりまどわされて、あるいはわしを切り離すかもしれぬな」

「まさか甲斐守さまほどの方を……」

「いやいや、わしは人を信ぜぬ性質《たち》だ。なるほど、これまでわしは水越のために身命を賭して働いてきた。ご改革以来、わしは諸人の憎悪を受けるのを覚悟で、なんとかしてそれを完成したかった。したがって、水越に向ける非難は悉くわしが引き受けたかたちになっている。だが、水越もそろそろわしが重荷になってきたところじゃ」

なるほど、そういう事情もあるかと、石川疇之丞は鳥居耀蔵の言うことに心の中でうなずいた。この人の考えは、決して自分自身を甘やかしていない。いつも己れを第三者の立場に置いて冷たく判断をしている。

普通の人間なら、水野忠邦にあれほど尽くしたのだから、まさか忠邦が棄てるはずはないと思うところだが、この人は、そんな希望的観測はさらさら持たない。いつも客観情勢を直視し、その上で相手の一人一人の心境を分析している。判断の資料として彼が情報を集めたがるはずだと思った。耀蔵にとって穿鑿《せんさく》は単なる好奇心ではない。裏の裏まで、その眼を行き届かせようというのだ。

石川疇之丞が感心していると、

「わしを倒そうとする面々は、連中に祭り上げられている土井大炊殿は別として、まず阿部遠江、跡部能登、土岐丹波、遠山左衛門、井上備前、こういう奴らじゃ」

「えっ」

と、疇之丞は少なからずおどろいた。

阿部遠江守（正蔵《しょうぞう》）は北町奉行で、今年の三月に遠山左衛門尉（景元《かげもと》）と替って就任した。跡部能登守（良弼《よしすけ》）も井上備前守（秀栄《ひでなが》）も勘定奉行で、公事《くじ》方掛り道中奉行を兼職している。幕府の職制としては勘定奉行は四人いて、それぞれ兼職が担当業務となっていた。

土岐丹波守（頼旨《よりむね》）は書院番頭。遠山左衛門尉は北町奉行を辞してから大目付となっている。これら五人とも忠邦によって推輓《すいばん》を受け、抜擢《ばってき》されたのだ。ことに跡部能登守は水野忠邦の弟である。

「三日前、連中、阿部遠江の宅にひそかに集まって、水越を救うために、この甲斐守を倒す策を協議したそうな」

耀蔵はさらに注釈をつけて、

「当日の朝、遠山は先に行き、井上備前は目立たぬように女乗物で参ったということじゃ」

と、石川疇之丞をじろりと見た。

疇之丞としては、そのへんの事情は何も知らぬ。耀蔵がこれだけ詳しく相手方の動きを知っているからには、それだけの情報を届けてきた者があるのだ。疇之丞の胸にはたちまち浜中三右衛門と金田故三郎の影が浮かんだ。

疇之丞は競争相手への嫉妬が燃えると同時に、己れの怠慢が悔まれてきた。これはいかぬ。もっと探索に働かねばならぬと、身体を前のめりにした。

「昨日も跡部能登と榊原主計頭が水越の茶会に招かれていたところ、跡部能登は不快の由を申し入れて断わったそうな。すでに彼らの態度は、これを見ても分明じゃ。さらに、堀田摂津守と新見伊賀守は上知の儀について諸大名より賄賂《まかない》を受け取ったということを知らせてくれた者がいる」

堀田摂津守（正衡《まさひら》）は若年寄、新見伊賀守（正路《まさみち》）は御側衆で、右大将御用取次を兼ねている。いずれも阿部一派と耀蔵は見ているのだ。

「そこで、疇之丞」

「はあ」

「阿部遠江以下を倒さねば、ほんとうにわれらの身は危うくなる。これを倒すには彼らの身辺を探り、私曲を暴《あば》き立てるほかはない。もし、少しでも曲事があれば、大小にかかわらず知らせてくれ。容赦なく、それにひっかけて蹴落とす」

こう言ったときの耀蔵の形相は、疇之丞から見て物凄《ものすご》いものがあった。

「どうじゃ、やるか?」

「はあ……てまえ、身命を賭して探索につとめます」

「うむ」

耀蔵は当たりまえだというように、

「連中、いずれも大物じゃ。陰私《いんし》を探るのは容易でないと思う。だが、いずれも叩けば埃《ほこり》の出る輩《やから》ばかりじゃ。なんでもよい。探りえたことは些細なことでも知らすのだ」

どのような瑣事《さじ》でも、それを一つの罪状に造り上げるのはわけはないと、耀蔵は意気ごんでいるようだった。

「わしが敵の奸計にかかって没落すれば、疇之丞、そちの出世もないぞ」

「はあ」

「いや、それだけではない。そちがたびたびわしの屋敷に足を運んでいることはみんな相手に知れている。されば、わしが落ちてしまえば、そちはわしにつながる者として無事ではいられまい」

「はあ」

疇之丞は畳に突いた手に汗を出した。

まさにそのとおりである。耀蔵の没落と同時に、疇之丞自身にもどんな咎めがかかるかわからない。出世どころの騒ぎではなく、わが身の存亡に関ることだった。疇之丞は眼の前がゆらいだ。

そのとき耀蔵が忠邦の頼りないこととして言葉を付け加えた。

「越前守の在職も、今のままではもう長うあるまいて」

それは蔑むような語調だったので、疇之丞が不思議に思って耀蔵を見ると、

「つい、この前、忠邦は上さまの御休息の間に面謁を申し出てお目通りを願ったそうな。水越の焦りはわかるがそのため御休息の間にまで出かけるとは、すでに思慮を失った証拠じゃ。元来、上さま御休息中には、老中はお目通り叶わぬものと、越中守殿（松平定信）御勤役中に定められたところ。それを犯したのは、すでに水越の器量も限りが

来たと申すものじゃ」

と述べ、

「さようなわけであるから、ここ一番われらがしっかりせねば、いつ水越は相手方の策に倒れぬともかぎらぬ。よいな、疇之丞。それをするには、今も申したとおり彼らの私曲を暴くことじゃ。しかも、それは早急を要する。心して働いてくれ」

と念を押した。

「委細承知仕りました。てまえ不敏なれど、方々の不正の廉々《かどかど》、またはその行跡を、昼夜粉骨いたしまして取り調べるでございましょう」

請け合った疇之丞が倉皇《そうこう》として引き取ったのはいうまでもない。


ところで、耀蔵が「水越の器量も限りが来た」と嘲った忠邦の家慶面謁の件とは五、六日前に起こった事件である。

それはまさに事件と呼んでもよかった。忠邦が下り坂を駆けおりる前の足踏みを象徴するような出来事だった。

九月十三日のことである。忠邦は、上知の反対論が各所に起こってきた気配を見て、この際、家慶の決心を固めておく必要を感じた。いくら傍《はた》が騒ぎ立てようと、本尊さえしっかりしていれば問題ないからだ。

とくに忠邦に打撃を与えたのは紀州家の反対だ。紀州家は今や忠邦の正面の敵として真向《まっこう》から出てきている。

そのほかの者は親藩紀州家の反対に便乗しているだけだ。紀州家の上知反対を抑えるには将軍家慶ひとりしかいない。反対派の中には家慶の側衆もいることである。いつ何どき将軍が彼らの囁きに傾くかしれないのだ。忠邦としては万難を排して家慶の気持を釘づけにしておかねばならぬ。

忠邦は御用部屋を出て奥に行き、側衆に向かって謁見を乞うた。

――これまでもしばしば書いてきたとおり、千代田《ちよだ》城は、表、中奥、大奥の三つの世界に分かれている。大奥は将軍の御台所を初め女中どもの世界で、将軍ひとり以外はいっさい男子禁制である。中奥は将軍がいつも居住しているところで、ここには将軍に奉仕している側衆、小姓、小納戸といった人々がいる。

将軍は儀式その他の公務では表へ出るが、そのほかは、この中奥を常住の場所として御座の間で老中にも目通りを許し、また御側御用取次から政務を聞くことになっている。そして、その用事が終われば、肩衣《かたぎぬ》を脱して、ときには袴も脱《ぬ》ぎ、休息の間にはいって近臣相手にくつろぐ。

表は、いうまでもなく、老中、若年寄、三奉行、大小目付、そのほか大名衆の控え場所などがある一種の官庁だ。

表の役人どもは将軍のお召しがなければ中奥には行けない。老中でも中奥にはいって将軍に謁するのは御座の間を限りとした。かつて、田沼意次《おきつぐ》は将軍休息の間に入りびたっていたから、田沼が将軍の命令を己れの意のままに曲げ、いわゆる田沼時代なる腐敗政治が起こった。

それを正すために寛政の改革で松平定信は、以来、老中たりとも御休息の間に罷《まか》り出て政務を言上するのは無用である、との法規を定めた。

水野忠邦がこれを知らぬはずはない。だが、将軍の意思を不変にしようと焦っていた彼は、強《た》って家慶の謁見を求めた。

側御用取次新見伊賀守は、どちらかというと水野の同情者だったので、

「それでは、なるべくお話はお手短く」

と引き受けた。

忠邦が休息の間にはいると、家慶は袴も脱ぎ、脇息に凭《もた》れかかり、側衆の一人と碁を打っていた。盤上はちょうど勝敗のヤマにさしかかり、興趣の盛りあがったところだ。

忠邦は上段の下に進み、ぴたりとすわって、碁のお相手をしている近習に、

「これより大事なご政務を申し上げるゆえ、しばらくお相手を遠慮するよう」

と、申し渡した。

これは家慶に向かっても暗に利かせた言葉だった。家慶は不快そうな顔になって、じろりと忠邦を見た。顔を赧《あか》らめた側衆が碁盤の傍から離れた。

忠邦は、ぽつんと居残っている家慶に平伏した。

「御休息中、お目通りを賜り、ありがたき仕合わせに存じます」

家慶の不興は顔から隠しきれなかった。

「越前、なんだ？」

こんなところまで押しかけてくるどんな緊急なことが突発したのか、と皮肉に問いたげである。

「ほかではございませぬ。上知の一件、うすうすお耳に達しているかと存じまするが、大坂十里四方に領地を持っている諸藩の承諾が捗々《はかばか》しくございませぬ。ことに紀州大納言さまの不同意を受けましてから、越前まことに難渋つかまつっております」

家慶はしかけた盤上の碁をそのままにしている。片肘を脇息に凭せ、片膝を立てて、碁笥《ごけ》の中に手を突っこみ、石を掌《て》に載せては一つずつ落としていた。

「それで?」

ぽとり、ぽとりと雨垂れのように指の間から落ちる石の音がした。

「はい、あるいは上さまにいろいろと他の声が達しておるか存じませぬが、この一件につきましては、なにとぞ越前の胸中をご賢察くださいまして、余人の言葉にはいっさいお耳を傾けられぬようお願いしとう存じます」

雑音に気をとられるな、と言うのだ。家慶は気がなさそうに石を遊ばせている。

「上知のことは外夷に備えるための必要な緊急事でございます。日本の守護のため、これだけは欠かしてはなりませぬ。一藩の利害で反対を申し立てているときではございませぬ。速かに大坂十里四方を幕府直轄となし、公儀の手で防備を固めねばなりませぬ。わずかな土地を取り上げられると騒ぎ立てるは、己れの藩のみを見て国家を見ざる浅慮にございます」

　越前は、黙っている家慶のほうにひと膝進めた。

「しかも、公儀はその領地を取り上げるだけというのではございませぬ。それに見合うような替地を必ず与えるのでございます。本来なら、すすんで領地を献上するのが当然なところ、その替地に不足を申すのは、なんとも理解に苦しみます」

「それで？」

　と、家慶は残った碁石を掌からばさっと碁笥に落とした。

「それで、わしにどうしろと申すのか？」

「はい。上さまには、たとえ何ぴとがこの一件で願い出ましょうとも、金輪際《こんりんざい》お取り上げにならぬのみか、ご威光をもって、お叱りを願いとう存じます」

「…………」

「上さまの強いお言葉さえあれば、紀州さまにもご承服のほかはないと存ぜられます。紀州さまがお従いあそばされるなら、余の各藩は草が風に靡《なび》くも同然、なんの異論を申しましょうや。なにとぞ上さまには毅然《きぜん》たる態度であらせられるようお願いいたします。さすれば、この忠邦、粉骨砕身、勇気を振るってこの難局を乗り越える所存にございます」

　忠邦の熱を帯びた眼に引き替え、家慶の眼はさっぱり光らなかった。彼は、その白い頬に水のように冷たい表情を上《のぼ》せていた。

「越前」

「は」

「それでわざわざここに参ったのか?」

「御意」

「うむ。上知のことはもうわしの花押《かきはん》も終わっている。あれは布令となって出ているではないか」

「御意」

　と言ったが、忠邦は家慶の言葉の調子から思わぬ鞭を面上に受けたように感じた。

　将軍の署名があるから、上知令はすでに法令として発効になっている。それを今さら老中が何を言いにくるのか、という詰問的な家慶の口吻《こうふん》だ。法令を実行させるのが老中のおまえの職分ではないか。反対の声があるからといってのめのめとおれのところに抑えを頼みにくるとは、いわば自分の非力を暴露するようなもの、越前、血迷うな、と問責しているようにも聞こえた。

「越前、不肖にして紀州藩の不同意に遭い、難渋いたしております。さらには、加判の列の中でも、初めはこの法令に同意しておきながら、紀州さまのご様子を見てにわかに旗印を変えている者もございます……」

と、暗に土井大炊頭を指した。

「されば、わが力の足らざるところを近ごろ思い知らされております。ただ今の上さまのお言葉、迷いましたる越前にはどれだけの励ましになったか存じませぬ」

家慶は忠邦を見ないで、側衆と打ちかけになっている盤上に眼を注いでいる。見ようによっては、忠邦の進言よりも石の形勢に心を奪われているようでもある。あるいは、ほどほどにここから引き揚げてくれと催促しているようでもある。

だが、忠邦は、もう一度釘を深く家慶に打ち込まねばならなかった。

「上さま、かようなことをお伺い申し上げて恐れ入りますが、大納言さまにはこの件で何か上さまに願い事を言上あそばされたことはございませぬか？」

「知らぬな」

と、家慶の返事は、そっけなく短かった。

「それにて安心いたしました。てまえ思いますに、紀州家反対のことは太守さまのご存じなきこと、ひっきょう、家老どもが騒ぎ立てていることかと存じます。それならば、上さまのご威光を示しまして、てまえ、一気に彼らの気勢を挫《くじ》くことにいたします」

忠邦がどのように言葉に力を入れても、家慶はいっこうに乗ってこない。

その場の様子を見かねたのか、ずっと下座に控えていた側衆新見伊賀守が音もなく忠邦のうしろに膝行《しっこう》して、

「越前さま、上さまお疲れにございます。それくらいにて……」

と、耳もとに囁いた。

忠邦から顔を横に向けた家慶は、肩が凝ったように首を左右に回していた。

忠邦が休息の間に押しかけたということは、たちまち大奥に聞こえた。

――水野越前守さまが上さまに面謁を強要したそうな。

という声は、

――水越、僭越《せんえつ》。

という反撥となった。

大奥の女中どもは家慶中心である。男子禁制のここにはいってくるのは将軍だけだ。それで、どの女中も将軍というよりも彼に男性を感じている。むろん、お手つきの中《ちゅう》臈《ろう》以外は愛欲の感情などはないが、それでも家慶は彼女たちの偶像となっている。その心の奥にはやはり異性への視覚がある。

この意識は、家慶が将軍家ということで荘厳化されている。もっとも、それには間違いないが、彼女たちの心は家慶をさらに神格化して、大奥以外の人間には犯すことのできない存在にしている。ここに彼女たちがただ一人の男としての将軍をアイドル化し、精神的な専有物にしているゆえんがある。

その家慶の意思に悖《もと》って忠邦が強引に面会をしたというのだから、まるで自分たちの偶像が犯されたような気持ちになった。もともと家慶は病弱で、気の弱い男である。女性の同情を買う資格は十分だった。だから、

――越前、驕《きよう》慢《まん》。

の非難は、

――越前、不敬。

となる。忠邦が家慶を土足で抑えつけたように考えた。

なかでも怒ったのが年寄姉小路である。

「将軍さま御休息中は、老中といえどもお目通りは叶わぬことは白河楽翁《しらかわらくおう》さま執政時代に決められた掟じゃ。以来、代々の老中は御休息の間に伺うことはなかった。越前守の振舞は近ごろ奇怪なこと。いつの間に将軍さままでないがしろにするほどの男になったか。末恐ろしいことじゃ。この先、越前は何をしでかすかわからぬ」

姉小路は、大奥の重立った中臈たちに激しい口調で語った。

だが、姉小路の激昂は、忠邦が休息の間に押しかけたことよりも、その動機にある。家慶に釘をさして紀州家の上知反対を抑えさせようとする心根が憎い。

もともと、紀州家の奥向きから上知反対の気勢を駆り立てさせたのは姉小路の策略である。彼女の血は逆流した。今まで、忠邦が窮地に陥っていくのを心地よげに眺めていたのである。

大奥実力者第一の姉小路がそう吹聴《ふいちょう》するから、女中一般もそれに同調した。同調するだけの素地は十分にあった。忠邦は改革を大奥の生活にまで持ち込んだ男だ。それまでは市中だけのこととして、自分たちの住む世界を特別なものと考えていた女たちである。この虚栄的な特権意識を破壊された恨みは根深かった。忠邦は憎まれていたときなのである。

姉小路は大奥の女中たちに、

――忠邦憎し。

の雰囲気を盛り上げる一方、さっそく、紀州家の奥に仕える山浦を使いをもって呼び寄せた。

「越前もいよいよ上さまのお力に縋《すが》って紀州殿の不本意を抑えつけようとなされている。そのため御法度の御休息の間まで押しかけて上さまに直談判をなされた。山浦殿、しっかりなさるがよい。このままだと、紀州家は越前のために泣く泣く領地を取り上げられることになりますぞ」

姉小路の扇動は巧妙だった。

山浦も上気して、

「越前守さまもお卑怯な。上さまにおすがりなさるとは……」

と、憎悪の眼を輝かす。

「まこと越前守さまは性根の悪いお方でございますな」

「そうじゃ、越前は奸臣じゃ。巧言をもって上さまをお誤らせ申そうとしている」

「これはこうしてはおられませぬ」

山浦も主家の大事とばかり荒い息を吐いて、

「姉小路さま、どうしたらよろしゅうございましょうか？」

と指示を仰いだ。

「さよう、わたしもそのことでいろいろと思案しているが、これは今までのような生ぬるい反対では始末がつきますまい。のう、山浦殿、紀州家の江戸家老でしっかりなされている方は、どなたでございましょうな」

「さよう、まず久野丹波守《ひさのたんばのかみ》さまなどは頼もしいお方でございます」

「うむ。その久野丹波守殿に言うて、いっそ、じきじき越前守にねじ込ませてはどうじゃな？」

姉小路は、紀州家が直接に忠邦と対決せよと迫ったのである。


水野忠邦が、その下屋敷に紀州家の江戸家老久野丹波守の来訪を受けて強硬に抗議されたのは、その翌日だった。

紀州家では上知の政令に対し、これまで「当家ではこのお布令は合点いかざること」

として、河内《かわち》、和泉《いずみ》にある紀州家領地の返納を遷延《せんえん》していた。表面では承諾延期だが、事実上の反対表明だ。これは紀州家としては、将軍家の裁可のあった政令だから、正面からの衝突を避けたのだ。

それが久野丹波守の忠邦来訪によって、初めて真向から反対の意を老中に表明したことになった。

丹波守は言った。

「今日外夷のわが国を窺っている形勢は、ひとり公儀のみならず、紀州家でもはなはだしく憂えているところです。しかしながら、そのためにわが藩の領地をお取り上げになるのははなはだ納得がいきません。このお布令の発意は、老中である越前守殿から出たということであるから、越前殿に向かってわが藩の意を申し上げたい。そもそも、かの地は藩祖頼宣公が忝《かたじけ》なくも神君より頂戴いたしたるもの、ご承知でござろうが……」

と、丹波守は講釈した。

「頼宣公は幼にして、ことのほかご利発であらせられました。初め常陸《ひたち》を領せられたが、のち駿河、遠江五十万石に移され、浜松をもって居城と定められました。浜松といえば、越前守殿のただ今のご居城、神君未だ志を伸べたまわぬ折りも居城となされた由緒深き地にございます」

丹波守は越前守を観察しながら能弁につづけた。

「しかるところ、慶長十九年大坂の合戦が起きるや、頼宣公わずか十三歳で神君に従いたまい、翌年の夏の陣には兄義直《よしなお》公と共に二条城に到りて軍議に参加され、後備《あとぞなえ》を承られました。されば、関東勢の働きは、後ろに頼宣公の磐石《ばんじやく》の備えがあったればこそでござる。神君にも痛く頼宣公の功を賞したまい、公を浜松より紀州に移し、かつ、山田の田を合わせ、さらには河泉の地をも加えられたのでございます。

いうなれば、紀州家は日本の東西の中央にあって、遥か西の方毛利、島津を抑えて江戸の守りとなったのでござる。これひとえに頼宣公の英邁《えいまい》を知っておられる神君のご英断から出たること。爾来、われらは父祖代々藩祖公のご教訓に従って参りました。いわば、河泉の紀州家領分は祖先墳墓の地でござる。しかるところ、このたび外夷に備えるため、その地を他の瘦地《やせち》と取り替えるよう申し出でよ、とのお沙汰は、われらははなはだ合点のいかざるところ。されば、さきにお請けの儀は即刻にはなりがたき旨、いちおう、申し上げておきました。しかるに、聞くところによると、御用部屋では将軍家のご裁可を得たと称し、近々押して紀州家の領地をお取り上げになるそうな。越前守殿、これは真《まこと》でござるか？　実はそのことが伝わるや、わが藩では人心の動揺ひとかたならず、てまえ、こうしてご貴殿のお言葉をじきじきに承りに伺ったのでござる」

「いや、丹波守、それは真実でござる」

　忠邦は渋い顔で答えた。

「なに、では、やはり近いうちにお取り上げになるので？」

「お取り上げとは言葉が少々穏やかではござらぬが、もともと、外夷侵寇《しんこう》の兆《きざし》があるのは日本国じゅう心痛いたしているところ。されば、上さまには大坂付近を特別に重視しておられる。それで、この辺を幕府直轄として、いざ外敵とのいくさとなれば、兵の駆引を幕府の統制のもとに置きたいのでござる。これはお布令にもあるとおり、各藩より進んで所替《ところがえ》を願い出られることになっておる」

「あいや、越前守殿、言葉はさように仰せられるが、それはただ修辞のうえのこと。同意を欲せぬ藩のものを所替されるのは、幕府が無理に取り上げるのと少しも変わりませぬ」

「しかし、紀州家はほかならぬご親藩ゆえ、とりわけ公儀にお手伝いを願いたいところでござる。紀州家が率先して大坂付近の土地上納を願い出てくだされば、他藩も競《きそ》ってこれに倣うのは当然……」

「そうは参りませぬ。ならば、越前守殿、神君より頂戴したお墨付には畏《かしこ》くも、紀州家にては代々この地を安堵いたし、寸尺の土地も割譲《かつじょう》させぬとのお言葉が明記してございます。越前守さま、おてまえがそれを無視されるとは、神君に逆らわれる気でござるか。いや、そのお墨付に向かって貴殿は弓をお引きなさるつもりか?」

と、久野丹波守は眼を怒らし、語気鋭く忠邦に詰め寄った。

雨中検分

水野忠邦は、久野丹波守に、

「神君から頂戴した領地をなぜお取り上げになるのか。貴殿は神君に弓を引かれる気か」

と詰め寄られて答える言葉に窮した。

もとより、それが紀州家の表むきの口実とはわかっている。今ごろになって神君だの権現さまだのを持ち出されても迷惑なだけで現実に合わないのである。これは紀州家も心得ているにちがいない。

しかし、正面から神君を押し出されては忠邦も弱い。いや、困るのは、そのような旗を掲げてくる紀州家の結集だ。神君云々は別として、忠邦は、彼に向かって寄せてくる紀州家の波濤《はとう》を見ないわけにはいかなかった。

とにかく、当面の久野丹波守の詰問に忠邦はなんとか応答しなければならない。それを家康のときとは時代が違うと説明するのはやさしい。しかし、現在でも「神君」は文字どおり神格的権威だった。

「そう申されては、てまえもなんともお答えができませぬ」

と、忠邦は渋面をつくった。

「紀州家は他の大名方とは違い、平たく申せば、将軍家のご親戚、特別なお間柄であるから、神君よりさような思し召しがあったことも、てまえ、よく存じております。しかしながら、今回のことは当将軍家の思し召しから出たことゆえ、紀州家としてもご本家の難渋はお見過ごしできないはず。いろいろと事情はござろうが、ここは大きな見地に立ってお力添えを願いとう存じます」

「それはお受けできかねまする」

と、久野丹波守は食い下がった。

「たとえ将軍家の思し召しから出たこととはいえ、神君のお墨付を変改あそばすとは、恐れながら神意をいささか軽んじあそばすことかと存じます。さようになりますれば、神君より領国安堵のお墨付を頂戴した諸大名は、今後不安に駆られます。紀州家でさえあのようになったといえば、毛利、島津、伊達、黒田の外様大名の雄藩は、どのようにか動揺をいたしましょう。すでにして諸大名の間に公儀に対する疑心暗鬼が生じれば、これすなわちご威光うすれ、天下の秩序紊乱《びんらん》の因かと存じます。当将軍家を補佐なされる御老中筆頭の越前守さまには、このへんのご分別はいかがでございましょうか？」

丹波守の光った眼に見据えられて、忠邦は何度も空咳《からせき》をした。

紀州家は何ゆえにこのように強腰になったのか。

その背景も忠邦は知っている。土井大炊を初めとして、阿部遠江守、跡部能登守、土岐丹波守などが紀州家の主張に荷担している。

もっとも、土井大炊は別としても、土岐丹波などは必ずしも忠邦を攻撃しているのではなく、彼の右手となっている鳥居耀蔵を敵にしているのだ。だが、忠邦は耀蔵によって改革を完成に近づけさせた。この能吏なしには忠邦の計画は何一つ効をなさないのである。

だから、彼らの耀蔵に対する攻撃がやがて忠邦に刃先《はさき》を向けるのは必至だった。土井大炊が重々しくあとに控えていることである。紀州家の高姿勢にはこれら一派の後押しがあることは明瞭だし、ある意味では彼らの手で紀州家は踊らされているともいえる。

久野丹波守を帰らせて忠邦は、ひとりで苦慮した。丹波守には、紀州家の趣きはよくわかったから、いずれ満足のいくような計らいをしたい、と言って帰らせたのである。

しかし、紀州家の満足を買うどのような妙案があるというのか。善処するというのは一時の言いのがれである。ことは上知令を引っ込めるか、強引に紀州家を敵に回してその領地を取り上げるかである。

鳥居耀蔵を初め渋川六蔵などは、紀州家の後押しをしている連中は君側の奸だと言って、これを除くべしと進言してきている。それができなくては、やがては忠邦の政治的生命に関るであろうと言っている。

だが、ことはもう個々の人間の問題ではなくなっている。簡単にその進言を受け容れられないのは、相手が組織にまで成長していることだった。しかも、この組織は強大な大奥と結び、紀州家をわがものにしている。いま、たとえ、その一、二名を切ったところで彼らを刺激するだけで、それこそ蜂の巣をつついたようになるにちがいない。

(いっそ紀州家だけを上知令からはずしては……)

面倒臭いから、そういう措置《そち》をふと考えてみた。

これは、あたまからできない相談として今まで欠片《かけら》だに心に泛んでこなかった着想である。紀州家は親藩であるから諸大名に率先して上知令を奉戴《ほうたい》すべきだという絶対観念に囚《とら》われていた。

だが、紀州家の使者久野丹波守から、紀州家の封土は東照宮の神慮をもって賜いたるに、今さらそれに疵《きず》をつけるとは、いかなるご所存か、と理論で追い詰められては逃げ道を失うのである。今や忠邦は、紀州家はもとより、神祖家康をも向こうに回さざるをえない羽目となった。

(そうだ、紀州家をはずそう)

これ以外に道はなかった。しかし、あんがいな名案である。

御三家は徳川家の親戚である。してみれば、御三家の領地は徳川家の領地と同じとみてよい。すなわち幕府直轄も同様なのだ。

(御三家の領地は幕府直轄も同様なれば、上知のお沙汰の及ぶかぎりにあらず)

これが忠邦の考えついた大義名分である。

これはいける!

苦しんでいた忠邦の面上に安らいだ色がひろがった。彼はようやく血路を見つけた心地になった。

ちょうどそのころ、鳥居耀蔵は印旛沼に工事の検分に出張していた。

忠邦は、上知反対問題が起こると、それが必然的に印旛沼開鑿《かいさく》普請の問題に絡《から》んでくると予想していた。一つの政策が批判されると、それに付随してあとからあとから失政が非難されるのは当然の成行きだ。印旛沼工事は難局にぶつかっている。現地からの報告は見通しの楽観を伝えるものばかりだが、実際はどれほど進捗《しんちょく》したか実績の報告がそれに伴わない。

お手伝いの諸大名の行動も当座を糊塗《こと》しているとしか考えられないのだ。幕府から派遣している普請方も、自分の責任を回避するため成績は上々と報告してくる傾向がある。とかく現地からの報告は水増しになりがちだ。報告書どおりだと、すでに大半は開鑿が進んでいなければならないのに、具体的な進捗状況は何一つあがってこない。

その後も忠邦は上のほうの役人を何度も現地に派遣しているが、持って帰った返事も、

「現地ではなかなかよくやっております」

という当たり障りのない言葉だけだった。

いったい、予定した期日に工事を達成する見通しがあるのか、と訊くと、

「まず、多少の遅延は免れますまいが、ほぼ間違いないと思われます」

と、はっきりしたことを言わぬ。彼らは、忠邦の不機嫌を怖れているから、言葉のうえで逃げるだけだ。それに、たいていは、現地で袖の下をもらって帰ってきている。

忠邦は、ついに鳥居耀蔵と勘定奉行梶野土佐守を現場に派遣することにした。鳥居は、この月、待望の勘定奉行を兼ねたのだ。もはや、忠邦も現地の幻の報告だけで安心しているわけにはいかなくなった。この工事が失敗したら、それこそ上知一件の程度では済まなくなる。幕府としても莫大な費用をこれに注ぎこんでいるのだ。印旛沼普請不成功というだけでも一発で忠邦の政治的生命は絶たれるかもしれぬ。

忠邦が紀州家だけを上知令の除外例にしようと血路を考えついたときには、それを一番に相談すべき耀蔵は江戸を留守にしていた。忠邦はこの二、三日降りつづけている秋の雨を鬱陶《うっとう》しく眺めながら、耀蔵の帰府を待っていた。

――江戸に降る雨は、印旛沼にも同じように降りつづけている。

鳥居甲斐守来たるというので、現地の普請手伝いの大名、庄内、鳥取、秋月、沼津、貝淵の各藩はいずれも衝撃をうけた。これが梶野土佐守あたりならともかく、鳥居耀蔵

の眼には一目で工事の渋滞が知れて怠業がわかるからである。

各藩とも今度の普請にはまったく気が乗らずにいる。まず、現場は予想以上の悪条件で、掘っても掘っても両岸の豆腐のような軟土があとから崩れ落ちてくる。田沼の執政のころに掘ったいわゆる古堀のほうは、そのあとを浚《さら》って少しく両岸をひろげるのだから、まああのかたちをなすが、どうにも手がつけられないのは今度初めて掘鑿《くつさく》する新堀のほうだ。

ことに新川と花見川の中間を掘る花島観音下付近は、海抜六百尺くらいの丘陵地帯になっているので、両方の川をつなぐにはそれだけ深く掘らねばならない。まるで深井戸を横に延々と長く掘るようなものだ。

普請の工法もどこかに欠点があるとみえ、このままではとうてい成功おぼつかなしとみた。希望があればまだ気乗りもするが、見込みなしとわかれば精を出すのが阿呆らしくなってくる。

幕府が金を注ぎこんだと同様に、各藩もこの「お手伝い」には夥しい費用を注ぎこんでいる。この財政的負担がたいそうな苦痛だ。見込みのない工事に入れあげるのだから、まるで貴重な金銀をこの泥濘《でいねい》の中に捨てるようなものだった。どの藩でもあとの金を出し惜しむようになる。事実出そうにもその余裕がなくなったからであった。

第三に、炎天下の作業がつづいたので人夫どもに倒れる者が多かった。庄内藩のごときはわざわざ本国から何百人も連れてきたのだが、過激な暑熱に疲れて病死する者が続出した。これがほかの人夫にも影響して、わが身大事とばかり精を出さなくなる。なかには仮病《けびょう》を申し立てて人夫小屋に引き籠る者も少なくない。

こうなると、自然と人夫賃も高くなってくる。工事費はいよいよ嵩《かさ》んでくるわけだ。

次に、これが根本的な問題だが、このように苦労しても各藩自身にはなんの利益もない。辛苦して工事を完成させても利益を得るのは下総《しもうさ》の百姓だけだ。この河川工事が完成すれば、毎年の水害は免れ、付近一帯はたちまち美田となる。他国の領地が潤ったところでなんになろう。また、この掘割によって東北地方の米を乗せた船を直接江戸湾に通すというのだが、これも幕府と江戸市民が喜ぶだけだ。受益者は苦労をしないでいる他人ばかりである。

要するに、課役の各藩が文字どおり公儀から懲罰を受けているわけで、藩にとっては恨みに思うだけである。

それも幕府の勢威が隆々としていた時代なら御用部屋の鞭《むち》の威力も感じるし、怠慢による処罰を怖れて必死になるが、今では幕府の実力が失墜していることを彼らは感じとっている。だから、正直、こんな工事に一生懸命になるのが阿呆らしくなってくるのである。

こんなものに大金を捨てるよりも、その何十分の一かを代官篠田藤四郎や、ときどき中央からやってくる勘定方の役人に賄賂として差し出したほうが、大目にみてくれてどれだけ利益かわからない。


しかし、鳥居耀蔵となると別格だ。彼が町奉行として江戸でどれだけ苛察を行なったかは、世間で誰ひとり知らぬ者はない。各藩の責任者も、

「これは手強《てごわ》い者がきた」

と警戒した。たとえ幕府の勢力は昔日のものではなくとも、耀蔵の言いがかりで、どんな難題を吹きかけられるかわからないのである。

しかし、その耀蔵は宿舎になっている陣屋の奥にすわって、庭さきに降る雨ばかりを眺めていた。

ここでは、彼も代官篠田藤四郎を初め各藩の指揮者から提出された工事の絵図面と説

明を、ふんふん、と聞いているだけだ。べつに鋭い質問も追及もない。

耀蔵は、すでにこの工事の成行きにとうから見切りをつけていた。いま関係者の説明を聞いたが、いずれもごまかしだと見ぬいている。彼らが表面を取り繕《つくろ》えば繕うほど工事の難儀をかえって知らされた。

実は、もう、耀蔵もこの印旛沼普請には興味を失っていたのである。水野忠邦の運命が上昇期にあるときは、彼も忠邦に協力してなんとかこれを完成させたい情熱に駆り立てられたが、その忠邦は彼の眼から見ても明らかに下り坂にさしかかっている。彼に力をかしてこの普請を完成させる意義はなくなっているのだ。

目下の耀蔵の屈託は、彼に向けられた上知反対派の攻撃である。彼らは利口で、まだ直接に忠邦を攻撃せず、彼の手足となっている耀蔵に矛先《ほこさき》を向けている。甲斐守は忠邦を誤らせる者として追い落とすべきだと、彼らは言うのだ。

これが忠邦勢威絶頂のときならせせら笑って済むことだ。何をほざこうと一挙に揉み潰しができる。しかし、落目になっている忠邦には、もはやそれだけの威力はない。一口に言うと、忠邦ははなはだ頼りない存在になっているのだ。

先日、耀蔵は渋川六蔵と相談して、彼を攻撃する者はすべて君側の奸臣であるときめつけることにしたが、六蔵がどのように熱を込めて上書しようが、それだけで家慶の気持ちが動くとは思われない。

将軍家を動かすにはやはり大奥の援助が必要である。誰がなんと言おうと、女たちがうしろからささやく声のほうが大きい。まして家慶は気の狭い凡庸《ぼんよう》な男だ。書物奉行とはいえ軽輩の六蔵ひとりが力んだところで効果が上がろうはずはない。かえって紀州家についた大奥によって逆効果になりそうである。

これはうかうかしていられぬ、というのが耀蔵の憂鬱だった。わずか十里そこそこだが、離れてここから江戸を見ていると、その情勢がかえってよくわかるのである。

彼は今、石川疇之丞や、金田故三郎、浜中三右衛門などに言いつけて反対派の面々の陰私を探らせているが、こうなると、もう、その必要もなくなった。何が知れても役には立たない。

そんなことをして敵方をますます刺激するよりも、この際いっそ忠邦を捨てて相手方のほうに移ったほうが利口のようである。忠邦恃《たの》むに足らずとすれば、身の安全のためには転身もまたやむをえないのだ。

だが、現実的にはそれがたやすく行なわれるとは思えない。耀蔵はあまりに忠邦のために働きすぎた。忠邦のあるところ必ず耀蔵の影があった。忠邦と耀蔵とは表裏一体。世間では耀蔵が忠邦を自在に操っているとみている。その彼がどのようにして忠邦を捨て、相手方の陣営に走るかである。

目立ってはいけない。世間から非難されることなく、しかるべき名分を見つけて、やらねばならない。

それには、この印旛沼工事を失敗させることも一つの工夫だが、もともと、これは忠邦の発案を耀蔵が煽《あお》ったかたちなので彼自身に責任がある。

(なんとかいい工夫はないか)

ぐずぐずしてはいられない。すでに敵側の攻撃は一日一日急となっているのである。工事現場の見回りどころではなかった。このほうは梶野土佐守あたりに任せて、おれはもっぱら相手方の懐にすべりこむ細工を考えなければならない。

「よく降りますな」

と、当の梶野土佐守がひょっこりはいってきた。この男は恰幅《かっぷく》はいいが、単純そのものである。

「ここに着いてから雨ばかり、われらも見回るときがなかったが、今日はどうやら小降りになった様子、ごいっしょに現場検分に回りませんか」

と、土佐守は耀蔵の顔色を窺いながら持ちかけた。

そのうしろには篠田藤四郎の太った身体が控えている。

ははあ、藤四郎め、なんとか現場を見せて、口先をもってごまかす気だな、と、呑みこめた。

「さようですな。では、ひとつお供をしましょう」

と、耀蔵は浮かぬ顔で雨垂れの軒を見上げた。


雨はまた一段と激しく降り出した。強い風があるので水煙が白く横に流れている。

鳥居耀蔵も、梶野土佐守も定紋入りの陣笠をかぶり、蓑をつけた。その笠も手で押えないともぎ取られそうである。水が蓑から沁《し》みこんで肌に徹《とお》った。秋の雨はつめたい。

同じ扮装《いでたち》の代官篠田藤四郎が案内役で陣屋の手代を従え、一行十五、六人は普請場に沿って見回っていく。

篠田藤四郎にとって悪い雨だった。鳥居耀蔵の一行が検分に到着する前からこの降雨はつづいているが、濠には水が溢れ、普請個所はめちゃめちゃになっている。せっかく掘った川底は土砂で埋まった。もっとも上に水が漲《みなぎ》っているので、その下の状態はうわっつらを眺めただけではわからない。だが、杭は流れ、足踏みの排水機も水の下に没し、足場の桟橋は浮いてぶらぶらになっている。

藤四郎は、雨やみを待って検分を受けるよりも、進んで鳥居と梶野を誘い出し、なんとか当面を糊塗しようという肚である。水が引いたあとでは、現われた工事現場の惨憺《さんたん》たる残骸を見せねばならぬ。そうなると、どうごまかしようもないのだ。

代官の藤四郎は、工事の不始末が直接身の転落にかかっている。悪いときに江戸から検分に来たものだが、どうせ見せるなら、まだどうにか言いくるめられる水につかった現在を見せたほうがよいと決めた。

だが、鋭い鳥居耀蔵のことである。そのごまかしがどこまで成功するかだ。藤四郎は、薄氷を踏むような心地だった。今にも耀蔵から一喝されるかわからない。そのときが藤四郎の最後になる。今まで、彼はこの工事で栄達を考えていたのが、不始末となれば、逆に御役御免となる。失敗をしでかして小普請入りとなれば、生涯浮かぶことはないのだ。

藤四郎としては、雨中に耀蔵を引っぱり出したことは伸《の》るか反《そ》るかの博奕《ばくち》だった。生涯の賭《かけ》といっていい。

さて、現場に来てみると、印旛沼から逆流する水はあたりの田まで浸し、一面の泥池となっている。川と田圃の区別がわかるのは、水面に泳いでいる稲の穂先で知れるくらいだ。倒れた稲は水の下に藻《も》のようにそよいでいる。水は堤防を躍り越えて流れていた。

「これはひどい」

と、梶野土佐守が陣笠の前を上げて唸った。一行の歩いているところは水のこない高台であるから、まるで湖水を上から見おろしているような心地である。平野の林がところどころ黒く浮いている。

さすがに人足の影一つ見えない。こちらの木陰の目立たないところに、持場の藩の重役が心配そうに耀蔵の様子を窺って、うずくまっていた。

今日の見回りは内密ということになっているので、受持ち各藩の公式な立会いはなかったが、やはり各藩とも耀蔵の検分は気にかかるのだ。

「篠田殿」

と、土佐守は顔色を変えて藤四郎を睨んだ。

「これはいかがしたことでござる？　御普請はどうなったのじゃ」

浸水した一面の平野には靄《もや》のように雨の白煙が立っている。視界も利かず、ただ濁流が渦を走らせていた。

「いや、まったく、この雨には困っております」

と、藤四郎は大きな身体を動かして、ここぞとばかり両人の前に進み出た。

「ご覧のように水が一面に溢れておりますが、これは印旛沼の水位と、利根川の水位とがもともと同じであるところから水が堤防を乗り越えましたことで。なにしろ、もとをただせば、利根川の水が印旛沼に押し寄せておりますのでな。それを防ぐには、この堤防を現在より五尺も十尺も高くせねばなりませぬ。そうするなら、さながら、話で聞く秦《しん》の長城のごとき大工事となりまするで、これはとても望めませぬ。されば、かような大雨ともなれば、自然と水が引くのを待つほかはございませぬ」

「水が引くのを待つというか。さような呑気な話もよいが、肝心の掘割の普請はどうなっている？　見ればここかしこに杭が浮いて流れ、足場も壊されているところを見ると、さぞかしこの水の下は両岸の泥土が流れ落ち、せっかくの工事も元の木阿弥《もくあみ》になっておろう」

土佐守は、雨の冷たさに唇まで白くしていた。

「いや、ご不審はごもっともでござるが」

と、藤四郎は胸で考えていたことを、厚い唇から唾を飛ばして言葉にした。

「そのへんは大事ございませぬ。なるほど、見た眼にはたいそうな水害のように思われますが、てまえはかえって、かように水が両の田圃に溢れ出たのを幸いと存じております」

「なに、幸いというか？」

「されば、狭き場所に押し込められていればいるほど水の勢いは激しい道理、したがって両岸はおろか、川底の土砂までも掘り起こします。しかるに、ご覧のごとく、その水は堤防を越して溢れておりますゆえ、そのぶんだけ水勢は減じ、土砂を削る力もそれほどひどくはございませぬ。水の上のほうだけを見ればえらい災害と思われますが、実際は溢水《いっすい》によって水は力を失っておりますゆえ、下のほうの普請工事場はさしたる傷手《いたで》にはなっておりませぬ。ま、多少は掘ったあとに泥が埋まる場所もござろうが、それは大急ぎで浚えばよろしいことで……」

「では、水の下は大事ないというのだな？」

土佐守は念を押した。

「まず、心配はございませぬ」

と、藤四郎は答えたが、質問は梶野土佐守だけで、いちばん怖れている鳥居耀蔵は、陣笠についたお宮の鳥居の金紋を雨に叩かせているだけで、黙ったままだ。笠を目深《まぶか》くかぶっているのと雨脚のために、鳥居の表情が藤四郎にはさだかにわからなかった。わからないだけに藤四郎は彼の考えが気になってくる。いま、懸命に梶野土佐守に説明しているが、横で黙って聞いている耀蔵が万事を見抜いて、肚の中で嘲笑しているようでうす気味悪い。

「して、篠田氏、この雨がやんでから水が引くまでは、いったい、どのくらいかかるのだ？」

土佐守が気がかりげに訊いた。

「さよう、まず、五日ぐらいでしょうか」

「なに、五日もかかるか？」

「はい。ご覧のように川の堤防より田圃のほうが低うございますゆえ、水はけがなく、田が悉く皆出て参りますまでは、そのくらいは要するかと思います。それに、この雨の具合では明日霽《は》れるやら、明後日霽れるやら、皆目見当がつきませぬが、仮りに三日のちにやんだとしても、水はけの日数を入れて、八日乃至《ないし》十日間は要するかと存じます」

「なに、十日？」

梶野土佐守が困惑した顔で耀蔵のほうを見た。そんな長期間、こんなところに滞在してはおられぬという表情だ。事実、江戸では忠邦をめぐる情勢容易ならず、一日も早く帰府しなければならないところだ。その忠邦の片腕となっている鳥居耀蔵はこの事態をどう考えているのかと、土佐守は彼の顔色を窺ったのだが、当人は笠の下から眼を雨の叩いている濁水に向けたままで何も言わぬ。

「篠田氏」

と、耀蔵の心を測りかねた土佐守は、仕方なくまた藤四郎に向かって尋ねた。

「これはいかさま困ったことだ。このたびの普請は、一日でも早く仕上げねばならぬ。それが、この雨のためとはいえ、十日も、それ以上も遅れるとなれば、まことに由々しきこと。なんとかならぬか？」

「てまえもそれはよく存じておりますゆえ、お手伝いの各藩に申し伝えて早く普請工事をつづけたいのですが、この雨はまったく恨んでも恨みきれませせぬ。天災となれば、これは人力の及ぶところでなく、一刻も早く減水を待つほかはありませぬ。しかしながら、土佐守さま、いま申し上げたごとく、水の下の諸設備は無事とみえますゆえ、天気の直り次第、早急に工事を進めることができると存じます」

藤四郎は、渦を巻いて流れている川の下が壊滅していることはとっくに知っている。だが、それを正直に述べたのでは自分の地位が危ない。天災とはいっても、所詮は工事の未熟を暴露するようなもので責任問題となる。あとの工事の遅れは遅れ、そのつど弁明すればなんとかなる。今は検分をともかく無事に済ませることだった。幸い工事場の実害の状況《さま》は濁水に隠れて検分の眼には映らぬ。

「土佐守殿」

と、耀蔵が初めて口を開いた。

「ここはこのくらいにして、最も難所といわれる花島村に回ってみることにしましょうか」

鳥居は、意見を言わないままに次の難場の検分に回ろうというのだ。藤四郎はこれも気味悪い。花島の掘鑿は、そこが台地になっているだけに溢水はない。その代わり、途中まで掘った工事現場は一目見て惨憺たる姿を現わしているであろう。

さりとて、そこは困ります、とも藤四郎は言えない。

「では、お供を」

と、自分から先に歩き出した。

台地の路は、やがて竹藪の多い丘陵地帯の山路となる。この路も峠の上から水が川のように流れてきている。竹藪だけに雨風の騒ぎが激しい。

このまま真直ぐ行くと花島観音に出るのだが、新川の新しい掘鑿工事はそこまでは及んでいない。上流が二股に合した落合い近い地点にようやくきている。

「では、少々足場が悪うござるが、どうぞこちらへ」

と、藤四郎は一行を途中から小径《こみち》に導いた。東に向かっている草の中で、路ともいえない。横殴《よこなぐ》りの雨で、身体で乾いているところは一つもなく、寒さが背中を震わせた。

「おや？」

と、先頭に立っている藤四郎がふいと停まった。まだ、現場まで届かない森と藪の間である。土地の百姓らしいのが五、六人、鍬《くわ》を振るっているのが見えたのである。

見て参れ、という言葉で走っていった手代が、すぐに駆け戻って藤四郎に報告した。

「この辺の百姓めが、男の死骸を埋めるところでございます」

「なに、死人……また人夫が倒れたのか?」

と、藤四郎が渋い顔で訊く。

「いいえ、さようではございませぬ。どうやら士分らしゅうございます」

「士分? では、御普請お手伝いの藩中の者か?」

「さようには見受けられませぬ。だいぶん時日が経って顔も崩れておりますが、衣服の具合からみて牢人者のようで」


見よう、と言い出したのが、今までずっと黙っていた鳥居耀蔵だった。どのような好奇心を起こしたのか、自分で先に立って百姓たちの集まっているところに足を進めた。

陣屋の手代たちがおどろいて先に走り、百姓たちを制した。

「ご身分のある方じゃ。見苦しくないようにいたせ」

これを耀蔵が止めた。

「余計なことを言うな」

彼は死骸の傍らに立った。

人間とは信じられない物体が、ようやく着物と判じられるものをまとって横たわっていた。顔が面相も知れぬくらいに崩れているのは皮が剥《む》けているからで、眼玉も片方は流れ出たのか、眼窩《がんか》が黒い穴をあけている。灰色というよりも、朽ちた木の根のような色だ。

濡《ぬ》れ雑巾《ぞうきん》のような衣服の下から出た手足もほうぼうが痛んで、さながら獣の死骸を見るようである。雨が容赦なくその上を叩いていた。耀蔵は手拭を取り出し、鼻を抑えていたが、眼だけは鋭く死骸に注がれていた。

「どこで見つけたのだ？」

耀蔵はじきじきに百姓に訊いた。

「へえ、水の流れこんだ田圃に浮いていましたので、あまりに気の毒と思い、見かねまして、てまえどもがここに埋めているところでございます」

と、その中の一人が答えた。

「うむ。死んでからよほど経っているな」

「これでもてまえどもがきれいに洗いましたので。もとは泥まみれとなって見る影もございませんでした。おおかた、このお武家は誤って川に落ち、泥の中に嵌《はま》っていたのを、この水で浮き揚がったのだろうと存じます」

梶野土佐守も、篠田藤四郎もいやな顔をして、仕方なしにつき合っている。

すると、のぞいていた篠田藤四郎が大きな図体《ずうたい》から小さく、あっ、と声を洩らした。

耀蔵の耳がそれを聞きのがさなかったか、彼はじろりと藤四郎に向いた。

「篠田氏は、この死体に心当たりでもあるかな？」

「いいえ……いっこうに」

と、藤四郎は死骸からあわてて眼を逸らした。

耀蔵は、それきり彼には黙って、そこにいる百姓に顔を向けた。

「これはそうとう背の高い男とみえるな」

「へえ」

顔の皮は剥けているが、髪だけは耳のうしろにへばりついている。

「年のころいくつに見えるな？」

耀蔵は、誰にともなく呟いた。

「さようでございます、まず、四十そこそこかと……」

藤四郎がうっかりと口を開いた。

「ほほう、人相もさだかでないのに、篠田氏はよく年齢《とし》まで当てたな」

「いいえ、着ているものからの、だいたいの推察でございます」

「どこのものだろう？」

と、今度は、自分の疑問に訊くように呟いた。

「さあ」

篠田藤四郎の胸には、あるいは、という考えが宿っているのだ。彼は背の高い武士に心当たりがあった。しかも自分がかつて花島観音前の茶屋に案内した本庄茂平次に絡んだ人間なのである。直接にものを言ったことはないが、茂平次が背の高い男と話していたのをちらりと見た記憶がある。……

だが、これは茂平次の主人に当たる鳥居耀蔵には言えないことであった。

「江戸の者かな」

と、耀蔵は独りごとを言っていたが、雨の中をうずくまっている百姓に向かい、

「おまえたちも奇特なことだ。大事に葬ってつかわせ」

と、やさしく言った。

「へえ」

耀蔵が眼配せしたので、横にいる手代が小粒を二つ、彼から受け取って、百姓の一人

に渡した。

「いや、甲斐守殿のお気持ちには感服つかまつった」

と、歩き出してから梶野土佐守が感嘆した。

「かようなやさしいお気持ちがあるとは、実はてまえ、今まで存じあげなかった」

「すると、土佐守殿には、今までてまえを真実妖怪《ようかい》と思われていたのだな？」

耀蔵は、世間から受けている自分の渾名《あだな》を口にし、土佐守の感動を狼狽《ろうばい》させた。

(妖怪か。よろしい。これからほんとうの妖怪になるかな)

江戸の忠邦を考えて、耀蔵の決心である。――


雨の中を鳥居甲斐守と梶野土佐守とは篠田藤四郎に案内されて花島観音前の茶屋にきた。ここは藤四郎が贔屓《ひいき》にしている角屋《かどや》である。

到着時刻も、顔ぶれも予告がしてあるので、角屋では雨中ながら軒下に幔幕《まんまく》を張って、亭主以下待ち受けていた。

一行は、蓑、笠の姿で到着する。式台に手をついていた亭主が飛び出してきて、

「ご苦労さまでございます」

と、傭人《やといにん》一同に申しつけて、すぐに一行の蓑、笠を取り除いた。

「亭主、風呂の用意はしてあるであろうな？」

藤四郎がすぐに訊く。

「へえ、そりゃもう、先ほどよりちゃんとお支度をしております」

亭主は、江戸から勘定奉行が来たというので縮み上がっている。勘定奉行といえば、今の大臣クラスである。それが急ごしらえの田舎の茶屋に来たのだから、きりきり舞をしている。

「甲斐守さま、ここはてまえがときどき使っておりまするゆえ、どうぞ、今夜はお気軽になされてくださりませ」

と、篠田藤四郎が言った。

「今夜はここに泊まるのか？」

耀蔵がじろりと藤四郎を見た。

「はい、毎晩陣屋や庄屋の屋敷にお宿りではお気鬱でございましょうから、気分の変わったところもまたお疲れ休めによろしゅうございます」

藤四郎は、土佐守にも、

「このような田舎でございますゆえお気には召しますすまいが、まあ、旅先のつれづれ、あとで笑い話にもなるかと存じます」

とすすめた。梶野土佐守は早くも藤四郎の意図を察して、まんざらでもない顔をしている。

傘をさしかけるのと付添いと女中二人がかりに連れられて裏手に回ると、新しい檜《ひのき》の湯槽《ゆぶね》には透き通った湯がいっぱいに張ってあった。

まず、耀蔵から女中の世話で草鞋《わらじ》を解き、足を洗い、着物を脱がさせ、湯殿にはいった。中は特別な客のために、広々ととってあって、木の香が匂っている。

耀蔵は、雨に冷えた身体を湯に浸して眼を閉じた。横の窓は相変わらず雨風が荒れていた。

閉じた眼をうすく開けると、瞳の端に、片隅にかしこまっている一人の女が映った。襷《たすき》をかけ、裾をからげているところをみると、耀蔵の背中を流すのを待っているらしい。二十二、三くらいの、色の白い、眼鼻だちの整った女だ。結《ゆ》い上げた髪が、吹きこんでくる風のため頬に筋を散らしていた。

耀蔵は黙って湯槽から上がる。背中を向けると、女は手桶で湯を汲み、彼の背中を流しはじめた。田舎者に似ず指の先が柔らかだった。

「そちは、この辺の生まれか？」

と、耀蔵はうしろの女に訊いた。

「いいえ、ここの者ではございませぬ」

女は媚《こび》を含んだ声で答えた。

「言葉が江戸のようだが、あちらから参ったのか？」

「さようでございます」

「珍しいな。よくここで辛抱できるな」

「いつもは佐倉の御城下におりますけれど、今日は殿さまがお見えになるというので、こちらに参ったのでございます」

「佐倉の城下にいるのか」

耀蔵にはすぐにわかった。佐倉には弥勒《みろく》という遊女町がある。そこから来た女にちがいない。

今夜はこの女が伽《とぎ》をすることになるだろうと、耀蔵は、肩に当たる女の白い指の感触と、糠《ぬか》の匂いとを意識に上《のぼ》せていた。

「この辺では、よく人が川に落ちるか？」

と、耀蔵は訊いた。さっき見た侍の死骸がまだ眼から離れていなかった。

「めったにそういうことは」

と、女は微《かす》かに笑った。いま見てきた出来事がここまでは伝わっていないらしい。あの侍は過《あやま》ってひとりで川に嵌《はま》ったのではないと思われる。喧嘩の果てかな、と考えた。それなら、その騒動がこの辺で評判になっていそうなものである。

「いいえ、そういう騒ぎも聞いておりませぬ」

と、女は耀蔵の問いを真剣にとって、

「なんでしたら、旦那に訊いてみましょうか？」

と言った。旦那とは、さっき軒下に迎えに出たこの女の抱え主のことだ。

「それには及ばぬ」

「はい」

「ただ、そなたに訊いてみただけだ」

喧嘩でないとすると、あの侍は闇討ちでもかけられたのか。頭が川底の泥土に嵌って
いたというから、水嵩がなかったころに突き落とされたのかもしれぬ。それが雨で水が

出たため、浮き上がったのであろう。

出水といえば――工事場は悲惨な状態になっている。代官篠田藤四郎は、その失敗の痕《あと》をなるべく検分の眼から隠そうとしている。耀蔵はこの工事は成功おぼつかなしとみた。これまでも現地からの報告で予想はついていたが、今度は現実にこの眼で確かめたのである。

これだけでも忠邦の敗北は決定的となる。ただ、問題は、忠邦への報告を正直にしたものかどうかだ。これから妖怪になってやると決めた耀蔵には、その報告にも工夫があった。――

女が子供を扱うように耀蔵を世話して湯槽に入れ、幅広な晒木綿《さらしもめん》を持って上がり口に控えた。


風呂から上がって茶屋の着物に着更え、座敷にはいっていると、障子を鳴らして風がはいってくる。軒には雨の音が激しい。

「殿さま、お寒うございませんか？」

と、さっきの女がうすい羽織を持ってきてくれた。今度は派手な着物に着更えている。

「そちの名はなんという？」

耀蔵は、着せられた羽織に手を通して訊いた。

「はい、鈴《すず》と申します」

「源氏名か？」

「まあ、そんなところでございます」

寂しい顔だちだが、笑うと派手な愛嬌が出た。亭主夫婦が羽織袴で上がってきて、下座はるかに平伏した。

「殿さま。このようなむさ苦しいところでございます。不行届の段は平にご容赦願います
る」

「旅先のことだ。気を遣わんでくれ」

耀蔵は気軽に言った。

「恐れ入りました」

「この前に見える堂はなんだ？」

耀蔵は雨の中を透かして、暗い森をのぞいた。家の中では灯がほしいところである。

「花島観音と申しまして、だいぶん古うございます」

「うむ。あれは仁王門か？」

「さようでございます。これより先に弁天さまがございますが、その弁天さまと、この観音さまとが、新川と花見川とを守ってくださっております」

つづいて女房が、

「殿さまのお越しを聞かれましたか、松平さま、黒田さまなど大名方の御家中より、今夜のおくつろぎにもと、御酒やお魚が届けられております」

「そうか」

「いえ、もう、この辺では地酒ばかりで、とてもお口に合わぬと思いましたが、さすがにお大名方は豪勢なものでございます。届けられましたのがいずれも灘《なだ》の生一本ばかりで。それに、この時化《しけ》ではございますが、魚もわざわざ上総の勝浦《かつうら》より運ばれましてございます」

「もう、かまうなと言ってくれ」

「へえ、いえ、もう、すぐ広間で支度ができまするから、いま少々ご猶予を願いとう存じます。殿さま、少々お尋ね申し上げてよろしゅうございましょうか？」

「なんだ？」

「いいえ、あまりに殿さまがてまえどもに気さくにお言葉をかけてくださいますので、甘えさせていただくのでございますが、殿さまのご家来本庄茂平次さまは、江戸でおすこやかでおられましょうか？」

「茂平次か……うむ、そういえば、いつぞやこの土地に使いにこさせたことがあったが、……そうか、おまえの家に来て遊んでいたか」

「いいえ、お遊びになるというほどではございませんが、ときどき代官さまとお気晴しに見えたことがございます」

「それは世話になった」

　耀蔵は、主人として礼を言ったが、ふと、茂平次が井上伝兵衛の遺族からつけ狙われていたことを思い出した。茂平次に泣きつかれて、たしか、つけ狙われている相手のいる松山藩に水野の用人からねじこませたことがある。そのとき、ちらりと聞いた話では、討たれたのはその者の伯父伝兵衛だけでなく、父に当たる者が行方知れずとなっていると聞いた。その者は本庄茂平次をつけ狙っているうちに行方を絶ったので、これも茂平次の仕業にちがいないと相手側は言っているというのだった。

耀蔵は、背の高い男の死骸に眼の記憶が戻った。

「江戸に帰ったら、角屋の亭主が消息を訊いていたと、茂平次に伝えよう」

と、耀蔵は微笑した。心の中とは別な言葉である。

「へえ、恐れ入ります。よろしくお願いします」

「どうじゃ、茂平次はおもしろい男だったか？」

と、耀蔵が訊くと、亭主は頭を下げた。

「へえ、そりゃもう、あのくらい陽気なご性質の方はおられませぬ。てまえどもも本庄さまがお見えになると、気持ちの中が底抜けに明るくなったものでございます。女どもも口を揃えて、そう申しておりました」

「そんなに女にもてたか？　茂平次のことだ。ここに好きな女でもこしらえたのであろうな？」

「いいえ、と、とんでもございません。本庄さまは、そりゃ、もうお堅い方で……」

角屋の亭主は両手をこすった。

その晩は、耀蔵と土佐守とが広い座敷の正面にすわり、篠田藤四郎の接待で酒宴となった。陰気な雨の音も賑やかな三味線の音に消えた。亭主が言ったとおり、酒も肴も普請手伝いの各藩から山のように持ち込まれている。

篠田藤四郎が耀蔵の前に両手をついて、とんと幇間《ほうかん》のような身振りで杯を頂戴した。

「ご両所さまには遠路ご検分にお越しくだされ、お役目とはいいながら、まったくもってありがたき仕合わせでございます。われわれ一同お二方を迎えて、どのように感佩《かんぱい》いたしているかわかりませぬ。これにて士気も一段と揚がり、普請の落成も早くなると存じます」

と、見えすいた嘘と世辞とを混ぜて述べた。

この男もめでたい奴だと耀蔵は思った。自分では水野忠邦の直系につながっているつもりで、ひたすら出世にしがみついている。忠邦の勢力がいつまでも安泰だと思いこんでいるのだ。そう思うと、耀蔵も藤四郎が憎めなかった。

眼の前には女たちが踊っていた。

耀蔵が小部屋にはいると、うす明りの下に夜具がのべられ、片隅に女が待って手をついていた。背を流してくれたお鈴だった。

耀蔵はそうとう酒を呑んだつもりだが、いっこうに酔っていなかった。酔えないのだ。若いころ放蕩したときに覚えた酒は、その後年齢《とし》を取るにつれて弱くなっている。だが、今夜はいくら飲んでも酔いが出ない。

お鈴が手伝って耀蔵を寝巻に更えさせた。

耀蔵は横になって、

「よく降るのう」

と、雨のことを言った。

「少しもやまないようでございます」

女は暗い部屋に明るい声を出した。

「少し腰を揉んでもらおうか」

「はい」

「年齢《とし》を取ると、少々歩いただけでもくたびれる」

「まだ、そんなお年齢にはみえませぬが……」

女は肩から腰を揉んだ。

「柔らかいお身体でございます」

「働いておらぬでな」

「ぽっちゃりとした餅肌で、まるで女のような」

横たわっていると、さすがにうっとりとした酔いが手足の先から匍《は》い上がってきた。

「お眠うございますか？」

と、女が手をやめて顔をさしのぞいた。

「いや……煙草があるか？」

「はい」

お鈴は煙草盆を寄せて長煙管《ながぎせる》に火をつけ、吸口を紅絹《もみ》の袖で拭いて耀蔵に渡した。

耀蔵は、久しぶりに吉原で流連《いつづけ》していたときを思い出した。遊女と一緒に寝るのは二十数年ぶりだった。

「篠田藤四郎に馴染の女がいるのか？」

烟を吐いて軽く訊いた。

「さあよく存じませぬが……」

女も笑っている。

藤四郎が諸藩から賄賂《まいない》を取ったり、工事費の見積もりを水増しして横領していることは、茂平次の報告で耀蔵は知っていた。この供応《もてなし》も、藤四郎がこちらを懐柔する手段である。江戸へ帰る前には、たぶん、相当な金をさし出すかもしれない。あの男のことだ、そのへんは厚顔にできる。

耀蔵は、また茂平次のことを思い出した。

「この家に遊びにきていた江戸の役人がいたはずだがな。そちは佐倉にいたというから存ぜぬかしらぬが、本庄という男だ」

「あ、本庄さま」

「知っていたのか？」

「いいえ、ここの女子《おなご》衆が弥勒によく来ましたので、お噂は聞いております。たいそうおもしろいお方だそうで。それに、本庄さまに首ったけになった女がおりました」

「奴め、そんなにもてたかな。で、その女子はどうしてる？」

「死にました」

「かわいそうに……それで、そちはその朋輩のことが明かせたのだな」

「隠してもはじまりませぬ。この辺ではだいぶ評判になりましたから」

「女に病死されたなら、本庄もがっかりして江戸に帰ったろうな」

「いいえ、病気ではありませぬ。その女はお玉さんといいましたが、そのお玉さんに横恋慕していた祈禱《きとう》のお坊さまが、お玉さんに無理に相対死《あいたいじに》をしかけ、それで死んだのでございます」

「なに、祈禱僧が？」

耀蔵の胸にすぐ来たのは、大井村の祈禱僧了善のことだった。そもそも茂平次を家来にした動機が、彼が了善の話を自分のところに持ち込んで水野美濃守の追落としに働いたからである。そういえば、あの坊主は島送りから許されて以来、消息を聞いていない。

「おもしろい話だ」

と、耀蔵は腹匍いになって煙草を吸いながら、女に腰のあたりを揉ませた。

「その女も災難だったな。どうも、人間、色のことでは災難を招くようだ。して、その坊主の名はなんという名だったな？」

「はい、了善さんといいました。祈禱が評判で、わたくしも一、二度、佐倉の城下はずれのその祈禱所に行って、了善さんに頼んだことがあります」

――やっぱりそうだった。すると、茂平次と了善とは、その後も往き来があったのか。川から浮き上がった侍の死体といい、了善とお玉の最期といい、耀蔵は茂平次の魔性を見たような気がした。

「殿さま、何をお考えなさっていらっしゃいます……そろそろ、お傍にはいらせていただきとうございます」

女が揉む手をやめて、蒲団の端をめくった。

流水客土

下総《しもうさ》から帰った鳥居耀蔵と梶野土佐守は、すぐに工事視察の結果を水野忠邦に報告した。

「現場を隈なく見て回ったが、現地ではなかなかよくやっている。大雨のために仕事が阻《はば》まれ、予定は遅れるが、あのぶんでは成就疑いなし。川は出水のためそうとう水嵩が増し、ところによっては田に水が溢れているが、これまで掘鑿《くっさく》したところはさしたる被害は受けていない」

まず安心してもらいたいというのが鳥居報告の要旨だった。

梶野土佐守はこれを横で聞いていて、少々心配そうにしている。工事場がいかに荒廃していたかは、土佐守が己れの眼に収めてきている。耀蔵の報告は、自分の検分とは裏腹であった。

実は土佐守も、検分の結果を忠邦にどのように報告してよいか、帰る途中もしきりと苦にしていたことだった。ありのままを言えば、要するに工事失敗ということになる。さりとて、そのままはとても正直に伝えられない。なんとか体裁をつくろわなければ自分たちにも責任があることだし、忠邦にも打撃を与えることになる。この土木工事が政局に与える影響は大きいのだ。見てきたままの報告も具合が悪いし、ごまかして言うのも気持ちが咎める。

（のう、甲斐守殿、印旛沼普請の様子を越前守殿にどのように申し上げたらよいかな？）

と、帰府の途中も土佐守は耀蔵に相談したものだが、

（それはてまえより申し上げるから）

と、耀蔵は多くを言わず、自分に任せてくれとしごく明るい顔だった。

才知な耀蔵のことだし、忠邦の気持ちをすっかり摑んでいるし、彼の弁舌に土佐守はまったく依頼していた。それでも、言葉の言い回し、修辞の巧みで糊塗すると思っていたが、いま横で聞いていると、これはまた思い切った虚偽の報告であった。土佐守のほうが顔をさし俯向けたくらいだった。

忠邦は、耀蔵の報告が終わると、

「甲斐、それに間違いはあるまいな?」

と、念を押した。さすがの忠邦も、これはあまり信用していないらしい。

印旛沼工事の成績はいろいろと飾り立てられた報告がきているが、ごまかせないのは工事がいっこうに進捗《しんちょく》しないことである。それは数字のうえに現われていた。着工した当時は相当な速度で掘鑿が伸びていたが、ここ三ヵ月ぐらいは一尺も進んだという様子を聞かぬ。報告によると、現在はこれまで掘ってきたところを固める工事に専念しているということだが、忠邦の予感では普請場が片端から崩れてその補修工事に手をとられているような気がするのである。

鳥居の報告にもあるとおり、現場はここ五、六日余り降雨がつづいている。それでなくとも柔らかい土が掘り跡を一夜にして埋めると聞いているので、水嵩が増せば、なおさら工事は破壊されているにちがいない。

忠邦も今度ばかりは鳥居の口が信じられなかった。

その具体的な材料の一つは、先に現場を視察して帰った支配勘定格大竹伊兵衛の報告がまったく悲観的だったからである。この老人は頑固なだけに検分も詳細をきわめている。ある場所では自分から泥土の中に没して実測をしたり、一区間の水を堰き止めて空《から》濠《ぼり》にし、工事の状況をつぶさに精査している。その結果、ただ今のままなれば、費用のみかかって成功おぼつかなし、速かに中止なされたほうがよろしかろう、という進言にもなっている。大竹伊兵衛の表現は歯に衣《きぬ》をきせず、簡明直截《ちょくせつ》なものだった。

「甲斐守の申し条、不審はないと思うが」

と、忠邦は思案顔で言った。

「わしの手もとに大竹伊兵衛から報告が届いている。これはだいぶん意見が違うようじゃ。伊兵衛も現場を詳しく検分して戻っている。わしは甲斐守の検分も信用するが、同時に伊兵衛のそれも疑っておらぬ。伊兵衛は、あのとおり剛直な男ゆえ、いい加減で済ませる性分ではない。ひっきょうするに、これは両方の見方が違うということになろう。だが、今度の普請はわしには第一のご奉公であるから、篤《とく》と吟味してみたいのじゃ。同じ現場を見て意見が食い違うというのは、どこかに調べ方の相違があることになる。どうじゃな、甲州に土州、ここに大竹伊兵衛を呼び出して彼の考えを聞き、それぞれ検討してみてはどうじゃ?」

水野の言葉に梶野土佐守は怯《ひる》んだが、耀蔵は平然として、

「なるほど、伊兵衛の申すことなら、われらも信をおいています。越前守殿が言われるとおり、これにはものの見方の違い、考え方の相違があることと思われます。伊兵衛の意見を聞くのも、われらにとって多々教えられるところがあろうと存ずる。願ってもないこと、直ちに伊兵衛の話を承りとうござる」

と言った。

大竹伊兵衛が呼び出される前に、耀蔵と土佐守はひとまず焼火ノ間に休息となった。土佐守はまだ不安な眼つきだが、耀蔵はいっこうに動じないで、口辺には微笑さえ浮かんでいる。

――耀蔵は、おそらく伊兵衛の意見も自分と同様だと思っている。これが少し前だったら、自分も委曲を尽くして今の工事の欠陥を衝《つ》き、改善の方法を具申し、工事の一時中断を進言したにちがいないが、今は逆である。このまま決定的な失敗に持っていったほうが忠邦没落にいっそうの拍車がかけられるのだ。

ただ、その前に耀蔵自体が素早く忠邦から離れて転身を図ることであった。

忠邦を真ん中に、上座に鳥居甲斐守、梶野土佐守がならんですわり、それと離れて丈配勘定格大竹伊兵衛が少し背中をかがめてすわっている。

議論は先ほどからつづいていた。大竹は窪んだ底から光る眼を真直ぐに耀蔵の面《おもて》に当て、唇の端をくっと曲げている。

「てまえの意見は、先ほど御老中のお手もとまで差し出してございます。ここでそれを繰り返す前に、甲州殿、土州殿にお伺い申し上げたい儀がござりまする。このたびのご検分はお役目ご苦労に存じまするが、てまえ考えまするに、ご両所はいったい何をご検分においでてございますか、その出役のご趣意をいちおう伺いとうございます」

大竹伊兵衛は初めから挑戦的だった。頑固で鳴る男だから信念に妥協をみせない。年寄りらしい昂《たか》ぶりが皺の多い顔に血の色を漲《みなぎ》らせていた。

「異なことを申したものじゃな。われら両人が出役したことについては……」

と、こちらを向いた忠邦の顔に耀蔵はにやりと笑いかけ、次に眼を大竹伊兵衛に冷たく戻した。

「いや、その儀はな、検分の節、大雨のため掘割一帯が大水となった、それをかまわずわれら両人が検分に回ったと、そちらではこう申したいのであろう。伊兵衛、そうであろうが」

と、落ち着いて問いかけた。大竹伊兵衛は、自分の出ばなを叩くように言った耀蔵に思わず言葉が急きこんだ調子になった。

「さようでございます。現地よりてまえまで、それについて知らせが届いております。甲斐守殿並びに土佐守殿ご両所には掘割の普請をご検分なされませいで、雨水をご検分してご帰府になられましたそうな。いや、現場のあたりを蓑笠《みのかさ》つけてお回りになったことはたしかなようでございますが、何せ、そのときは川水は田に溢れるほどのありさまゆえ、工事現場が仔細に見えるわけはございませぬ。されば、雨水をご検分なされたと、てまえ伊兵衛申し上げるわけでございます。さようなわけで、てまえにおきましては、ご両所のご検分は悉く合点が参りませぬ」

梶野土佐守は思わず顔を赧らめた。これには一言もない。現場から伊兵衛に報告が行ったとは、あのときの自分たちの検分に不満を持った連中が注進に及んだにちがいない。彼がそっと耀蔵のほうを見ると、鳥居は平気な顔で、眼もとには微笑さえ泛べている。

忠邦は耀蔵のほうを眺めて、

「ただ今の伊兵衛の申し条、甲斐守はどう聞き取ったかな？　おてまえの説明をいちおう承りたいものだ」

と言った。忠邦も自分の運命に関ることだから、いつもよりは耀蔵にきびしかった。

「弁解などと申しますと、ちと仰々しいかと存じます。されば、当日検分の模様は、ただ今伊兵衛より申し述べたとおりにございます」

と、平気で答えた。

同役の土佐守はおどろいた。耀蔵はすなおに伊兵衛の言い分を全面的に承認したのだ。これでは初めから勝負を投げたも同然である。さすがの耀蔵も観念したかと、土佐守は自分の立場で狼狽したが、それよりも当の伊兵衛が呆気にとられた顔で耀蔵を眺めた。

伊兵衛もまた、こうまであっさり耀蔵が全面的に承服するとは信じていなかったのだろう。さぞかし、ああでもない、こうでもないと弁疏《べんそ》すると思ったのだが、これは意外という顔つきだ。

忠邦もややおどろいた様子で、

「して、甲斐守、何ゆえにそのほうは大雨を冒して検分に回ったのだ?」

と、咎めるように訊いた。

「されば、それにはてまえ工夫のあるところでございます」

「工夫？」

「はあ。……元来、あの場所は沼尻から三里、海面よりは六百尺の高地でございます。その高地を掘り下げまするには、公儀のご威光にもかかわらず、人の力、金の入費に莫大な犠牲を要します。てまえ考えまするに、およそ人の力には限りがあると申すもの。また彼の支那の長城の例を持ち出すようでございますが、あれは百何十年という歳月と、何百万人という人夫の働きがあって初めてでき上がったと聞いております。しかるに、彼の印旛沼の地は、天明の際田沼侯の実力をもってしても貫通ができませなんだ。これはひっきょう、費用に限りがあることと、人の力におのずから制限があるからでございます。てまえ、雨中を見回りましたが、濁流は滔々《とうとう》として川面に奔流し、その勢いは溢れて付近一帯の田畑を海のように没しておりました。そのあたりの水の凄《すさま》じさに、てまえ、直ちに漢詩を作りましてございます。つたないながら、それはかような詩句で……」

「いや、甲州、そなたの漢詩は、いずれまたゆっくりと見せてもらうことにする。そのつづきを申されい」

と、忠邦も悠揚《ゆうよう》迫らざる耀蔵の態度にいささか巻き込まれた様子だった。

「要するに、越前さま、これは人の力よりも水の力でございます。水の力……てまえ、その前夜に陣屋に泊まりまして激しい雨の音を聞き、また濁流の凄じい音を耳にしまして、これあるかなと、おのれに合点いたしたことでございます」

鳥居耀蔵は、いよいよ落ち着いてつづけた。

「この水の力を用いなば、人力の大半を半分に減じられるやもしれぬと見込みをつけたことでございます。すでに人の力を現在より半数に減らしますれば、そのぶんだけ費用が浮き、公儀の負担も軽減されることに相成ります。さように考えましたので、翌朝から相変わらずの大雨を冒し、嵐の静まるのも待たで、時を移さず現場に出張いたしました。しかして、新川と花見川の中間の高台となっている彼の花島の上から見おろしますに、柏井の高台より落ちる水はさながら滝のよう。諸藩の掘り進んだ堀一帯は大河となって下流の天戸のほうへ押し流れております。しかも、彼の地特有の化土《けど》と泥濘がござる。試みに棹《さお》を入れて突きますと、手応えもなく、その泥は真黒な雲のごとき渦をなして流れますする。……」

一同は、難場の模様を語っている耀蔵が、この先どうしゃべって彼の楽観論に持っていくか、その口もとをみつめていた。

耀蔵は眼を輝かして言う。

「てまえ、これを見まして、これあるかなと思わず膝を打ちました。難場難場と人は申しまするが、まことに他愛もない俗人の見方で、てまえの眼から見ますれば、あたかも豆腐を切るごとき容易な場所。黄河《こうが》の治水をなし遂げました彼の神禹《しんう》の功績もなんのものかはと存じましてな。それで先ほど、この工事落成はいとやすいと申し上げたのでございます」

「うむ、それならば、おてまえの考えは掘割に雨の力を借りるということか」

忠邦は袴の上に扇子を立て、手をそれに載せて考えながら訊いた。

「つまるところはさようでございます。さきに申し上げましたように同所は沼尻より遥かの地点でございます。まず御普請の順序を申せば、沼尻平戸より米本、麦丸、大和田、横戸、柏井と上手《かみて》から掘り割りいたしております。また、下手《しもて》花見川よりは武石、長坂、天戸、花島と掘り上げておりますれば、この軟土がある七、八丁がところを水路の通るほどにして残しておきまする。ただ今の工法は、両方より進める堀の幅を彼の花島台地にもまったく同じにいたさんとするもので、これこそ人と金と力のみ投入するだけでなんの益もないことでございます。まず、かように工事を改めますれば、秋の利根川の出水は、その沼口新川より逆流して沼に溢れ、田畑に漲り、右新川筋を下りまして柏井まで落ち来たりまする。その時を見計らい、上下一度に掘り進みまして、彼の軟土のところは掘っては棄て、浚えては押し流し、踏み崩し、取り棄てますれば、半年の工にて一朝に成就を告げまするることはまことに容易……かくて、その水につきましたる自然の川筋を、水の退きましたるのちに徐ろに修復いたしまする。これにはまた、その向きの掛り、役々、その道の達者どもに仰せつけられまするならば、諸事は思し召しのとおり毛頭難儀なく進むかと存じまする」

耀蔵は弁舌さわやかに述べ立てた。

大竹伊兵衛はおどろいた。いま鳥居耀蔵が述べたところは、御普請方の秘事として伝えられている関東流の「流掘り」の工法である。

昔、大利根川を関宿《せきやど》から三堀《みつぼり》まで掘り割って鬼怒川《きぬがわ》に合流させた工事は、いわゆる中利根掘割御普請として、その当時新川開き口伝《くでん》三個の一つとなっている。

この関宿から三堀までの掘割は、昔、利根川が関宿から南に折れて行徳《ぎょうとく》に落ち、現在の江戸川が本流だったのを、江戸の初め、その洪水の害を取り除くため、関宿から東南に当たる木崎、三堀までの間約七里を開鑿して新川を設け、これを北から流れた鬼怒川とこの地点で合流させせ、銚子に注いだのである。これからして利根の水量は多く東のほうに導かれて、新川がかえって本流となっているのだ。

伊兵衛の知っている「中利根掘割御普請」は、このことをいうので、工事の口伝は一子相伝、千鈞莫伝《せんきんばくでん》の大事とされている。

ただ、この普請の秘法は、なかなか容易に人の知るところではなかった。それをいま鳥居耀蔵はさもこともなげに言ってのけて、格別誇らしそうな顔つきでもない。

伊兵衛は心中で唸った。

（これはおどろくべき人物だ。さすがは林述斎先生の子息で、また越前守の片腕と侍まれているのも道理だ。恐るべき学問の力。かくのごとき人物を、ずっと凡人に引き下げて見ていたのはこちらの眼の届かなかったこと。いや、恐れ入った……）

と、そこは頑固者だが正直な伊兵衛は、崩れるように畳に両手をついた。

大竹伊兵衛は、鳥居耀蔵の「工法」にすっかり感服して、

「ただ今の甲州殿のご説明、まことにしごくごもっとものことと存じます。われわれに

おいても、これによるほかはないと、ひそかに考えていたところにございます。されば、てまえには一片の疑惑もございませぬ」

と、正直に降参した。

「いや、おわかりになれば、それでよろしい。さすがに大竹殿は工法に心得がおありとみえる」

と、耀蔵は春の風に吹かれているような顔をしていた。

おどろいたのは忠邦で、耀蔵がいつそんな知恵を仕込んだかと、呆れ顔だった。しかし、これは忠邦にとってうれしい意見なのだ。

「甲州」

と、忠邦は顔色に生気を取り戻していた。

「今のおてまえの意見は、もそっと早く出なかったかな。大竹伊兵衛も感服した妙計とあらば、早い時期にわしに申し出てもらいたかった」

「いや、越前さま、てまえ、不敏にして、このたび現地に赴くまでは、このことに気がつかずにおりました」

「うむ。では、今度の検分でそれを思いついたというのか?」

「さようでございます。先ほどもお話ししたごとく、現地に着いた日から連日の降雨、せっかくの堀には水が溢れ、濁流滔々《とうとう》として沼より逆流しておりました。そこで、水の力の怖ろしさ、人力にも増すものかなと、このありさまを眼《ま》のあたりに見て想い、その夜は、この水の力をなんとか利用できぬものかと熟考し、ただいま申し上げたことを考えついたのでございます」

傍らで聞いていた大竹伊兵衛はいよいよ驚嘆した。

秘法といわれる「流掘り」を、この人は現地のありさまを見て一晩で考えついたというのである。なんという頭脳の持主か。この非凡な着想は、とてものことに自分らの及ぶところでないと、正直なだけに耀蔵に対する反感が畏敬に変わった。

「ただいまのお言葉、伊兵衛、いよいよもって恐れ入ってございます」

と、彼は忠邦と耀蔵とを交互に見上げた。

「さようなお考えがあろうとはつゆ知らず、先ほどからの無礼な言葉、甲州殿、平にお許しを願いとう存じます」

「いや、おわかりになれば、それでよろしい」

と、耀蔵は膝の上に扇子をぐいと立てた。

ならんで横で聞いている梶野土佐守もただ舌を巻いている。

いっしょに現場を検分したときは、そんなことはおくびにも出さなかった耀蔵だ。こちらは惨憺たる雨の被害に肝を潰して江戸に戻ってきたのである。現場のあの悲惨な模様を忠邦にどう報告すべきか、忠邦の気持ちを救うにはどのような体裁をつくったらよいか、ただ、それだけに心をくだいてきたのだが、耀蔵の落着きようも今となっては、なるほど道理であったと感心した。

耀蔵がその着想を得たからこそ一夜を花島観音前の料理屋に悠々と女と耽溺《たんでき》したのだと、土佐は思い当たった。いっさいを自分に任せてくれと耀蔵が言ったはずである。

――ところで、伊兵衛が驚嘆した「流掘り」の秘法とは、現代的にも理屈が合致しているのである。

（秋の利根川の出水は、その沼口新川より逆流して沼に溢れ、田畑に漲り、新川筋を下って柏井まで落ち来たる。その時を見計らい、彼の化土《けど》のところを掘って棄て、浚えては押し流し、踏み崩し、取り棄てるときは、半年の工で成就を告げるであろう）

と述べた耀蔵の方法は、そのまま近代工法でいう「流水客土《りゅうすいかくど》」という技術と原理が同じである。

たとえば、古代エジプトのナイル河の洪水や、中国の黄河の氾濫は、肥えた土が川水によって耕土に運ばれ、農耕に利用されているが、これは自然の「流水客土」ともいっていい。それを人工的に行なうのがこの工法の目的で、日本での最初は、万延元年に伯《ほう》耆国《きのくに》（鳥取県）会見郡《えみごおり》葭津《よしづ》村で砂丘地を米川《よねがわ》によって流送した土によって畑を作ったものである。その後同じような方法で鳥取県東伯《とうはく》郡中北条《なかほうじょう》村で水田を造成、島根県新田《にった》郡馬木《まぎ》村では災害による流失水田をこの方法で復旧した例などが知られている。

ただそれ以前の方法はいたって小規模で、人間の力でしかできなかったが、近代的な流水客土は機械力を駆使してやっている。

その方法を簡単にいうと、揚水ポンプで圧力を加えた水を両岸の土面に吹きつけ、それによって崩れた土を水路の中に投入する。その土は水を混ぜて柔らかくしたり、細かくしたりして水に押し流されやすくしてある。この水路の水はポンプの圧力で流送するようになっている。

こうして目的地に土を「客土」するには、地区に水をたたえる方法と、かけ流して行なう方法と、耕地区画内に畝《うね》を造って畝の間に流す方法と三つの方法が用いられているそうである。

近年、それが大規模に行なわれて有名になっているのは、昭和二十九年黒部川《くろべがわ》沿岸流域で行なわれた事業であるが、現在も水資源公団印旛沼建設所が採っている工法もこれと同じだという。ここではポンプ船で採土を泥水化し、圧力をもって押し流しているそうである。

耀蔵の主張する洪水期の利根川の水は、印旛沼から比べて現在でも約七メートルほど高くなっている。堰《せき》のなかった天保当時は、この水位のレベル差はもっと大きかったにちがいない。だから、利根川の水が低い印旛沼にそれだけの落差をもって奔流すれば、だいたい沼と同じ水位の新川に相当なエネルギーをもって逆流するわけで、これが近代工法のポンプによる圧力の役目をなしているわけだ。

ただ、この場合、現在の地勢は新川と花見川の両端に花島台地があり、ここに水路を造るにはそうとう深く掘鑿しなければならない。それでも、両方の川から平凡に掘り進んでいく工法よりどれだけ合理的かわからないのである。

「いや、恐れ入ったものじゃ」

と、大竹伊兵衛はまだ興奮の様子がさめないで、屋敷に訪ねてきた客に耀蔵に降参したことを話したものである。

客は白い顔に眼もとを笑わせて聞いていた。これが寄合飯田主水正であった。伊兵衛は川路左衛門尉聖謨《としあきら》の紹介で会って以来、この男に信頼を置いている。これも頑固で正直な老人にありがちな惚れ方だった。

前に自分から懇望して主水正には勘定吟味役格という格式を上司に頼んで与えてもらったのだが、これはすぐに当人から窮屈だということで辞退があった。

そういうものを貰っても自分にはなんの役にも立たないというのが主水正の辞退の理由だった。これも若いのに似合わず言い出したら一歩も退かない男で、伊兵衛のほうで諦めるほかはなかった。

その代わり、と言って主水正がこの役の功徳《くどく》を話したのが柳橋の籠城一件である。もし、あのときただの寄合旗本というだけの身分だったら、鳥居耀蔵にひとたまりもなく「城」が潰されたにちがいないと笑っていた。さすがの町奉行も勘定吟味役格という奇妙な役柄に管轄違いとして思い切った手入れができなんだと、本人はそれだけを功徳としていた。

それからもときどき主水正は遊びにくるし、彼があまり顔を見せないときは伊兵衛のほうから人をやって来てもらっている。伊兵衛も主水正が陰で何をしているかうすうす知っていた。

「それは、どうも」

と、主水正は、いつもの愛嬌のある笑顔で伊兵衛の「感服した話」に静かに言った。

「耀蔵がひとりで考えたというのは眉唾《まゆつば》ですな。利口なあの仁のことです。どこかでネタを仕込んできたにちがいありませぬ」

「いや、そんなことはあるまい」

と、伊兵衛は、自分が感心したことには信じやすく、疑わなかった。

「あの男ならできると思った。話を聞いていても、他人から聞いたり、本で読んだりした知恵ではない。自分のものになりきっていたでな。さすが林大学頭殿の子息と思ったことじゃよ。惜しいことだ。あれだけの才知、あれだけの頭脳があるにかかわらず、権力に憧れて権謀術策に耽《ふけ》るとはな。それさえなかったら、学問一つで立派に名を挙げる御仁じゃ」

伊兵衛の意見には主水正も異論はなかった。ただ、主水正の非難は、耀蔵の才能を十分に認めたうえで、その暗い面を弾劾《だんがい》しているのである。

している。

しかし、彼は伊兵衛の感心とは別に、耀蔵は誰かに「流掘り」の知恵を貰ったと想像している。

それも今度現地に検分に行った時ではないような気がする。しかし、ずっと以前のことではあるまい。以前なら、忠邦が疑問を出したように、耀蔵がその意見を早く吐かぬ道理はないからだ。

検分で初めてその着想を得たというのは耀蔵一流の衒《てら》いではなかろうか。

おそらく、大竹伊兵衛が現地の検分で詳細に見てきたとおり、あの工事の実際は失敗と考えられる。怜悧《れいり》な耀蔵のことだ、それを現場で見て悟らぬはずはない。

それを知っていて、誰の知恵かわからないが、他人から仕入れた「流掘り」の講釈で強引にこの続行を主張している耀蔵の肚は何なのか。

この計画の主唱者渋川六蔵あたりの意見に同調した責任から、今さら失敗するからといって引っこみがつかなくなったのか、あるいは忠邦の熱情にほだされてあくまでも印旛沼工事と心中するつもりでいるのだろうか。

いやいや、そうではない。

そうではない現象が現に身近に起こっている。

これまでの眼に見えない耀蔵の圧力が、近ごろ巨石を取り除いたようにどこかに消えて軽くなったことだ。

駒込の道醇隠居が笑っていた。

(わしのことをいろいろほじくっている者がいるそうな。それも、わしが水越《みずえつ》に対して徒党を集めているとか、斡旋《あっせん》しているとかいう動きだけではない。わしが老中に在任していたときのことまでいろいろの人間に訊きほじっているそうな)

わたしもそうだ、という人間が続出した。それが悉く主水正の屋敷に密談で集まった連中なのである。

(読めた)

と、隠居が言ったものだ。

(耀蔵が企んでいるとみえるな。いうまでもない。われわれに曲事があれば、それを暴き立てて一挙に壊滅《かいめつ》させるという手じゃ。役付の者は追放、役に就いていないわしなどはいずれかの藩に永の預けという肚かな。耀蔵のやりそうなことだ。……それに、そんな探索をしているのは本職の捕吏ではない。耀蔵の屋敷に出入りしている御家人連中が動いているというではないか)

主水正もそれは知っていた。自分のところにくる石川栄之助が言ったものである。
（従兄《いとこ》にも困ったものです。耀蔵から何か言われたとみえて、このところ懸命になってどなたさまかの聞込みに回っているようです）

強気の連中は、耀蔵に何ができるかと、表面では平気な顔でいたものだが、内心では気持ちのいい話ではなかった。奸計《かんけい》に長《た》けた鳥居のことである。その研ぎ澄まされた爪牙《そうが》にいつひっかけられないともかぎらぬ。小さなことを大きくふくらませて証拠にする技術には長けている。証拠がなければ、彼はそれを作るのである。

その耀蔵が急に鳴りを静めたのはどういうことだか、よくわからない。太田道醇や土井大炊頭の一派では、耀蔵が形勢を慎重に窺《うかが》っていると取っている。反対派の勢力は大奥を背景にし、紀州家の公然とした反対を得て日に日に強くなっている。しかも、当面の敵は忠邦ではなく、その側近の鳥居甲斐守の攻撃を打ち出している。

鳥居耀蔵としては思わぬ敵の反対勢力の増大に、ひとまず鋭鋒を収めたというところではなかろうか。腹黒い彼のことだ、とてもこのままに済ますとは思われない、と一方の側では見ている。

耀蔵は土井一派を公儀の奸臣として、これを取り除かねば忠邦の施政遂行はおぼつかなしと高言している。そのために、反対派の一人ひとりについて、その私曲を暴くため身辺を腹心に窺わせていたのだが、この際無用な刺激は不利だと悟って、しばらく形勢観望というところではないか。

つまり、隙を与えて、じっと次の秘策を練っているところであろう。

この意見は道醇の側が一致したことで、飯田主水正もそれには賛成であった。水野忠邦の寵《ちょう》をうけて彼の知嚢《ちのう》と恃《たの》まれ、手足となって働いていた耀蔵が、このまま黙っているとは思えない。要するに彼は、反対派の気勢が自己一身に集まっていることを悟って、身をかわしているとしか思えないのだ。次の手は、もっと苛酷なものになって現われるであろう、と、それをこちら側もあらゆる面から検討してみたが、耀蔵のことだから、どんな奇手を用いるか予想を許さなかった。事実、現在耀蔵が考えている計画は、誰にも観測できない奇想天外な手なのである。

――ところで、印旛沼の工事に「流掘り」の工法を用うべしと主張したのは、むろん、耀蔵が考え出したことではない。「流掘り」という秘法があるとは、実は渋川六蔵から彼が聞いたのである。

渋川六蔵は印旛沼工事の計画者であり、主唱者である。忠邦も全面的に渋川の進言を容れて、これに政治的生命を賭けた。渋川は忠邦の技術顧問といってよかった。

渋川が誰よりも印旛沼開鑿工事の成否に関心を持ったのはいうまでもない。しかるに、工事の見通しはしだいに不成功の色が濃くなってきた。渋川は焦った。折りしも耀蔵が現地に検分に行くというのである。鳥居の眼力にあっては現地の失敗はひとたまりもなく見抜かれる。

焦躁に駆られた渋川六蔵は、天明期の印旛沼普請工事の古い記録を片端から捜した。この中に何かいい暗示はないかと思いついたのである。御書物奉行の六蔵には、自由に幕府の書庫にはいれる資格がある。彼は必死になって古記録を捜索した。

その中に埋もれていたのが、下総国印旛郡岩戸《いわと》村の一庄屋の上申書だ。この庄屋は、自分の経験から「流掘り」の法を具申したのだが、これが関東流工法の中に組み入れられ、御普請方の秘事として、ひそかに反古《ほご》同様の書類の中に隠されていたわけである。

六蔵がこれを発見して、これあるかなと喜び、さっそく、印旛沼出立前の耀蔵のところに駆けつけ、自分の工夫を加えて講釈したのである。

それを聞いた耀蔵が、雨中の検分を終わって江戸に帰り、その六蔵の意見を「工事続行」の論拠にしたのだった。大竹伊兵衛は「流掘り」の工法を机上理論として承知はしていたが、応用問題として解くのが耀蔵に劣ったのである。伊兵衛を仰天させたカラクリには、このような裏があった。工事続行の主張は、もとより耀蔵の下心から出ている。

水野忠邦の前で大竹伊兵衛を論破した耀蔵は、ほくそ笑《え》んで屋敷に戻った。

これで忠邦は印旛沼の堀をさらに掘りつづけるであろう。すなわち、忠邦はおのれの墓穴を自らの手で掘っていくのである。

「茂平次はいるか？」

と、耀蔵は支度を替えるなり呼んだ。

「これはお帰りあそばせ」

と、本庄茂平次がとぼけた顔で前に現われた。

耀蔵は茂平次を呼びつけて言った。

「これから後藤三右衛門のところに行き、わしが至急相談したいことがあるので、明晩戌《いぬ》の刻（八時）、ここに、目立たぬように参れと伝えてくれ」

「かしこまりました」

「次に、石川疇之丞や、浜中三右衛門、金田故三郎に明早朝わが屋敷に集まるように回状をまわしてくれ」

「かしこまりました」

茂平次は心中、何事かと思った。これまでの耀蔵にないことである。ことを運ぶのにじわじわと寄せていくのが彼の性格で、疾風迅雷に行動する性質《たち》ではない。もし、何かあれば、事前にゆっくりと計画を練り、検討し、そのうえで行動に移す。手馴れた大工のように入念に墨を引いて、どこかに手抜かりを残していないか、組違いの個所はないかと冷静に検査したうえ、これでよしとなると、全力を傾けて仕事に移す。それが茂平次の今までみた耀蔵の姿だった。

ところが、今度の耀蔵の様子にはなんの先ぶれもない。突然の行動だ。

さては、印旛沼に出張している間の耀蔵に何か深い考えが生まれたのかと茂平次は察した。

金田、石川、浜中といった御家人連中は、今まで耀蔵の隠密として使われてきた者だ。彼らは耀蔵の陰の走狗となり、ひたすら己れの出世に夢を託し、骨身を惜しまず働いてきている。その三人をいちどきに集めるとはよほど重大なことが起こったと思われる。というのは、これまでの耀蔵は彼らを一人ひとり呼んで策を授けていたからだ。

一人ひとり命令されると、当人は、競争相手が眼に見えないだけに余計に奮起するのである。負けてはならぬという競争心が耀蔵によってじょうずに煽られる。

耀蔵は決して彼らに横の連絡をとらせなかった。彼は隠密に使っている連中を必ず単独にして直接に命令を出す。あれと連絡せよとか、これと相談せよ、とかは決して言わない。だから彼らは、自分以外の者がどのような任務を耀蔵から受けているのか知ることができない。

これは効果があった。各人をばらばらにしておくことで秘密の漏洩《ろうえい》が防げる。だいたい、陰謀の露顕は仲間の連帯性が破れたときに起きるものだ。こうして切り離しておけば、たとえ一人が裏切っても、それだけの範囲の被害ですむ。つまり、防禦も最小限度の労力で済むことだ。

意図の全部を知らさないため、一部分の任務を命じられた連中は自分だけの狭い秘密しかわかっていない。この命令からは他の人間がどのような用事を持って働いているかは摑めないのである。耀蔵は断片的な仕事を与えて、秘密の全部を知らせないから、寝返りを打たれてもたいしたことはないし、相手方に売り込むにしては個々の材料が貧弱なのだ。

もう一つは、彼らに互いに競争心を起こさせるうえで、自分だけが重要な命令を受けているという自負心を当人に起こさせることだ。または逆に、同僚が自分よりもっと重要な任務を与えられているように思われ、いっそう、その働きに精を出す。

ところが、今度だけは今までの例を破って耀蔵は三人をいちどきに呼べというのだから、茂平次もあんがいだった。これは何か重大な変化が起こったとみなければならぬ。

ことに後藤三右衛門まで急遽《きゆうきよ》呼びつけるというのだ。

しかし、茂平次の口から、それを主人に訊き質《ただ》すわけにはいかない。あとは、次の反応を見て自分なりの判断をするだけである。

茂平次は、それとなく主人耀蔵の顔色を窺った。しかし、その面上にはいささかの変化もない。べつに深い決心をつけたという気張ったところもなければ、深刻な顔つきでもない。

「では」

と、茂平次が起《た》とうとすると、

「待て」

と、耀蔵に止められた。

「茂平次、印旛沼の普請はたいそう難儀しておるな」

茂平次は、また腰を落として両手をつき、

「申し遅れまして……このたびのご出役、まことにご疲労と存じます」

これは、一度屋敷に戻った耀蔵に言ったことを改めて挨拶し直したのだ。

「いや、天気が悪くてのう。まるで泥濘《ぬかるみ》の中を歩き回ったようなものじゃ」

「こちらもずっと雨つづきでございました。殿にはさぞかしご難渋のことと拝察しておりました」

「聞いたより凄い水じゃな。まるで田畑一面か湖水のようであった」

「さようでございましょうとも。あの辺は川の水面よりも低うございます」

「あの工事は、おぼつかないとみたぞ」

「…………」

「あれはだめだ。もう手を引くだけじゃ」

「殿、そのことを越前守さまにお話しなさいましたので？」

茂平次は、耀蔵の皺の動き一つ見のがさぬようにみつめた。

「たわけ。水越にさようなことが言えるか」

「は？」

「いや、人情としてこれは言えぬというのだ。あれほど印旛沼普請の虜《とりこ》となっている男だ。わしを頼りにし、わざわざ現地に出向いて検分させたものを、正直に報告してみろ、水越はがっかりするわ」

「…………」

茂平次がわからない顔をしていると、

「茂平次、わしの肚がおまえに読めぬか？」

と、謎のように笑いかけた。


鳥居耀蔵の肚は、翌早朝に集まった浜中三右衛門、金田故三郎、石川嶹之丞に内密に打ち明けられた。それがいかに意表を衝《つ》いた命令で、いかに重大な内容を持っていたかは、密談の末、怱怱《そうそう》に退出した三人の動顛《どうてん》した様子でも知れた。

三人とも色を失っていたが、石川嶹之丞などは瘧《おこり》に罹《かか》ったように五体を震わせ、浜中三右衛門は躄《いざり》のように草履《ぞうり》の鼻緒《はなお》が足の指に容易に嵌《はま》らなかった。

次に、同じ晩、後藤三右衛門が目立たぬように町駕籠で駆けつけてきた。

耀蔵は、三右衛門とも二刻《ふたとき》近く密室で話し合った。その際も、ときどき、三右衛門の声が怒るように高くなった。

三右衛門が帰ったのは深更である。さすが剛腹な三右衛門も、玄関に出てきたとき手燭《てしょく》に照らされた顔が、興奮のあまり眼玉まで赤く輝いていた。

三右衛門を帰したあとの耀蔵は、夜が遅いのにまだ寝所にはいるでもなく、妻女に薄茶を命じた。自分では机の上に巻紙をひろげ、硯《すずり》の墨を擦っている。

「今夜は、まだお寝《やす》みになれませぬか？」

妻女は茶碗を夫の傍らに置いて言った。

他人には能弁なくせに家の者には寡黙なのが、この夫の癖だった。耀蔵は、手紙の文句を考えるようにゆっくりと墨を擦っている。よそから貰った方于魯《ほううろ》の明墨《みんぼく》で、匂いが遠い花の香りのように部屋に漂った。

「今夜は、いつになく蟋蟀《こおろぎ》がよく鳴いております」

妻女は耳を傾けた格好で言った。ふだんなら、主人の仕事の邪魔にならぬように、そっと起っていくのだが、今夜は、妙にそこから立ち去りたくない様子だった。一つは、常の態度と違い、耀蔵の顔色が気色《けしき》ばんで見えたからでもある。身体全体がなんとなく硬くさえ感じられる。妻女は、主人の部屋から襖越しに洩れた三右衛門の怒ったような声を聞いている。

「うむ、よう鳴いている」

と、耀蔵も硯の手をとめて答えた。墨を置き、筆の穂先を硯の上に二、三度撫でたが、それですぐに紙の上に持っていくのではなかった。むろん、妻女には、その手紙が誰に宛《あ》てて書かれるかはわからぬ。

「去年の仲秋の名月は、たしかに庭先で迎えたな」

耀蔵は、蟋蟀の音から連想したように言った。

「はい。お客さまには後藤殿もお招きいたしました」

妻女は気がかりな今夜の密談に後藤の名を利かせたつもりだが、耀蔵は、それを避けて別なことを言った。

「二年前はどうであったな？」

「二年前は……」

妻女は膝の上に眼を落として言った。

「飯田町《いいだまち》の屋敷でございました。あのときは家の者だけで」

「うむ、そうであったな」

飯田町の屋敷は、耀蔵がまだ目付の時分である。この家から比べると狭いし、調度も古いものばかりで、数も少なかった。

二年前と今――わずかな年月の隔たりだが、耀蔵の出世は、その倍くらいの年月をかけたように早かった。

えてしてこういう場合、自分でも思わぬ出世だとか、望外な栄達だとか人は考えがちだが、彼は決してそうは思わぬ。それは彼自身が緻密な計算と、才知と、そのうえでなされた努力とで一歩ずつを踏み固めてきたからだ。大地を歩くように、土台をしっかりと確かめて踏んできたのだし、この出世には安定感があった。

目付として万石以下の旗本の監察を仕事としてきたのが、今では公儀全体の政治を自分の手で動かすほどの実力になっている。これも、いつの間にかというありきたりな感想ではない。来《こ》し方を振り返って、よくぞここまでやってきたという平凡な考えとも違う。すべて自分で登り道を見つけ、安全性をたしかめ、摑むべき樹木、崩れることのない足場、それを熟練した登山家のように見きわめながら登ってきたものだ。いわば彼の出世は、御用部屋に置かれてある江戸の切絵図のように、詳細な道まで頭の中に叩きこんでの進み方だった。危なげはなかった。

だが、ここまできて、いま耀蔵は激しい風に包まれている。踏んでいる足場が崩れ落ちそうな、摑んでいる灌木が根こそぎ抜けそうな、いや、彼自身の身体がそのまま吹き飛びそうな風の中にいる。

じっと身体を縮めたままで避けられることではなかった。登り道は変えなければならぬ。嵐の中の転換だった。乗り切れるか。

――なに、おれのことだ、やれぬ道理はない。

耀蔵は、やっと妻女が退いたあと、墨を含んだ筆の穂先を紙の上につけた。

燭台の下に巻紙を繰りながら筆を動かしている耀蔵は、彼自身の中に真暗な沖に向かい荒れ狂う海を舟出していく自分を見いだしていた。

耀蔵は、その翌日、風邪《かぜ》を引いたと称して登城しなかった。その代わり、その夜には渋川六蔵をひそかに自邸に呼び入れた。

「ご気分が悪いということでしたが」

六蔵は耀蔵と二人だけで向かい合った。

「いや、渋川、だいぶん形勢がえらいことになったな」

「さようでございます。それでてまえも心痛いたしております」

渋川六蔵は、蒼白い怜悧そうな顔に仔細らしく眉をひそめた。

「わしは印旛沼に行って、あれはもういかんと思った。……そうそう、おぬしから聞いた流掘りの秘法で大竹伊兵衛を煙に巻いてやったが、水越も喜んでいた」

「それはお役に立って結構でした」

「所詮はごまかしだ。印旛沼はいかぬ。あれはもうだめだ」

「やっぱりいけませぬか？」

「いかんな。いかんのは掘割だけではない。水越もいかぬ」

「はあ……」

「紀州の鼻息が予想外に強い。それに大奥の後押しがあるから、土井大炊一派の勢力がこちらで考えた以上にふくれ上がっている。そこに近ごろ、肝心の親玉（家慶）が、からきし足が宙に浮いて、ふらふらしている」

「この際、甲斐守さまにご奮発を願わなければなりませぬ」

「わしの奮発にも限りがある」

「…………」

「神通力もおしまいじゃ。渋川、水越は倒れるぞ」

六蔵の眼がきらりと光って耀蔵の面《おもて》を刺すように見たが、すぐにまた長い睫毛《まつげ》で塞いだ。

「おぬし、水越といっしょに沈むか？　一蓮托生、どこまでも心中だてをして生死を共にする気があるか？」

利口な六蔵の顔が微かに震えた。もともと顔色の悪い男だが、いっそう血の気が退いたようにみえた。

「わしは御免だ。御免蒙《こうむ》るよ」

「なんと仰せられます？」

と、六蔵が今度は視線をはずさずに耀蔵を真正面からのぞきこんだ。瞳が眼の中央に彫りつけられたように据わっていた。

「うかうかしてはいられない。このまま意地を張れば、われらも水越といっしょに泥沼の中に突き落とされる」

「…………」

「わしはな、今度の検分で、あの堀筋を歩いたとき、どこの誰だか知らぬが、侍がひとり死骸となって堀から引き揚げられたのを見た。あの川の土は、土地の者が化土《けど》と称していて、まるで味噌《みそ》のように柔らかく、鳥黐《とりもち》のように粘《ねば》い。かわいそうに、その侍は誰に突き落とされたか、水の下の泥土に嵌って足を取られ、身体ごと巻き込まれて溺死したらしい。その哀れな姿を見てわしは、ふいと今の自分をかえりみたのだ。水越に最後まで付き合えば、わしもあのような姿になる。……渋川、おぬしもだ」

渋川の瞼《まぶた》が微かに震えた。

「おれは突き落とされたくない。今なら間に合うぞ」

「と仰せられますと？」

「訊くまでもなかろう。おぬしにはおれの胸の中がわかっているはずだ」

六蔵が声を失って、袴の上に置いた拳に力を入れた。

「わしは切り抜けるよ。その方策はある。いや、もう、手は打ってある」

「え？」

「どうせ、おぬしもわしといっしょに水越を棄てるだろう。この際、人情は禁物だ。誰しもわが身がかわいいでな。正直な話、嘘ではない。義理だとか、士道だとか言ってもはじまらぬ。見ろ、わしのところには、出世したさに有象無象《うぞうむぞう》が毎朝のように顔を出しているわ。季節季節、時候の変わり目、何かと挨拶にこと寄せて、なんとか自分を忘れないでほしいと、もの欲しげに音物《いんもつ》を運んでくるわ。……わしは、ああいう連中の中に落ちたくない」

六蔵が肩を落として俯向いた。

「おぬしだけではない。水越の信用厚い榊原主計頭もわしに同意してくれている。実は昨夜、土井大炊頭に手紙を書いた」

「な、なんと仰せられます？」

と、さすがの六蔵が舌をひき吊らせた。

「仕方がない。こうなれば、水越ひとりを置いてけぼりにするだけよ」

耀蔵は言い切って顔色をゆるめた。彼も本心を打ち明けて、気が楽になったのである。

耀蔵の「正論」

鳥居耀蔵が御用部屋に行って水野忠邦に会ったのは、紀州家の上知令除外の忠邦の策謀を、耀蔵の口を通して土井大炊の一派が知りはじめたころのことだった。

これまで、重大な対談となれば、耀蔵が忠邦の屋敷に訪ねていくか、あるいは事前に連絡を取るかしていたのだが、今度はそうしなかった。

御用部屋は、表でも中奥に近いところにある。つまり、将軍家の座所と遠くない位置だ。これは、決裁書類を将軍家に差し出すのにも、貰ってくるのにも便利だからだが、もとより老中の執務場所に威厳を与えるためだった。

耀蔵がはいっていくと、居並んだ閣老たちは、幕吏《ばくり》が提出した書類を点検していた。むずかしい顔で思案したり、花押《かきはん》を入れたりしている。将軍家に決裁書を出すのは午前中と決まっているので、巳《み》の刻（十時）に登城してからの彼らは忙しい。

忠邦は、みなと少し離れた上席にすわっていた。次席の土井大炊頭の顔がはいってきた耀蔵にふいと向かった。太い眼が動いたが、耀蔵は目礼しただけで表情を変えなかった。大炊頭はふたたび俯向いて書類に眼を落とす。耀蔵は、大炊の意識が自分に向かっているのを感じた。

忠邦は、耀蔵を前に待たせて、仕事の切りをつけようとしていた。この人の仕事ぶりは早い。山のように積んだ書類が彼の手で片端から片づけられていく。ほとんど眼が文字に止まる暇がないくらいに紙がめくられているが、ときどき、その指が動きをとめて、文字に視線をじっと注ぐ。大事な要点は、横に置いた手控えに心覚えを書いたり、短冊型の付箋に疑問を書いて書類に挟んだりしている。

耀蔵は、忠邦の姿を見ていたが、眼のせいか、忠邦の肩のあたりが寒々とみえた。かつて全盛のころの気力十分な姿勢はどこにも感じられない。それでいて、ひとりで気張っているところが映る。

その意地ももうすぐ崩れるのだと思うと、耀蔵は小気味よいと思う半面、同情が湧いてきた。――この男はまだおれを支えと恃んでいる。それがもうすぐはずれるのだ。どうなさる？　耀蔵は心の中で忠邦に問いかけていた。

忠邦はやっと区切りがついたらしく、一冊の綴の最後を閉じた。それから、彼は奥祐《おくゆう》筆《ひつ》を呼んで、閲覧の終わったものを一括して渡し、却下するぶん、保留するぶんを要領よく手短に説明した。

ほかの老中は仕事にかかって私語一つ聞こえない。紙を繰る音だけが静かな部屋に聞こえていた。ときどき、襖の外の御廊下を御側御用取次らしいのがすり足で通ったり、お坊主らしいのが音を消して歩く気配がする。

忠邦は、奥祐筆が退ったあと、待たせた、という顔で耀蔵を見た。

書類に俯向いていたせいか、顔に疲労がみえた。人間は不用意に顔を上げたときに無防備な表情が出るものだと耀蔵は思った。

「何か？……」

忠邦が問いかけた。

「ちと重大な話がございまして」

耀蔵が低く言うと、

「そうか」

と、忠邦はちらりと視線をほかの老中たちに走らせた。と、いうよりも眼は土井大炊頭の姿に一瞬止まった。耀蔵も黙って書類を見ているその大炊頭の意識が自分に向かっているのを知っていた。

「ここでは？」

言えぬか、というのだ。

「はあ、ちと……」

忠邦はうなずき、机に手をかけて起ち上がった。誘われて別室に行くつもりである。内密な談合にはいつもそこを使った。

耀蔵も、これまでたびたびそこで忠邦と二人きりになっていた。改革に当たっての法令づくり、その運営の方法、そして実行の中間的報告、すべて余人を寄せつけない二人だけの相談だった。

そのつどお坊主に言って、忠邦をそこに呼び出してきた耀蔵だが、今回は彼自ら御用部屋に出向いた。これには意味がある。土井大炊に忠邦を別室に誘うところを見せたいからだ。

耀蔵はすでに大炊頭には手紙を出していた。そのときの書面にはまだ具体的なことは書いてない。

――自分は近ごろ水野越前のやり方をあきたらなく思っている。かの人が執政の座にすわっているかぎり幕府の正常な運営はできないと思っている。自分はこれまで越前守のために数々の手伝いはしてきたが、ひっきょう、それは上へのご奉公と考えてしたことだ。しかるに、近ごろの越前守のやり方は腑に落ちぬことばかりで、かえって上の意思に悖《もと》っているような気がする。自分はこれ以上、越前守に従《つ》いていては不忠者になると覚《さと》った。ついては向後の自分は越前守を批判なされているそこもとの下《もと》に走りたいと思っている。くれぐれも申し上げたいが、世間では自分を越前守と一心同体で、彼の爪牙となって働いているようにとっているが、これは自分にとって心外千万である。自分は上への奉公をひたすら心がけてきたのであり、私心はさらさらない。これからは大炊頭殿に忠勤を励みたい。……

土井大炊頭利位《としつら》は耀蔵を密かに呼んで、その志を確かめた。もとより耀蔵の利用価値を知ってのことである。

「なんだな?」

と、密室にはいった忠邦は耀蔵に柔和《にゅうわ》な微笑をみせた。今度もこの才知に長《た》けた男がいい報告を持ってきたものと思っているようだった。

「例の上知令のことですが」

耀蔵は言った。

「うむ」

「この前越前さまから、紀伊家だけを上知から除外したほうがよかろうというお話を承りました。それについて……」

耀蔵はあとを一気に述べた。

「てまえ熟考しましたが、同意しかねますから、それをお聞き願いたくて参りました」

忠邦は、わが耳を疑ったような顔をした。耀蔵の顔を孔《あな》があくほどみつめて、

「もう一度言ってみてくれ。紀伊家を上知から除くのがどうだと申すのだ？」

「はあ、せっかくながらご意見には同意いたしかねます」

耀蔵ははっきりと言った。

しかし、忠邦はまだ彼の真意を察していない。耀蔵がもっといい思案を自分の前に運んできたくらいに思っている。

——もともと、上知令から紀州家だけを除いたのは忠邦の苦肉の策である。忠邦の足

もとを脅かすのは、上知反対の先頭にこの三家の一つが立っているからで、大奥の反対機運も紀州家に同調している。もし、これがほかの藩だったら、これほどの影響はない。だいいち、大奥にしても紀州家だからこそ、応援しているのだ。他藩では大奥も手伝うわけにはいかぬ。また、それほどの情熱はない。

しかし、忠邦も紀州家だけを上知令から除くことには矛盾を感じている。彼の理論からいけば、徳川の親藩が率先して土地の返上を願い出ることが願わしい。少なくとも形式的にはそうさせたい。だから、紀州家を除くのは、大義名分が失われることになって、苦しい。

耀蔵もそのことに気がついて良策を告げにきたにちがいないと忠邦は思い、この苦境を助けてくれるのは耀蔵だけだと信じた。機知が働く男であることは長いつき合いで知っている。

「上知で紀州家だけに特例を認めますと、混乱が起こります」

と、耀蔵は言った。

「それは多少予想している。しかし、ほかに名案がないでな。何かそのほうにいい考えがあるか?」

　忠邦はまだ耀蔵を自分の味方だと信じている。

「名案とてもございませぬ。越前さま、この際小策は禁物でございます。あくまでも上知は紀州家をもお入れなさるのが至当でございます。いかに御三家とはいえ、一藩だけを除くのは公平を失します。もし、かような特例を認めれば、他の藩も己れの藩もそれに倣《なら》いたいと、猛烈な請願運動が起こりましょう。さすれば他藩もわれもわれもと願い出て、大騒動となります」

「…………」

「てまえは、紀州家だけを除外するのは反対でございます」

　耀蔵は強い口調で主張した。

　その真剣な表情を見て、忠邦は真向から耀蔵に殴られたような感じだった。

　彼は耀蔵に打開策を期待していたのだ。紀州家を除くのが不公平であることはもとより承知している。だが、この際、その特例を設けなければ事態の収拾がつかないのだ。忠邦としてはこれを名案だと思っていたのだ。その点は耀蔵もよく知っているはずである。

　すると、耀蔵の反対は——忠邦を窮地に陥れる以外の何ものでもない。

忠邦の顔色が変わった。頭の芯《しん》から血が下がってくるのが自分でもわかった。彼は声が出なかった。

耀蔵の主張は正論である。いかに御三家とはいえ、大坂十里四方に領地を持つ諸大名に返還を求めている以上、除外例を設けるのは不公平だ。いや、親藩だからこそ率先して実行させなければならないところだ。

耀蔵の反対理由は理屈だから、忠邦もすぐには反駁《はんばく》のしようがない。がそれよりも、その正論を振りかざして自分を突き放した耀蔵の心底を知って忠邦は動顛した。自分が見いだして今日まで取り立ててやった男がである。

忠邦は誰よりも耀蔵の奇才を愛した。この男なしには自分の政策も行なわれなかった。見渡したところ、実行力において彼に及ぶ者はない。忠邦は耀蔵の悪評を無視し、それを庇《かば》い、自分まで不評判になるのを承知のうえでここまで出世させてやった。

その男が、いま、握った忠邦の手を逆に捻って突き飛ばしたのである。

忠邦は耀蔵を真向から直視した。耀蔵もその眼をがっしりと受け止めてたじろぎもしない。二つの視線は空間で絡み合い、火花を散らした。

先に視線をはずしたのは忠邦のほうだった。ふっと雲が過《よぎ》って影が射したように眼を落としたのである。理性に勝《まさ》った者が敗北する。忠邦の胸に轟《ごう》と音を鳴らして過ぎたのは、最後の一人に背かれたという自認だった。一瞬に情熱が冷め、自分の姿を自分で眺める。そのときに敗けが来た。

耀蔵は傲然《ごうぜん》と構えている。彼には忠邦のような自己観照がない。あるのはまっしぐらに自分の意思を通す根性だけだ。これは火の塊りだった。

「わしには紀州家を除外する以外に道はない」

忠邦ははっきりと眼の前の離反者を意識して言った。雲霞《うんか》のように寄せてくる敵の軍勢を、逃亡者の多い孤塁から見おろしている守将に似ていた。

「考え直しはできぬか？」

妥協の頼みというよりも、耀蔵の意思を確認するため吐いた忠邦の言葉であった。

「考え直しは……できませぬ」

耀蔵は意思を見せた冷たい微笑で答えた。

耀蔵は忠邦との用件を終わって退出した。

これで彼とも訣別したのだ。長い間のつきあいだった。先に座を起った忠邦の姿が正視に耐えなかった。耀蔵は、それを網膜に灼《や》きつけて、いつまでもそこにすわっていたことだった。

だが、彼の眼に残っているのは忠邦だけではない。もはや、それはわずかな間《ま》の感傷にすぎなかった。彼は、御用部屋に帰った忠邦を土井大炊頭がどんな眼つきで迎えるかを、もう気にしはじめていた。

(これで忠邦が考える危機の切抜け策は完全に封じられた。自分までが忠邦の反対に回れば、彼も手が出まい。しかし、自分の言うことは万人が首肯する正論だ)

おそらく、忠邦は善後策を講ずるため、榊原主計頭や渋川六蔵を至急に招集するにちがいない。だが、知らぬは忠邦だけだ。主計頭にも六蔵にも全部耀蔵の手が回っている。

おそらく、忠邦の今後の恃みは家慶だけであろう。頼りない将軍が、今や彼にとって唯一の命綱になっている。

忠邦は必死となって、上知令から紀州家を除くことを家慶に説得するにちがいない。

(あの気の弱い男が動くものか)

と、耀蔵は家慶のぐず性を嘲る。忠邦は恃むべからざる人間を最も恃みとしているのだ。

（だが、これだけではまだ弱い）

耀蔵は、忠邦を決定的に壊滅させる方法はないかと思案する。大奥を煽動するのもよい。また、紀州家の反対を煽るのも悪くはない。だが、煮え切らぬ家慶が、忠邦の強引な説得に負けて決断を下しかねぬ惧れがある。いずれ倒れる忠邦だが、この際、それをもっと急速に打倒できる効果が欲しい。

耀蔵は長い廊下を歩いた。思案のため、ほとんど往き交う人間の顔すら意識しなかった。

誰やら会釈していた者があったので、耀蔵はふとわれに返って眼をあげた。
二十四、五ぐらいの男がつつましやかに傍らを通っている。中山肥後守《なかやまひごのかみ》という者で忠実な御小姓だ。
耀蔵は黙礼を返して御玄関に出る。外は秋の陽射しが一ぱい地面に降っていた。

彼は待たせてある駕籠に足を運んだ。眩しい陽は、今まで暗いところにいたせいか、眼に痛いくらいである。降りそそぐ日光を受けた地面は、陽炎《かげろう》さえ揺れているかのようにみえた。澄んだ秋だから陽炎が見える道理はない。陽炎のように見えたものは、いま往き違った御小姓中山肥後守の顔だった。

（あの男を使ってみよう）

駕籠の中で耀蔵が考えたのが、この思案だった。

耀蔵は目付時代の調査で、万石以下の旗本はほとんど知っていた。中山肥後守は生真《きま》面目《じめ》な男で、それ以外には取柄はなかった。ご奉公第一と心得、融通は利かぬ。その点、老人のように頑固一徹だった。

耀蔵が肥後守を思いついたのは、彼のその性格だった。

（おもしろく使えそうだ）

屋敷に戻ってからの耀蔵の結論がそれだった。

御小姓の中山肥後守は城中にほとんど詰め切りだった。会うなら非番のときを狙うほかはない。耀蔵が打った手は、肥後守の非番の日を調べ、それがわかると、重大な話があるのでお耳に入れたいという面会の申込みだった。

耀蔵は肥後守を招いた。

「近ごろ奇怪なことがあるのでお話しするが」

と言いかけたとき、中山肥後守は、

「それは表の御用でございましょうか?」

と念を押した。表の御用とは政治向きのことである。

「多少、それに近うござる」

「それなら、てまえは承りたくございませぬ」

肥後守ははっきりと前もって断わった。

「お側に仕える者はすべて表の御用には関らぬように掟ができております。いま、甲斐守さまからさような話を承っても、てまえ、あとで迷惑いたします」

もちろん、将軍の側近に仕えている小姓が政治に口を出すのは禁じられている。規則は十分承知のうえで、あえて貴殿の心に留めていただきたい、と耀蔵は言いだした。


将軍お側の小姓が表の御用について聞くのは迷惑であると、小姓中山肥後守は鳥居耀蔵の申し出を断わった。理のあることで、奥向きの者は政務にいっさい容喙《ようかい》してはならないという規則から、彼らはその職に就くときに誓詞《せいし》へ血判している。中山といえどもその例外ではなかった。

しかし、鳥居耀蔵は、この話は公儀にとって重大である、自分が貴殿に話したからとてどう計らってもらいたいというわけではない、ただ、心に留めてもらいたいのだ、と前置きして言い出したのが問題の上知一件だった。水野老中以下が紀州家だけに除外例を設けるというのは容易ならぬことだと彼は中山に述べた。

耀蔵はもとより能弁である。初め政事を聞くのを厭《いと》っていた中山も、耀蔵の弁舌に自然に耳を傾けてきた。むろん、耀蔵の能弁のみではない。彼の説を聞けば聞くほど中山の胸中に愬《うったえ》るものがあったからだ。

耀蔵は言った。

「もし、越前殿の思惑どおり、紀州家だけを上知令からはずすとなると、諸大名はなんと考えますかな。まず、その不公平さを鳴らして公儀に詰め寄るのは必定でござる。なんとなれば、これは表向きには各藩が大坂十里四方の領地を公儀に差し上げて替地を頂戴するという形式になっているが、実際は公儀が諸藩に命じたことでござる。さようなれば、まず、ご親藩の紀州家が率先して上知を願い出るのが当然。平たく申せば、将軍家にとってご親族であるから、他人の外様大名よりも、身内のほうから上知させるのが普通の考えでござろう」

耀蔵は、中山の面がしだいに反応を現わしてきたので舌が軽くなってきた。

「およそ他に損失を及ぼす場合、まず身内よりはじめるのが世間どおりの常識。でなくては世の中は治まらぬ。利を潤すときは、他より与え、己れに近き者を後回しとするのが国を治める要諦《ようてい》でござる。しかるに、越前殿のこのたびの処置は、ご親戚の紀州殿が反対したからとて逆にこれを除いて利を与え、外様大名にのみ犠牲を求めている。これすなわちお家（徳川家）が乱れる初めとなりましょう」

耀蔵は、わざと大きく溜息をついた。

「もともと、越前殿は近来稀にみる名宰相でござる。てまえもこの人のもとならばと、及ばずながら犬馬の労を尽くし申した。なれど聡明なる越前殿も打ちつづく内外の多事に疲れてか、いささか分別を失ったかに見受けまする。のう、中山殿」

と、耀蔵は相手の眼をさしのぞいた。

「もし、紀州家のみをそのままにし、他の大名どもの土地のみを取り上げたなら、これはどういうことになります？　……紀州家の言い分は、あの土地は神君よりお墨付を頂戴いたしているゆえ今さら変改はできぬ、もし強《た》って返上せよとあらば、神君に矢を向けるつもりかと、開き直っておられる。なれど、これはちと無理と申すもの。なるほど、他の諸藩は神君よりお墨付を頂戴してないかもしれぬが、その後に至って代々の将軍家よりそれぞれ頂戴いたした土地。してみれば、神君のお血筋を引いたる将軍家の御《ご》諚《じょう》は神君のお墨付と同様。御諚には一分一厘の格差はござらぬ。……また、恐れながら、神君のご時世と、ただ今のご時世とは、おのずから違っている。神君の世には夷狄《いてき》の艦《ふね》が近海を窺うような国家の大事はなかった。神君の神意には、ただただ関ヶ原《せきがはら》後の新付《しんぷ》の大名たちへの備えがあったのみでござる。されば、もし仮りに現世《うつしょ》に神君を奉るとせば、必ずやこのたびの仰せのごとく、大坂十里四方を幕府の直轄地にと仰せ出《いだ》されることは必定《ひつじょう》でござる」

いつの間にか中山の頭が何度もうなずくようになった。

「されば、御三家の一家が上意に従わないのを理由として、そのわがままを許すとなれば、それこそ天下の諸藩にしめしがつかぬのみか、公儀は鼎《かなえ》の軽重《けいちょう》を問われましょう。これひとえに上さまを補佐し奉る御用部屋、とりわけ老中筆頭水野越前守の責任でござる。もし、諸大名がわれもわれもと上知の除外を求めてきたならば、それこそたちまち天下の騒動を来たすは必定。てまえはそれを考えて何度も越前殿をお諫《いさ》めしたが、いっこうにお聞き入れがない。……あの聡明な越前殿も駑馬《どば》になられたかと思うと、てまえ、お家の行く末を案じ、落涙いたしております」

耀蔵は、事実、顔を仰向けて眼頭を指で抑えた。

これには中山肥後守もいたく感動した。もとより正論であるから理屈にいささかの破《は》綻《たん》もない。かつ、幕府の前途を憂うる耀蔵の赤誠《せきせい》が、その熱弁の中に籠っていた。単純で忠義一途の中山が動かされないはずはなかった。

表のことには絶対に口出ししてはならないと堅く止められた中山だが、耀蔵の言い分を聞いて、この禁を犯すことがお家のため、将軍のおん為であると深く決心をした。

中山もうすうすは水野越前と土井大炊頭一派との暗黙の対立は知っていた。だから、この耀蔵が忠邦の片腕であり、彼のために手足となって働いていることも十分に知っている。その耀蔵があえて忠邦を非難したのである。

耀蔵の忠義に嘘はないと中山が思ったのは当然である。

耀蔵が見込んだことにはずれはなかった。彼くらいその人間を見、その途を知る男も少ない。小姓中山肥後守に射かけた矢は間違いなく肥後守の胸を射し貫いた。

耀蔵は人間の心理が絵に描いたようにわかっていた。こうすればこうと、相手はまるで彼の呪文《じゆもん》にかかったように動いてくれる。長い間、目付として幕府の諸役人を監察したおかげで人間の観察が鋭くなっていた。

耀蔵が己れの屋敷に戻って、こう動くであろうと考えたとおり、中山肥後守は将軍家慶が一人で休憩しているとき、しきりと進言の機会を狙っていた。

表から中奥に戻って午の軽い食事を済ました家慶は、退屈を紛らわすように、

「肥後、碁の相手をせい」

と言いつけた。

主従の間で盤上に石がならべられた。しかし、今日の中山の心はそこにない。周辺に人がいなくなるのを始終狙っているから、思いがけないところに自分の石をおろした。

家慶がおどろいた眼で、

「ほほう、これは奇手じゃ」

と、中山が何を考えてきたかというように盤上を睨《ね》めつけた。むろん、中山のさんざんな敗北だった。

二局目がはじまった。今度は初めから負けは歴然としている。家慶が訝《いぶか》しそうに中山の顔をみた。

「どうしたのじゃ?」

「はあ」

別な小姓が一人、遠いところにすわっていた。

「恐れ入りました。上さまにお誓い申したことをお返し申して申し上げたき儀がございます」

荒い息の下から低い声だった。普通なら、ずっと座を退って両手をついて言うところだが、中山は必死の面持ちで石を動かしている。残っている小姓に気づかれないためだった。

家慶も事情がわかったとみえ、

「何かわからぬが、そのままで申せ」

と、眼を伏せたまま石を置いた。

「実は、表の御用のことでござります」

中山は真蒼《まつさお》になっている。

「うむ」

家慶はべつに遮ろうとはしなかった。

「恐れながら、大坂十里四方内における諸大名方の領地の返上願いについてでございます」

「それがどうした？」

「承りますれば、水野越前守さまには紀州さまだけを上知からおはずしになるようなご意見とのこと。てまえ、この儀につきましてお願いがございまする」

「言うてみい」

石が弾《はじ》いて跳んだ。

「恐れながら、もし、さような除外例を紀州さまにお認めの節は、天下の乱れの因かと存じます。紀州さまはご親藩なれば、まず、率先して上知をあそばすのが天下静謐《せいひつ》の基《もとい》。ことに大坂十里四方は、国防のため公儀において直接にお守りあそばすのが救国の唯一の途にございます。もし、紀州さまの御《おん》わがままをお許しあそばさるるときは、諸大名方も続々と同様の申し出をなされ、それこそ蜂の巣をついたような事態を招来いたすかと存じます」

家慶は黙っている。べつに叱咤もしなかった。

中山が恐る恐る顔をあげると、家慶は平然としていた。ぶるぶる震えているのは肥後守の指先だった。

「申すことはそれだけか？」

「はあ」

「よし」

返事といっしょに石が高く鳴った。遠くにすわっていた小姓がおどろいてこちらを見た。

「越前の措置は……」

呟くように言って家慶は、あとの声を呑んだ。眉の間に皺《しわ》が現われたのは中山の差し出口を非難したのではない。別の人間に向かって不機嫌が出たのだ。

それからは家慶の石の置き方が怪しくなってきた。

「てまえの胸中……」

肥後守が汗を流して詫びた。

「そちがいま何を呟いたか、わしの耳には、はいっておらぬ」

家慶が言った。

「はあ」

「おおかた、そちはどこぞで碁の新手を習い、わしに講釈したのであろう」

中山肥後守の身体が崩れ落ちた。彼はいつの間にか歔泣《すすりな》いていた。離れてすわっている小姓が、身体を乗り出してこの様子を見ていた。

「なに、中山が？」

と、姉小路は顔色を変えた。

注進したのは、いつも中奥の様子に詳しい中﨟である。表の役人が大奥の女性の動静を知るために心の利いた女中を買収したり、部屋に住みこませていたと同様に、高級女中も絶えず表や中奥の情報を、抱きこんだ役人から取っていた。いま姉小路が中山肥後が家慶に諫言《かんげん》したと聞いたときの衝撃はかなりのものだった。だが、これは、彼女にとって吉報なのである。

——それまで、忠邦が苦し紛れに、紀州家を上知から除外するらしいとわかって、姉小路は裏を掻かれたと思っていた。

いうまでもなく、紀州家の上知反対は反水越《みずえつ》の狼煙《のろし》を揚げさせた有力な動機だった。紀州家をして公然と将軍の命に抗《さか》わせるようにしたのは、姉小路の苦心の策だ。親藩が将軍家に抗命するというのは前代未聞のことである。これがひと昔前だったら、戦争《いくさ》がはじまりかねない。たとえば、謀反の準備をしたという噂だけで、駿河大納言忠長《ただなが》、越前少将忠直《ただなお》、越後少将忠輝《ただてる》などの家康の子や孫は、証拠もないのに処分されている。そのほか外様や譜代の大名の断絶にいたっては数が知れない。

紀州家が、一度将軍の令として出された布告に正面切っての反対に踏み切ったのは、姉小路の率いる大奥の鬱然たる支援を確認したからである。将軍の操縦はこれまでも大奥が伝統的に握っている。この魔女群のために歴代の宰相が苦しめられ、追い落とされた。たとえ、土井大炊頭利位《としつら》がどのように実力があろうと、大奥支援という保証なしには絶対に紀州家の側に立つことはなかったにちがいない。そのことを何よりも熟知しているのは忠邦である。だからこそ彼は紀州家の抗命の罪を譴責《けんせき》するどころか、かえってこれを慰撫《いぶ》し、上知令から取り除いている。こうして、彼は已れの窮地から脱したのだ。

まさかと思ったことで、姉小路が奥歯を噛み鳴らしてくやしがったのは当然だ。忠邦がこんな奇手を考え出そうとは、さすがの姉小路も予想しなかった。見事うっちゃりを食ったというのが姉小路の実感だったのである。

忠邦にこう出られては、紀州家も動きようがない。まして土井大炊頭を先頭とする反水越の鋒先《ほこさき》は、宙に迷った。あわてたのは姉小路だけではなく、土井の一派だった。彼らは急遽集合して、この善後策に耽《ふけ》った。紀州家という神輿《みこし》を失っては、どんな知恵者も対策が立たない。駒込の隠居などは入道頭に汗をかいて、

（水越め、やりおったな）

と、地団駄《じだんだ》を踏んでいた。

紀州家の奥向き女中山浦も狼狽して、何度も姉小路のところに足を運んだ。紀州さまのお気持ちはと訊くと、山浦は、

（越前守さまの配慮で、殿さま初め一同ほっと安堵しておられます）

と報告するありさまだった。

しかし、これが紀州家の本心なのだ。紀州家としてもことさらに波は立てたくないのだ。自分勝手な話だが、自分の領地さえ安泰なら、なにも公儀に反対する理由はないのである。実は、この反対にしても紀州家の内心はうす気味悪いものだった。それが平和裏に解決すれば、これに越したことはない。だいいち、これで紀州家の勢威が天下に示されたのである。

（将軍家でさえ紀州家には遠慮なされた！）

紀州家は一兵も動かさず将軍家を初め老中一同を恫喝《どうかつ》したことになる。

だが、紀州家はそれでおさまるとして、自分らは、いったいどうなるのだ、と姉小路は思った。これでは、まるで紀州家が自分たちを裏切ったようなものではないか。

さりとて、この事態に代わる対策はなかった。せっかくここまで苦心し積み上げてきた計画が無惨に崩れ落ちて、姉小路は、このところ、寝られない夜がつづいていた。

知恵者揃いの土井たちもただぼんやりとしている。担いでいた神輿が取り上げられたのだから、なすところを知らなかった。

そこに、今、小姓の中山が上さまに紀州家除外をお許しにならぬよう、と諫言したというのだ。姉小路が、神仏から見捨てられていなかった、と信じたのは無理もない。

姉小路は、さっそくに密書を太田道醇に書いて出した。道醇は隠然たる反水越の本山である。ここに情報を届ければ、たちまち加盟者の間をその通達が駆けめぐる。

（しかし……）

と、姉小路は考えた。

（中山肥後というのは、聞けば正直一途のお小姓とのこと。その者がどうしてそんな大胆なことを上さまに申し上げたのであろうか）

この疑問である。

（果たして中山ひとりの知恵だろうか……誰かが中山に吹きこんだのではあるまいか）

姉小路は、その深い瞳を金色に輝く釘隠しの一点に投げた。

（もし、中山にそれを吹き込んだ者があるとしたら……誰だろう？）

見当がつかない。

このときはまだ姉小路も、鳥居耀蔵が土井大炊頭に寝返ったことを知らなかった。まさか耀蔵が中山を唆《そその》かしたとは夢にも考えない。

だが、その背後が誰であれ、中山が家慶に諫言したとは、一つの機会である。これを生かすことだ。問題は家慶にある。家慶が中山の直言を受け容れるかどうかだ。

姉小路には、忠邦が必死になって考え出した紀州家除外の線を家慶の意思に固めさせようと懸命になっていることがわかっている。忠邦としてもこれよりほかに切抜け策がないから、ただ本尊の家慶を口説《くど》くだけだ。

（その上さまの態度はどうだろう？）

姉小路は中山が直言したと聞いているから、家慶夫人への工作を活発に行なうことにした。

年寄姉小路から家慶夫人喬子《たかこ》にどのようなことが吹聴されたかは知るべくもない。もとより、大奥の者は表のことに容喙《ようかい》してはならぬ。

将軍がお手つきの中﨟と寝床を共にする場合、その始終を傍らで監視する女中を置かせるのも、閨《ねや》の睦言《むつごと》にかけて女がどんなねだりごとを将軍にするかもしれない警戒からである。このねだりごとの中には親類縁者の出世の依頼もあろうし、政治向きの請願を託されることも含まれている。女との激情のさなかに、将軍が、うっかりそれを承知しては政道の乱れの因となる。それでも、綱吉や家斉のころにはかなりの乱れがみられた。ただし、監視の女中も将軍家夫妻の就寝にはついていない。

むろん家慶夫人といえども表のことに口出しはできないが、それは表面上のことで、夫婦の語らいとあればまた別である。家慶夫人喬子は有栖川宮一品中務卿織仁親王《ありすがわのみやいっぽんなかつかきょうたかひとしんのう》の女《むすめ》だ。水戸斉昭夫人登美宮はその妹だが、彼女らは京に生まれ、京に育っている。近畿の土地にはことさらに愛着を持っている。

もし、外敵が艦《ふね》で日本を窺い、大坂砲撃や上陸もありえないことではないとすれば、大坂十里四方を幕府直轄地として防備し、京を守護するという案には喬子は賛成のはずだった。

もし、姉小路が、喬子に、

「紀州さまのわがままをお許しになって、上知のお布令から紀州家だけを除くとすれば、他の諸大名どももそれぞれしかるべき口実を設け、われもわれもとこれに倣って願い出ることは必定でございます。さすれば、大坂の防備も心もとなくなり、京の守護も危うくなります。越前は紀州家のご機嫌を取って同家を特別に除外すると言っていますが、これは一大事でございますゆえ、上さまには必ずお聞入れなきよう願わしゅうございます」

と言えば、喬子もことが京の安否に関るだけに、家慶に紀州家除外の中止を頼むことになろう。これが九州とか西国のこととなると、どこやら遠い国の出来事のように考えるが、女の気持ちとして実家や親戚もある京都の危殆《きたい》となると身近な危機感に陥らざるをえない。

喬子の進言に対して家慶がどのような反応を示したかはさだかでない。

しかし、家慶も近ごろは水野忠邦のやり方にいささか倦厭《けんえん》の情を抱いてきていた。もともと、家慶は天保改革をそれほど積極的に考えたわけではない。彼は、家斉に長いこと頭を抑えられ、将軍とは名ばかり、いわゆる西の丸の大御所政治が長期に亙ってつづいたため、家斉の死後は、その反動として行政改革を思い立ったにすぎない。

したがって、それから一年もすると、改革に対する当初の興奮がしだいに後退してきた。そこに忠邦だけが相変わらず張り切って諸般の改革をつづけざまに断行するものだから、いささか鼻白んだ感じであった。

つまり、改革に対する最初の協力者はいつの間にか離れて、忠邦だけの独走が家慶に大きく見えてきたのだった。

そのうえ、家慶は忠邦に対する反感が土井大炊あたりを中心にして起こっているのも漠然と察知している。また、大奥全体が快からぬ感情を忠邦に寄せていることも、それ以上に知っている。

このようなことで家慶も小姓中山肥後の進言に傾きかけた矢先、思わぬ椿事《ちんじ》が出来《しゅったい》した。

ここに家慶の側御用取次に新見伊賀守という者がいる。

伊賀守は文政六年目付となり、十二年大坂町奉行に移り、天保二年西丸小姓組番頭格側御用取次見習を勤め、同七年本丸に移って側御用取次に累進《るいしん》した男だ。

側御用取次というのは将軍の秘書格で、彼は堀大和守と同様に水野忠邦の同調者であった。側御用取次は小姓を監督する立場でもある。

中山肥後が将軍休憩の際紀州家上知について将軍家に進言をしたということが、この新見伊賀守の耳にはいった。中山肥後が将軍の囲碁の相手をしながらひそかに申し述べたことが、側に居残っていた他の小姓によって告げ口されたのかもしれない。


忠邦に味方する新見伊賀守は、激怒してすぐさま中山肥後を呼び出した。

「そのほうが上さまに紀州家上知のことについて申し上げたというのはほんとうか?」

新見が質すと、中山肥後は悪びれもせずに、

「恐れながらお耳を穢《けが》しましてございます」

と肯定した。

「お側近く仕える者が、表のことについてとかくのことを申すべきでないのは、そのほうも知っているであろうな?」

「存じております」

「まさか知らぬとは言わせぬ。そのほうも御用に上がる砌《みぎり》、その旨を誓詞に血判したはずじゃ。しかるに、その禁令に違背し、恐れ多くも上さまに対して表のことを申し上げるとは不届千万ではないか」

「いや、それは」

と、中山肥後が新見の前に膝を進めた。彼も、事がこう露顕しては、必死の面持ちである。

「もとより、掟はとくと存じておりますが、それはふだんのこと。かかるお家の一大事に際しては、てまえ口を閉じてはおられませぬ。お叱りは重々恐れ入りますが、てまえの心底は……」

「そちの心底などわざわざ聞くことはない。掟は掟、禁を破ったとは不埒《ふらち》千万」

新見伊賀守は中山肥後をさんざん叱った。

「お言葉を返して恐れ入ります」

と、中山も表と中奥の紊乱者《びんらんしゃ》という烙印《らくいん》を捺《お》されただけでは浮かびようがなかった。

「伊賀守さまのお言葉、しごく理《ことわり》とは存じますが、泰平の折りならばてまえもお叱りを頂戴いたします。なれど、ただ今も申すとおり、今はお家の大事。もし紀州さまだけを上知からはずしますと、どのようなことに相成りましょうか。他の大名に問い詰められましてもご答弁はなりますまい。されば、紀州さまを許せば、次々と同様の処置を各藩にも許さねばなりませぬ。そうなりますと、上知のお布令は有名無実、公儀の鼎《かなえ》の軽重《けいちょう》が問われることになりましょう。ぜひとも、この儀ばかりは思いとどまりあそばすよう、てまえ一存にて上さまにお願い申し上げた次第でございます」

「さように思うなら、何ゆえに所定の形式を履《ふ》んで意見の上申をいたさぬのだ？　物事にはそれぞれ順序がある。もしそのほうの意見を拙者が聞き、然りと判断いたしたならば、これを御用部屋に披露する。さらに御用部屋で加判の方々が、そのほうの意見もっともなりと評議一決すれば、水野越前守殿より上さまにご披露申し上げる。………なぜ、さような順序を履まずに直訴めいた不敬な行為をいたした？」

「御用部屋とは申されますが、水野さまがさようにお決めあそばしたとあらば、所詮は上さまにじきじき申し上げるほかはございませぬ」

「肥後、そのほうはいつから御用部屋と同格になったのだ？」

「は？」

「慮外者め、小姓として上さまのお側にいる間、とりのぼせおったな」

「これはしたり、伊賀守さま。逆上と仰せられるのは心外千万にございます」

「黙れ。逆上いたしていないなら、……うむ、読めた。さては、そのほう、誰ぞに吹き込まれ、唆《そその》かされたな」

「なんと仰せられます？」

肥後の眼も血走れば、言い争う新見伊賀守も血相を変えていた。

「これは聞き捨てなりませぬ。てまえはただご奉公一途に申し上げました次第、もとよりお叱りは覚悟、順序を乱したことも自覚いたしております。また、不敬の段も死を覚悟してのことにございます。それを他より操られたかのごとき疑いをかけられましては、てまえ、お側近くに仕える身分として一分が立ちませぬ」

「黙れ、死を覚悟だの、一分が立たぬだの、こいつ、大口を叩きおる」

「大口と申されましたな？」

中山肥後は上役を睨みつけた。

「おう言った。そのとおりだ。そちは上さまの寵愛に狎《な》れ、その慢心から誰やらの頼みを引き受け、不忠をしたのだ。以後きっと慎しめ」

誰やら、というのは暗に土井大炊を指して皮肉ったのだ。新見伊賀守は、もうよい、行け、と蠅を追うような手つきで中山肥後をその座から起たせた。

中山肥後は病気を口実に城から退った。

中山には老母がある。彼はまだ妻帯していなかった。老母は中山が常より早く帰ってきたので、どうしたかと訊いた。彼は、少し加減が悪いので途中退出したと答えた。実際、彼の顔は土色になっている。

その夜、中山は自室にはいって一心不乱に書きものをした。それは一刻ほどかかったが、書き終えたうえで奉書に包み、それに「上」と書いた。さらにその文字が上から透《す》かして読めぬように幾重《いくえ》にも奉書に包んだ。

中山は老母のもとに行き、もし、自分の加減が悪くて明日の朝も起きられない場合は、これを御小姓頭取太田《おおた》主計頭《かずえのかみ》殿の屋敷に届けてくれと頼んだ。太田は土井大炊派である。

言づけを頼んだ中山は自室に帰り、燭台を手もとに引き寄せた。

彼の耳には新見伊賀守が言った言葉が残っている。新見は、中山が将軍家に進言したことを、恩寵に狎れた末の逆上だと言い、中山の返した、死を賭して、という言葉に、大口を叩くな、と言った。これが無念で仕方がない。

さりながら、順序を履まずに直接諫言したことや、政事のことに口出しした罪は十分に自覚している。

彼は家代々伝わる小刀を引き抜き両肌《もろはだ》を脱いだ。血糊で辷《すべ》らないように襦袢の袖で柄《つか》を巻き、握った拳を腹に当てて、撫でるようにしながら引き回した。拳を腹に当てたのは手もとの狂いを避けるためである。その深さ四、五分《ぶ》を限度としたのは、それ以上になると内臓が露出するからだが、中山は五分の深さで引き回した末に、刀の切尖《きつさき》の上に突っ伏し頸動脈を切った。見事な切腹であった。

中山肥後の切腹は翌日の朝老母が発見し、直ちに御小姓頭取太田主計頭の屋敷に報告された。太田はこれを目付に連絡したので、午前《ひる》にはすでに目付の検視が終わった。

老母が預かった伜の奉書は目付に差し出された。目付はこれを遺言どおりに太田主計頭に届けた。

太田が開いてみると、将軍への上書となっている。彼は側御用取次の手を経て、これを家慶に奉った。

家慶が中をあけてみると、この前に碁の相手を言いつけたとき、中山が言った言葉が、繰り返し述べられてある。つまり、中山肥後の切腹は図らずも諫死《かんし》というかたちになってしまった。

これは営中に衝撃を与えた。

ことにおどろいたのは水野忠邦で、仔細を聞くと、

「ばかな奴めが」

と、苦りきって呟《つぶや》いた。


忠邦は、中山肥後の諫死が家慶にどのような影響を与えたかが心配になった。彼はさっそく、家慶に目通りして、紀州家除外を沙汰やみにしないように念を押している。

ところが、中山の諫死は大奥にも大きな同情を起こした。

「それでこそ忠義者」

と、年寄姉小路は女中どもを煽り立てた。由来、死をもって諫《いさ》めるという行為は、それ自体が純粋にみえる。まして中山は日ごろからご奉公第一として勤め、頑《かたくな》なくらい

の男だった。女どもで中山をあわれまない者はなかった。

中山に対する同情は忠邦に対しての憎しみと変わる。

「新見伊賀守殿が中山殿をひどく叱責されて、中山殿は、このうえは死をもって上さまをお諌めするほかはないと考えて切腹されたそうな」

と、大奥ではもっぱらの評判である。


これを聞いて微笑したのは鳥居耀蔵である。

（おれが中山を見込んだことに間違いはなかった。やはり、あの男を選んでよかった。……しかし、まさか死ぬとは思わなかったが）

死ぬとは思わなかったが、その効果は彼の予期以上であった。中山の切腹は忠死としてすべての人に感動をもって受け取られた。

もともと、紀州家を特別扱いにして上知から除外するというのが不合理なのである。

中山の諌死は、正論が受け容れられないとみて、死をもって諌めたことになる。

鳥居耀蔵は女駕籠に乗って人目を避け、こっそり駒込の太田道醇屋敷に向かった。

駕籠を降りると、道醇の家来がばらばらと彼の左右について身辺を警戒した。だが、これは、その辺に忍んでいるかもわからない回し者に備えて耀蔵の顔を塞ぐためである。

耀蔵は、先方の者が差し出す提灯の光に誘われて苔《こけ》のついた石を伝わった。石はいったん木立の間に入り、茶席につづいている。耀蔵は石の一つ一つを踏みながら、自分の運命がこの石のように次々と開けていくような気持ちになった。ずいぶんと遠回りをしてきたような感じもする。だが、忠邦の下について歩いてきたのは、けっきょく、その道よりほかになかったのだ。これには近道はなかった。ただ、この茶席に行く庭石のように、かなりな距離を歩いて途中から曲がっただけなのである。

蹲《つくばい》のあたりにくると、今度は年老いた家来が出迎えていた。

「どうぞ」

導かれて耀蔵は腰のものを抜いて刀掛けにかけ、躙口《にじりぐち》をくぐった。

四畳台目の茶席には燭台が二つ置かれてある。一つは炉端の傍で大きな坊主頭を照らしていた。これが太田道醇だ。今夜は裕福な町家の隠居のように、被布《ひふ》をつけて木像のようにすわっている。

先客がある。もう一つの燭台が御用部屋でよく見かける土井大炊頭のずんぐりした姿を照らし出していた。

「これは思わぬ遅参《ちさん》をいたしました」

耀蔵は道醇と大炊とに挨拶をした。ほかには客らしい者はいない。

換え馬

駒込の太田道醇の隠居所で、土井利位と夜の会談を遂げた鳥居耀蔵は、その翌る朝、顔に気力が漲《みなぎ》っていた。

この大きな波を完全に乗り切った自信である。政変は間もなくある。水野忠邦の失脚は時間の問題だ。それについて忠邦の側の側近は全部排斥《はいせき》せられる。水野の側近といえば、この耀蔵こそその筆頭だ。彼は今まで忠邦に膏薬《こうやく》のようにべったりとくっ付いて離れなかった。彼が忠邦と一心同体であることは天下周知の事実だ。その彼が……

（そのおれが無事に生き残る）

耀蔵は、微笑が顔に擽《くすぐ》るようにこみ上がってくる。

無事に生き残るどころか、将来は念願の若年寄になるかもしれない。昨夜も土井大炊頭が、

「貴殿の手腕はとくと知っている。今後何かと自分のために働いてもらいたい」

と、慇懃《いんぎん》に頼みこんだくらいだ。それを道醇入道が、

「鳥居は敵に回してこれほど怕《こわ》い男はいないが、味方にすれば、またこれほど頼みになる男もない」

と、傍らから言ったくらいだ。それがまんざら世辞とは思えない。

見渡したところ、たとえ土井が政権を取るにしても、さて、それほどの人物が彼の下にいるとは思えない。阿部遠江守、土岐丹波、跡部能登など、いずれも団栗《どんぐり》の背比べだ。早くも土井にくっ付いた遠山左衛門尉にいたっては、無能で知恵の回らない男だ。

それは土井自身がいちばんよく知っているであろう。

（まず、このおれよりほかに人はあるまい）

と、耀蔵は思う。

今後も土井には忠邦に尽くしたようにしてやれば、若年寄に引き上げてくれるのはさほど遠いことではあるまい。その資格として、万石の封地を得て、やがて御用部屋入りとなる。

耀蔵の夢は涯《はて》しなくひろがる。しかも、それが決して非現実的ではないのだ。

耀蔵にとっては学者の子というのに劣等感がある。父は林述斎、大学頭だ。その跡取りとなっても知れたものである。由来、学者にかぎらず、技術者というものは政治からはずされ、片隅に追いやられている。人からは先生先生と言われるが、その特技のゆえをもって主流に浮かび上がることはない。体《てい》のいい差別待遇を受けている。

耀蔵は、述斎の第二子だから、その跡継ぎにもなれない。しかし、なったところで、そんなものには不満である。彼は己れの才能を、学問よりは政治に生かしたかった。しかも、目付から町奉行に進み、今では念願の勘定奉行となっている。すなわち、官僚としては最高の地位だ。このうえは政界進出あるのみ。権謀術策もまたやむをえない。生きるためには仕方がないと思う。弱い者が倒れ、強い者が残るのは理の当然である。だいたい、才能の乏しいこと自体が罪悪なのである。強い者には、それだけの天賦《てんぷ》の才と意思とが与えられている。弱い者が、それを嫉《ねた》み恨むのは不公平もはなはだしい。……

それにしてもよく泳ぎ抜いたと、耀蔵は満足である。

さだめし忠邦は今ごろ己れの政権安泰を信じて、下屋敷でのうのうと手足を伸ばしているにちがいない。この男も肥前唐津から遠州浜松に所替を願い出て、無事に老中を獲得したまではよかったが、政権の座に就いて独りよがりに采配を揮っているうちに、いつかその勘が狂ったらしい。己れの座がいつまでも安泰だと信じ切っている。

上知反対で紀州家に手を焼き、考え抜いた末に紀州家だけをこれから除外するという思いつきまでは上出来だったが、こう四方八方から自分の足もとを脅かす勢力が迫ってくるとは思わなかったであろう。忠邦にしては迂闊《うかつ》なことである。

さてと、耀蔵が改めて周囲を見回したとき、そこに忠邦の金策方でもあり、耀蔵の台所でもある後藤三右衛門の姿が壁のように一方に塞がっていた。

(そうだ、三右衛門はどう考えるだろう?)

むろん、耀蔵が忠邦を売ったことなどはまだ三右衛門は知っていない。事は秘密のうちに運んだから、彼にすら洩らしていないのだ。あるいは、この事態を知った忠邦が三右衛門を呼んで耀蔵の離反を知らせたかしれないが、忠邦としても事重大だし、自分にとって不利な局面だから、最後の最後まで後藤にははっきりと告げていないかもしれない。

これは、こちらから三右衛門に言っておくことだと思った。

ただし、その場合、三右衛門の衝撃が考えられる。後藤がその私財まで——といっても、多くは官金をごまかしてできたものだが、それを惜しげもなく忠邦に注ぎこんだのは、彼の権力に頼って利益を取ろうとの考えからである。たとえば、二度にわたる貨幣の改鋳、そして、いま後藤が熱心に希望している官位の獲得、すべてはそれへの投資であった。

その忠邦が政権の座からすべり落ちる。後藤にとって天地の覆《くつがえ》るほどの衝撃にちがいない。教えてやったらあいつめ、なんと言うだろうか。

三右衛門は一介の政商にとどまらず、そうとう教養も積んでいるので口は達者だ。理屈も言う。もっとも、その理屈や弁舌は、すべて自分の利益のうえにおいて理論化されたもので、純粋ではない。

いずれにしても、これは三右衛門に事前に洩らす必要がある、と耀蔵は考えた。今後も自分の出世には何かと三右衛門の世話にならなければならない。若年寄になるにも、老中に進むにも、すべて金がかかることだ。奴を説き伏せることである。

耀蔵は本庄茂平次を呼んだ。人払いをして主従二人だけである。

「茂平次、そなただけにこっそりと教えるが、どえらいことになりそうだぞ」

「それはたいへんなようでございますが、なんでございますか？」

茂平次は眼をいっぱいに見開いて耀蔵の顔をみつめている。こういうときの茂平次の表情はとぼけていて、おかしみがあった。

「御用部屋の中で近いうちに変動が起きる」

「ははあ、越前守さまのことでございますか」

「うむ。……よく知っているな？」

耀蔵は見返した。

「だいたい、察しがついておりました」

御用部屋で失墜《しっつい》する者がいるといえば、忠邦の側に密着している耀蔵だから、茂平次は土井大炊あたりか、と訊きそうなものを、そうは言わない。やはり、目先の利く男だ。

「どういうところでそれがわかった？」

「この前からの殿さまのご様子、なんとなくてまえの鼻に匂いましてございます」

「相変わらずの奴だ。茂平次、実はそれだ」

「まったく、えらいことになりましてございます」

「そこでだ、わしの立場をどう思う？　これまで水越と道行《みちゆ》きしてきたおれだ」

「殿は土井大炊頭さまにお味方と判じました」

「どうしてそれがわかる？」

「恐れながら、ご発明な殿さまのことゆえ、それくらいの離れ技はなさると存じました。だいいち、殿のお顔色を見ますと、以前にも増して色艶よろしく、何か精気が漲っているように存ぜられます」

「なんとか乗り切った。水越の没落はあんがい早いぞ」

「祝着《しゅうちゃく》に存じます。これよりいよいよ殿のご運の開かせたもうことでござりましょう」

「しかし、このことはまだ誰も知らぬ。おそらく、水越本人も気がつかずにのびのびとしていることであろう。そのつもりで内証にしていろ」

「委細、相わかりましてございます」

「ついては……三右衛門のところに使いに行ってもらいたい」

「後藤殿にさっそく手をお打ちになるわけでございますな？」

「どう思う？　いや、三右衛門のことだ」

「さあ、これはむずかしゅうございます」

茂平次も首をかしげたが、耀蔵は、自分の考えを茂平次に打ち明けて、その意見を聞くことで己れの推察を固めるつもりだった。

「てまえ思いますに……後藤殿もけっきょくは殿さまにお味方して越前さまから離れることと存じます。なにぶん、あの人も利に敏《さと》い方ゆえ、けっきょく、算盤《そろばん》で来ると存じます」

「しかし、これまで三右衛門は水越から陰に陽に保護をうけ、儲けさしてもらっている。その恩義を奴とても忘れまい。もし、事前にうっかりと話せば、水越のところに駆けつけるかもしれぬでな」

「さようなことはございますまい。もしも、大勢がもはや決まっておりますなれば、三右衛門も今さら越前守さまに忠義立てをするよりも、ここいらでさっそく宗旨替えとなりましょう」

「そのように簡単に行くかな？　奴は商人とはいえ、そうとう学問もしているでな」

「殿、学問と算盤を比べますと、やはり商人は、算盤第一、お案じなさることはないと存じます」

「よし」

耀蔵の心は落ち着いた。茂平次の言うことは悉《ことごと》く自分が考えていた筋なのだ。

「これから後藤のところに参ってくれ。そしてさっそくここに来るように言うのだ」

「わかりました」

茂平次は大きくうなずいたあと、

「殿、これはてまえの推察でございますが、後藤はどこまでも、殿について参ります。あの男を大事になされませ。さりながら油断はなりませぬ。後藤殿は、今まで越前守さまと殿さまと二つの馬に跨がっておりましたが、これからは殿のほかに馬の数がふえて参ります。そのへんをお気をつけあそばすように……」

「わかっている。さすがにそのほうは目端《めはし》が利くな」

「恐れ入ってございます」

耀蔵は、そういう茂平次を見守っていたが、ふいと思い出したように、

「これまでそちに言う機会《おり》がなかったが、先般印旛沼の普請場に出役いたしたとき、花島観音前の角屋というところにわしは泊まった」

「角屋……あ、なるほど。あの辺でお泊まりになるならあの家くらいなものでございます」

「そちの噂を聞いたぞ」

「恐れ入りました。いかなる風評か存じませぬが、どうせ話は大きく伝わっていることと存じます」

「そちが懇《ねんご》ろにしていた女子《おなご》がいたそうだな？」

「さようなおぼえも仄《ほの》かにございます」

「ふ、ふふ。たわけめ、とぼけおる」

「いいえ、決してさような……」

「とぼけついでに、もう一度とぼけてみろ」

「なんでございます？」

「あの辺を見回ったとき、侍の死骸が川底から揚がってきた。わしはそれを見た。ちょうど、雨のため出水し、何十日ぶりかに流れ出たものらしい」

「ほほう、さようなことがございましたか」

「ときに……そちを仇と狙っている井上伝兵衛の弟はどうしたかな？」

「いっこうに……」

「狐め」

と、耀蔵は平然とした顔の茂平次に笑いかけた。

「そちの馴染んでいた女は、どこやらの祈禱僧と無理に相対死《あいたいじに》を遂げたそうだな。印旛沼あたりの田圃《たんぼ》を歩き回っている間に狐めがいろいろなことをしおった……」


果たせるかな、耀蔵に呼ばれてきた後藤三右衛門は、水野の失脚を打ち明けられても、少しもおどろかなかった。その情報がどの筋から彼の耳にはいっているかは、もちろん、三右衛門は説明をしない。しかしながら先日鳥居耀蔵の屋敷に呼ばれて大議論を交わしたあと、水野越前の動きに眼を着けはじめたことは間違いない。

彼は水野越前の失脚は避けがたいことだと言って、むしろ欣然《きんぜん》とした表情をみせた。ただ、ここで耀蔵も気がつかないことを三右衛門は言い出した。問題というのは、側用人堀大和守の地位である。

堀は水野越前守の親戚だし、将軍と忠邦とを結ぶ連絡係でもある。これまで堀が忠邦の代弁者として家慶をうしろから操縦してきた。

耀蔵は、忠邦が失脚すれば堀も追放されると思いこんでいた。しかるに、後藤の情勢分析はそうではない。

「堀さまの御内室は越前守さまのお妹御、いわば義兄弟の間柄でございますが、たとえ兄弟とはいえ、わが身を守るためには越前さまを突き放されることもございます」

「堀が？　何かそういう動きがあるのか？」

「てまえの推量でございますが、御近習中山肥後守さまがお腹を召されたことは、もう世間に洩れております。公方さまにおいても、それでだいぶんお心を動かされたのではないかと存じますが、そうなると、始終お側にいて御用を勤めている堀さまは、誰よりも公方さまのお心を素早くお読みになることと存じます」

「なるほど、そなたに聞いてみれば、そうであったな」

「堀さまは、あれで、なかなかの分別を持っておられます。てまえは、堀さまが土井大炊頭さまにすでに寝返りあそばされていると判じております」

「しかし、土井が堀を近づけるかな？」

「これはしたり、殿さまの仰せとも存じませぬ。堀さまは将軍さまの御用取次として御諚を御用部屋に伝えております。およそ御用取次の者が権力を持っていることは、これまで柳沢美濃守さまや、間部下総守《まなべしもうさのかみ》さまの例でもよくわかっております。されば、土井さまも堀さまはなんとなく苦手でございますから、堀さまをその地位から追い落とすようなことはございませぬ。土井さまはどちらかというと鷹揚《おうよう》な方、堀さまが土井さまのおために御前体でお口添えなされば、これはかえって土井さまにとって重宝《ちょうほう》なお方ということになります」

「うむ」

耀蔵は呻《うな》った。まこと奥勤めの者ほど御用部屋の人間にとってこわもてのする者はない。

「三右衛門」

耀蔵は後藤の顔を睨みつけた。

「そちは水越を堀に乗り替える気だな?」

「ご明察」

と、三右衛門は不敵な顔を耀蔵にみせた。

「そこで、三右衛門、改めて殿さまにお願いがございます」

「なんだ?」

「てまえを堀さまにお引き合わせ願いとう存じます」

三右衛門は片膝を前にすすめた。

「なに、堀に？」

「はい、早いほうがよろしゅうございます」

燿蔵は三右衛門に圧倒された。

「うむ、これは早い……」

と、唸《うな》るほかはなかった。

「殿さま、てまえは商人でございます。すべて商機をつかむことが肝心でございます」


九月二十九日、忠邦は定刻どおり平服で登城した。御用部屋にはいったが、土井大炊頭利位の姿が見えない。他の列座の面々は普通のとおり出勤している。

「大炊頭はどうなされた？」

と訊くと、月番真田信濃守が、

「所労の気味にて本日は屋敷引き籠りの由、届け出が参っております」

と告げた。

「そうか」

別段のことはない。しかし、大炊頭の不参は、忠邦になんとなく一抹の不安を覚えさせた。いつもだったら、老中の一人が何日欠勤したところでなんということはないのだ。しかし、今日大炊頭の姿の見えないのが、その日の忠邦の胸に、雲が陽を遮ったような暗い影を落とした。

忠邦の眼も耳も昨今の情勢に鋭敏となっている。見えないところに彼を中心として大きな渦が巻いている感じだ。それも足をとられそうな渦にみえる。

その日も、忠邦は書類決裁のことで将軍家慶に目通りした。忠邦と顔を合わした家慶は、こちらの思い過ごしか、冴えない顔をしている。彼の眼もどこか忠邦の視線を避けるふうである。言葉も短く、事務的なことだけで問題は済んだ。

かつて、家慶は当面の用務が終わっても忠邦を引き留め、何かと向こうから世事について話しかけたものだった。最近、めったにそういうことがない。ことに今日の家慶は、忠邦が煙たいような、邪魔になるような様子にみえた。忠邦もほかのことは言わないで、当面の政務を報告して引き退った。

こんなふうに思うのは、家慶の首尾を考えすぎているのかもしれぬが、御用部屋に帰っても、そこにいる列座の人々が彼になんとなくよそよそしくしているように感じられる。それぞれが執務しているのだが、なるべく忠邦には余計なことを話しかけないふうにとれる。堀田備中守はしきりと咳《しわぶき》をしていた。この場の気詰まりな空気に耐えかねて、わざと咳をつづけているようにさえ思えるのである。たしかに空気が変わっている。

しかし、忠邦には自負があった。まだ、自分の地位に変化はないと信じている。上知問題以来、家慶の気持ちはぐらぐらしているが、今日の様子では、また誰かが新しく家慶に入れ知恵をしたようにも取れる。それで家慶が気がなさそうにしていたと想像されるのだ。

二、三日うちに、もう一度釘をささねば、と忠邦は思う。

大奥の空気は相変わらず彼にとってよくない。はっきりと、不利になるばかりだった。また、この御用部屋の妙な空気でもわかるとおり、周囲も今までのように彼に凭《よ》りかかってくるところがない。気のせいか、廊下を歩いてもお坊主どもの態度さえどこか異《ちが》っている。

お坊主は営中でも最も噂に敏感な存在である。彼らは情報通であり、噂の伝播源《でんぱ》だ。彼らは、それをもって半分は生甲斐としている。してみると、茶坊主どもの反応は、営中の動きを判断してのことかもしれぬ。

営中だけではない。お坊主どもは大奥の動向にも敏感である。どこでどんなふうに聞いてくるのか、彼らの予想は的確である。それが彼らには一面において重臣たちへの冷ややかな仕返しである。彼らほど権勢の隆替《りゆうたい》に敏感な者はないのだ。

忠邦は定刻に下城した。

帰宅してみても、土井大炊の欠勤がますます気になってくる。どういうのだろう。額面どおり病気なのか、それとも裏に政治的な動きがあってのことか。

こういう場合、忠邦は鳥居耀蔵を一番に呼んで訊いたものだが、このごろの耀蔵は彼から離れている。のみならず、最近の彼の動きは奇怪である。はっきり言うと、耀蔵は土井大炊に寝返っている。

しかし、――怕《こわ》い男が向こうに回ったという感じである。

今さら、取り立ててやった恩がどうのと腹を立ててもはじまらぬ。鳥居耀蔵は、いつの間にか、そんな感情の及ばない大きな存在にのし上がってきていたのである。

だが、忠邦はまだ家慶ひとりを信じていた。もう一度家慶に面談して彼の気持ちをしっかりと捉えておかなければならぬと考えたのもそのためである。将軍さえ彼の味方になれば、誰が叛《そむ》こうが、誰が刃向かおうが怖れることはない。

ここまで勢力を植えつけてきたおれだ、わずかなことで動揺してはなるまい。

忠邦が己れに言い聞かしたのはこれである。動揺するなと、自分の心に言い含める。しっかりすることだ。自信を持つことである。

忠邦は、急な使いを出して渋川六蔵を呼びにやった。耀蔵が去ってしまった今は、六蔵が何よりの相談相手である。これまでも、あの男はせっせと自分の意見を書きものにし、積極的に進言してきた。

六蔵がくるのが待たれた。これは気が弱くなったのかと、思わず苦笑したくらいである。

しかし帰ってきた使いの返事を聞いて、忠邦も愕然《がくぜん》とした。

渋川は不快でお伺いできぬ、というのである。

天保十四年の九月は閏《うるう》がある。すなわち、九月二十九日の翌日は九月一日となる。

昨夜は冷えこみが激しかった。忠邦は背中に悪寒《おかん》を覚えたが、今朝、床の中で全身にけだるさを感じた。

眼はとっくに覚めていたが、いつものように床を離れることができない。まだ暗い中で半眼を開き、さまざまなことを考えていた。じっさい、さまざまなことである。

妻がきて、起きる時刻だと告げた。忠邦は生返事《なまへんじ》をしている。頭の中が重く、床のぬくもりの中で身体を横たえている愉《たの》しみを味わっていた。

この何年間になかったことである。少しくらいの不快は平気で押し通して登城したものだ。お城に行くのに心が弾《はず》んでいたのである。

しかし、今はそうではない。出勤が億劫《おっくう》だった。

もちろん、これではならない、こういう情勢だから余計に出ることだと考えたが、気持ちがそれについてこない。

——休もう、と決心した。倦怠《けんたい》の理由だけではなかった。休むことで情勢の反応を待とうと思いついたのである。

これまでは、彼が出勤することで積極的に事態を見きわめようとした。しかし、そこに無理がある。正確な判断ではなくなってくる。

的確な情勢の把握《はあく》は、かえって忠邦自身が御用部屋を留守にすることだ。そこに気兼ねのない相手方の動きか流れる。実際の反応はそれではないか。自分の欠勤で御用部屋の空気がどう流れるかだ。

忠邦は妻に、風邪気味だから引き籠る、と言った。用人を呼ばせ、この旨を月番堀田備中守その他の面々に届け出をさせた。

彼は日記を持ち出し、さっそく、このように書き入れた。

「自分風邪寒熱につき不参候段月番備中守並びに同列衆、下総殿、大和守殿、若年寄月番へ例のごとく手紙を差出し、処置の旨返書来る」

日記といっても、日常の行動をつけたのではなく、ほとんどが布告や政令の法文を書き連ねてある。しかし、他人がみて無味乾燥な法文の羅列も、忠邦には一つ一つ思い出がある。これは歴史だった。この布令を作ったときの相談は誰としたのか、老中部屋で賛成したのは誰だったか、それぞれの顔が泛んでくる。そのどこにも顔をのぞかしているのが鳥居耀蔵だった。

今日風邪で休んだので、側用人堀大和守が見舞を兼ねて来てくれるかと忠邦は心待ちにしていたが、堀はこなかった。

忠邦は手応《てごた》えをみようと思った。翌朝、風邪気はぬけている。しかし、日記には、

「風邪寒熱不参」

としるした。

大名連中が見舞の届け物をしてきた。たしかに夥《おびただ》しい品だった。しかし、何かが抜けている。

何かが――つまり、先を争って持ち込んだというところがない。老中筆頭は引き籠りであるから、見舞の品を届けたというようにすぎない。義理にすぎぬ。だいいち、堀もこない。耀蔵もこぬ。渋川六蔵も二日目までは顔を見せなかった。

忠邦は縁に出て庭を眺めた。植込みの葉は黄ばみ、地面に落葉が乱れている。忠邦の眼には、どの木の葉も先端が針のように鋭く見えた。池の下には数匹の鯉がかたまって、人の影が射しても竦《すく》んだように動こうともせぬ。

三日目。堀大和守が使いをもって見舞品を届けにきた。不快であろうから、面会は遠慮する、という口上だった。

その晩、勘定奉行の井上備前守と梶野土佐守とがひそかに駕籠できた。病気見舞なのに人を憚《はばか》るような格好である。両人とも口を揃えて言う。様子がおかしいというのだ。土井大炊の動きが活発だし、鳥居耀蔵がしきりと土井派の間を往来している。形勢は楽観を許さない。忠邦に一日も早く出てもらいたいという慫慂《しょうよう》だった。二人とも顔色すぐれず、終始元気がなかった。

忠邦は、それを丁寧に断わった。

ここまでくると、事態は歴然としている。

重立った者が見舞にこないというのは、すでに事情が決定的と言っていいのではないか。忠邦はしだいに秋陽の下に冷たく張っている水の中に浸っていくような心地になった。庭は森閑《しんかん》として一物の音を鳴らさない。だが、彼の耳は絶えず崩壊の音を聞きつづけていた。

閏九月二日、風邪寒熱不参。

同　三日、風邪寒熱不参。

同　四日、風邪寒熱不参。

同　五日、風邪寒熱不参。

六日に至って初めて忠邦の不吉を決定的にする内報がはいった。

勘定奉行井上備前守が「思し召しこれあるにつき御役御免」となったのである。これを土井大炊頭が老中列座の席で言い渡したというのである。欠勤しているとはいえ、老中筆頭忠邦にはなんの相談もなく、連絡もなく行なわれた人事だった。

同じく留守居番次席勘定吟味役根本《ねもと》善左《ぜんざ》衛門《えもん》が御役御免となって小普請入りとなり、

差控えを命じられた。若年寄堀田摂津守宅において若年寄列座のうえで申し渡されたという。

井上も根本も忠邦に最も近い味方であった。

九月七日も忠邦は登城しなかった。いつまでも風邪寒熱では不自然だから、土井大炊宛ての届け出には、

「風邪寒熱は快方に候得ども、癪気《しゃくけ》につき不参候」

と認《したた》めた。この日、忠邦を打ちのめす最後の通知があった。

上知令は全面的に中止するというのである。いよいよ将軍家慶の決裁によって上知一件が撤廃となったのだ。

忠邦は、最後の恃《たの》みにしていた家慶が、完全に彼を見捨てたことを思い知らされなければならなかった。すでにこの通知があれば、表面上だけでも忠邦は責任者として家慶に挨拶《あいさつ》しなければならない。彼は公用人を月番土井大炊の宅にやり、将軍家への御礼を申し述べたいがと、その手続きを問わせている。帰ってきた公用人の返事は、彼自ら日記にしるしたところだ。

「上知御沙汰止み仰せ出され候御礼如何《いかが》心得べきや公用人を以て月番大炊殿宅へ問合せ候ところ、明日退出に挨拶申置かれ候由申達せられ候」

つまり、大炊の返事は、大炊自身が明日城中で退出する際に忠邦の挨拶を家慶に伝えておくというのである。これは欠勤している忠邦に代わって大炊が手続き上のことを言ったにすぎないが、忠邦自身は文字どおり実権が大炊に移ったと知らねばならなかった。

家慶が上知を沙汰やみにしたのは、土井一派の主張を全面的に容れたわけで、忠邦の失脚は事実上動かないものになったし、辞令が下るのは時間の問題だった。

閏九月八日、「癪気不参」と書いた忠邦は、九日も同じ土井大炊宛てに、癪気につき不参候、と届け出ている。

しかし、癪気が連日つづくのはやはり不自然と忠邦は考えたか、追々、癪気も快方に向かったとして、「御勝手向きさしかかり候御用向きの儀相頼みたき旨」を大炊宅へ公用人をもって申しやっている。つまり、現在自分が手がけている未決裁の公務を大炊頭に頼んだのである。もっとも、病中であるから、その間の公務の代行を頼んだにすぎないが、忠邦の気持ちはとうに決まっている。退任を決しての事務引継ぎである。

ところが、十二日に至って土井大炊頭から差紙がきた。

「明十三日麻裃にて登城のこと。もし癪気に候わば、名代差出され候様存じ候。土井大炊頭」

麻裃で明日登城せよとは、言わずと知れた退任の申し渡しである。これは営中の慣習《しきたり》としてきまっている。つまり、吉なれば平服登城、不吉なれば麻裃着用という指令となる。

十二日は忠邦にとって眠れぬ夜だった。彼が何度も夜着を顔にかけたのは、秋冷の寒さのせいだけではなかった。来し方を思い、胸に迫って、身体をじっとさせることができなかった。

十三日の朝、忠邦は病気の理由をもって、親族の堀出雲守と長谷川久三郎《はせがわきゅうざぶろう》を名代として月番土井大炊のもとに差し出した。

堀と長谷川とが出頭すると、土井大炊は二人に読み聞かせた。

「御勝手向取扱の儀不行届の儀これあり、加判の列を免ぜられ、元のごとくに雁之間詰《かり》仰せつけられ候につき、差控え罷《まか》りあるべく候」

予期したとおりである。両人お受けをして、これを忠邦のもとに持ち帰った。

忠邦は石のようにすわっていたが、それを読み聞かした土井大炊の面貌がありありと泛んでいた。その胸中も眼に見えるようである。

二年前、水野美濃守に言い渡した忠邦自身の顔と心であった。

水野忠邦の失脚は、たちまち江戸市中に洩れた。こういうことには存外、市民の耳は敏《さと》い。

その日の午後二時ごろ、どこからともなく棒や畚《もっこ》を持った連中が和田倉門《わだくらもん》や馬場先門《ばばさきもん》のあたりに集まってきた。なかには大八車を挽《ひ》いてきているのもある。

みんな町人だが、屈強な連中ばかりである。彼らは忠邦の失脚を聞いて、即時水野の役宅が召し上げられると考え、水野邸の家財道具運びの手伝いにかこつけて、打ちこわしにきたのである。

時刻《とき》が経つにつれて人数はふえるばかりだ。夜にはいると、こういう人足体《にんそくてい》の連中が水野屋敷の門前を遠巻きして集まったが、数も千人以上はいた。

「まだ屋敷の明渡しはねえのか？」

「いやに落ち着いてるが、早く立ち退いていけ」

「ぐずぐずすると、おれたちで追い出すぞ」

と、口々に喚《わめ》いている。なかには襷《たすき》がけの女もいた。

「今こそおれたちの恨みを晴らしてくれる」

「身代限りになった恨みじゃ」

「おれたちを路頭に迷わせた越前に乞食《こじき》の味をなめさせてやる」

互いに罵《のの》り喚いている。いずれも厳しい改革で職を失った者ばかりだ。芝居、遊里などの風俗営業関係はもとより、あらゆる商売関係の者を網羅《もうら》している。贅沢品《ぜいたくひん》の廃止で打撃をうけた呉服屋、小間物屋などもいれば、玩具屋もいる。絵草紙屋もいる。かと思うと、屈強な女は髪結らしい。荒々しい人足は、禁令によって廃業の憂目をみた寄席《よせ》関係の若者であろう。

水野が屋敷を引き払うときに乱入し、そのへんのものを破壊すると同時に、目ぼしいものを強奪しようという、恨みと欲との合体である。

「まだ引越しの様子はねえか？」

と、群衆はじりじりしていた。

すると、誰からともなく、

「水野は差控えは命ぜられたが、どうやら今夜のお屋敷替えはないらしい」

という声が伝わってきた。

これで一同が激昂した。だいたい、譴責《けんせき》されて御役御免になったものは即日役宅を引き払うのがこれまでの慣例である。水野も今夜のうちに閣老屋敷を引き払うと思っていたので、まだぬくぬくと居すわっている彼に群衆が怒り出したのである。のみならず、携えた棒や持ってきた畚、大八車、大風呂敷がなんの役にも立たなくなる。今までじりじりとして待たされただけに、群衆はこのまま素手で帰れない気持ちであった。なんとかしてくれと言いたいところであった。

そのうち、

「かまうことはねえ。やっちまえ」

という喚きが威勢のいい人足たちからあがった。

実際、彼らの先頭は手にした棍棒で水野の門前に殺到した。これが群衆心理に火をつけるきっかけになった。

門前にある水野邸の辻番所では、とうから番人どもが逃げている。打壊しは、この辻番小屋からはじまった。

その凄じい喚声と、大勢の足音とが地に轟《とどろ》いた。

水野邸の門は堅く閉ざされている。内側からは高張提灯の灯も見えない。水野のほうで群衆を刺激しない用意と、謹慎の意をみせているためだった。

このときまでに、門前の民衆は、およそ二、三千にもふくれあがっていた。かつて田沼意次《おきつぐ》が老中を罷免されたときも同じような騒ぎがあった。意次は賄賂政策の張本人だが、罷免されたと聞いて、かねて恨みを持っていた市民が邸前に殺到し、屋敷の一部を破壊したり、雨のように投石したりした。その江戸市民の熱狂ぶりは、「世直し大明神」と書いた山車《だし》を担いで練り歩くなど、今でも語り草となっている。してみると、水野邸の襲撃は、その過去の経験が教えたといってもよい。

日ごろ上から圧迫されている市民の怒りは、一人の権力者が失脚すると、彼に向かって爆発する。権力を失った者は、市民は恐ろしくないのだ。交替した新しい権力者も、この怒りを、むしろ大目に見てくれている。

水野邸の隣は会津藩邸で、この騒ぎに、物見一人が騎馬で人数を率い、自邸の警固に当たった。会津藩だけではない、隣近所の大名屋敷悉くが、人数を出して門前を警戒した。しかも、彼らは自邸を防禦するだけで、水野屋敷に乱暴する群衆を取り静めるのではない。むろん、公儀からの命令がないためでもあるが、何千人とふくれあがった民衆には手のつけようもなかったのである。

群衆は鬨《とき》の声をあげた。門の扉は破壊されはじめた。大勢の肩車に載って塀を攀《よ》じ登り、瓦を剝がす者がいる。それを邸内に投げつける者がいる。そのたびに群衆は、吠えるように囃《はや》したてた。

やがて九時ごろになって、ようやく西の丸大手番所から鎮圧隊が出動した。新しい権力者となった土井利位も家来を率いて馬で乗りつけた。しかし、群衆は容易に退かなかった。各邸とも門前に高張提灯を出し、篝火《かがりび》を焚くなどした。

このとき、火事装束で馬に乗り、同心を指揮して乗り込んできた者がいる。

「静まれ、静まれ」

と、騎馬の火事装束は叫んだ。これが鳥居甲斐守忠耀だった。

この騒動は午後八時から十時までつづいた。水野の公邸は西の丸下にあったから、普通なら場所柄をわきまえない暴徒であった。群衆の怒りは将軍さまのお城の近くであろうと、考えていなかった。ようやく群衆が散りはじめたと思われたとき、鳥居耀蔵は馬を歩かせて土井大炊の傍らまで行った。

「もはや、これにて安心でございます」

と、耀蔵が言うと、

「ご苦労」

と、肥満した身体の大炊頭は、ゆったりとだが、これも馬上で短く会釈した。

妖怪は、まだ無事であった。


忠邦は奥の一間《ひとま》で、群衆の声と、破壊の物音とを聞いていた。万一を慮《おもんぱか》って、家来どもは次の間や廊下に詰めかけている。門の中では、若い家来たちが暗い中に黒くかたまって潜《ひそ》んでいた。

決して手出しをしてはならない、というのが忠邦からの厳命だった。門を破壊され、塀を乗り越えてくる者があれば、押し出すだけにせよ、と言い、こちらから乱暴してはならぬ、と言い渡してあった。群衆の挑発に乗る行動はいっさい禁じさせた。提灯を出さずに、邸内を暗くしたのもそのためである。

忠邦は、間断なくあがる群衆の叫びと、屋根の瓦を叩く飛礫《つぶて》の音を耳にしていた。この一間には誰もいない。先ほど所望して運ばせた一服も、空《から》になった茶碗を膝の上で抱えているだけだった。

　忠邦は、決して自分が間違っていないと信じていた。自分のやったことに後悔はなかった。

　幕府積年の腐った膿《うみ》を出すには、あれくらいの荒療治が必要だったのだ。誰がおれの立場になってもそうするだろうと思った。ただ、考えていても、決断できない人間の違いだけである。

　新しく老中として阿部伊勢守《あべいせのかみ》が任命されたと四日前に聞いた。

　印旛沼工事中止の令は三日前に聞いた。おれの政治的な一生を賭け、心血を注いだものが実に他愛なく崩れ去ったのだ。老中という位置を去れば、こうまで幕府の方針というのは脆《もろ》くも変わるものか。窮乏した幕府の財政をほとんどこの工事に注ぎこんだことなど、あとの交替者は一顧もしない。金を使ったのはすべて前任者の過ちだということになる。

　忠邦は、下総の原野から喜び勇んで引き揚げていくお手伝い各藩の行列を眼の中に泛べている。――彼らもおれの失脚を歓呼している。印旛沼開鑿によって国防上にも、江戸市民の生活のためにも、どんな利益がもたらされるかなど、彼らの念頭にはない。己れの藩さえよかったら、それでいいのである。

大坂十里四方の幕府直轄化も外敵を防衛するうえに必須の条件だが、そんなことは大名連中の考えにはない。寸尺の土地を取り上げられるのが、日本の滅亡よりも苦痛なのである。

過去二年間、市民の生活を圧迫したのは、幕府財政の建て直しのためにどうしてもやらなければならないことだったのだ。一つの国策を強い力で進める場合、統制もまたやむをえない。——問屋組合の解散も、一部商人の強欲《ごうよく》を禁じて市民の福祉を狙えばこそだった。人間はいつも現状を批判するが、いざ、それを改革する統制がはじまると、今度は、苦しいとか、息が詰まりそうだとかいう。

家斉時代の風紀の弛緩《しかん》、淫蕩《いんとう》的な頽廃した生活、賄賂の横行——そのころの民衆はみんな、それに顔をしかめていた。陰では、批判をしたり、覚醒の言辞を弄《ろう》した。しかし、それで世の中が少しでも改まったであろうか。

要するに政治とは力だ、と忠邦は信じている。御用部屋で花押《かきはん》をかいていることが政治ではない。当たらず障らずの政治なら不評はないかもしれない。力のないところに政治はない。

——当分は苦しかろう。しかし、今によくなる。歯を食いしばって我慢してくれ、と民衆に説きながら、おれはここまで改革してきた。

分別のある連中が顔をしかめていた世間の病根は悉く取り除いたつもりだ。淫蕩な演劇しか上演しない芝居は三つまで営業をやめさせ、一つは市内から離れたところに移した。遊里は一ヵ所だけ田圃の向こうに追い払った。あとの市内の私娼窟《ししょうくつ》は悉く破壊した。また、風紀を乱していた商売にも弾圧を加えた。分別派は手を拍って歓迎しなければならないところだ。すると彼らは今度はやりすぎたと非難する。権力で統制するのは怪しからぬという。

世の中とはそんなものだ。要するに、みんなが自分だけしか考えない。

門前では、いくらか民衆の騒ぎが静かになったようだった。投石の音もまばらになった。

用人がきて、

「ただ今、鳥居甲斐守殿が同心を引き連れ、取り締まりにご出役なされました。暴徒もようやく散りはじめたようにございます」

と、報告した。

鳥居がきた。――

忠邦は、今は他人となっている耀蔵に、不思議なくらい怒りが燃えてこなかった。耀蔵だけでなく、渋川六蔵も、後藤三右衛門も、みんな自分を裏切ったのだが、たった今、民衆というものを考えていたせいか、この連中だけが特別なものとは思えなかった。これはまるで地辷《じすべ》りのようなものである。残されているのはおれだけだ。地辷りに流されていくのは、おれではなく、土井や、鳥居や、渋川らだ。……

外の物音が一段と静かになった。隣の間や廊下に詰めていた侍たちも、こっそりと移動したようである。

群衆は去ったが、しかし、明日新しい命令がおれのもとにやってくる。「不行届」の理由を届けてくるのだ。

いろいろな理屈がそれにつくだろう。失脚者には何をなすりつけても平気なのだ。いや、いっしょに政権を担当していた御用部屋の連中が、その共同の責任からのがれるため、あらゆる罪状を作って、追落としをかけてくる。――

世間に洩れ伝わった忠邦の罪状は、次のようなものだった。

まず、処分としては、忠邦の手もとに将軍家より下されている数々の品が取り上げられることになった。

黒柄塗金御紋散らしの麾《さいはい》、金銀打交兜《うちまじりかぶと》（これには葵の御紋がついている）、猩々《しょうじょう》緋陣羽織《ひじんばおり》、備前国康光《びぜんのくにやすみつ》作の小刀一振と同じく刀一振。

これらは忠邦が家慶から貰ったもので、彼の精励と、日光社参の奉行を勤めたことなどへの褒賞であった。

忠邦不審の理由として、次のことが挙げられた。

このたびのご改正については、何事も忠邦だけの一存で取り計らったこと。

市中に厳重な政令を布《し》きながら、忠邦の屋敷だけは毎晩三味線を用いていたこと。

七万石の高にもかかわらず妾五人を召し抱えていることは、重き御役を勤める身にもかかわらず不謹慎の至りであること。

旗本、御家人へ貸付金を出したとき、勘定奉行井上備前守と申し合わせてこれらの金子を横領したこと。

三代さま（家光）より定められたる江戸市中の規定を、忠邦一存でこれを取り乱したこと。

日光社参のとき、諸役人どもへは進物などは取らないよう厳重に申し渡しておきながら、自分だけは平気でこれを受け取っていたこと。

先年、水戸殿（斉昭）登城の際、ご政事向きについてお話があったのに、忠邦が返事もしないで退出したのは不審であること。

印旛沼掘割手伝いの大名への手当金の中から八十万両余を未だに渡していないが、これについて嫌疑がかかっていること。

とかく古参の者をさしおいて忠邦に越権の振舞があったこと。

その他を合わせると十二ヵ条になっている。——

このいわゆる審問書は江戸市中で瓦版《かわらばん》として刷られ、また刷りものとなって売られた。民衆は争ってこれを買い、ざまを見ろ、と溜飲《りゆういん》を下げた。

右の審問書は事実のとおりでなく、民衆が作ったのである。いわば落首やチョボクレの文句と同じようなものだ。しかし、大方の落書がそうであるように、これには水野を恨んだ民衆の考えが率直に現われている。

これを読むと、民衆が決して上の動きに無知でなかったことがわかる。彼らは平常は沈黙している。黙っているから権力者は彼らが無知だと思っている。何も聞かせてないし、見せてもいない。だから何も知らないと思っている。しかし、庶民の嗅覚《きゅうかく》は権力者の動きを敏感に捉えているのだ。ただ、彼らはその者に権力が握られている間は沈黙しているのみである。庶民の落首が穿《うが》ったことを書くのは、彼らが決して無知でなかった証拠である。

水野越前守が倒れた。――民衆からいえば、鬱然として聳えていた巨木、自分たちの頭上にどっしりと据えられていた巨石が、まことに他愛なく一夜で消失したのである。

忠邦は、翌日役宅を引き払った。昨日の騒動のため警戒は厳重をきわめたが、もう、誰もこなかった。静かな移転であった。

この公邸にはいったのは阿部伊勢守正弘《まさひろ》であった。正弘は水野が引籠り中に老中になった。だから、水野は同僚としての阿部と御用部屋を共にしたことはない。

今度の移転も、忠邦が先に屋敷を出て、そのあとから阿部がはいるので、顔を合わせることはなかった。阿部は忠邦に比べれば、親子ほど年が違う。正弘はわずか二十五歳であった。

役宅を引き渡すのは城明渡しと同じだった。忠邦は屋敷を出るに際し、邸内を隈なく検分した。

家来が掃除した銀杏《いちょう》の根元には、そのあとに降った落葉がかなり溜っていた。用人が、これを掃かせましょうか、と言うと、

「このままにしておくがよい。あまりきれいにしては、勢州《せいしゅう》殿がはいられても風情がなかろう」

と、忠邦は首を振った。

落葉一枚も、今は次の代のものであった。

一網打尽

伝馬町牢屋敷内揚り屋の内鞘《うちざや》から牢屋同心が来て外から、

「当時牢人、小松典膳はいるか？」

と訊いた。

揚り屋の中は十二、三人もの人数がいた。牢名主格の高島四郎太夫は、

「小松典膳、ここに相控えております」

と、答えた。典膳が牢格子のほうに顔を向けた。

「では、当人に顔を出すように」

典膳が格子のそばまで進むと、

「これは公けのお達しではないが、内々教える。本日、そのほうは出牢と決まったぞ」

同心が言うと、

「なに出牢?」

と、典膳が眼を輝かした。

「それはいかなる仔細《しさい》で?」

「仔細はわからぬ。とにかく、これでお構いがないことになった。ついては、そのほうの引取人は松山藩牢人、熊倉伝十郎に相違ないな?」

「さようでござる」

「では、間もなくお達しがあることと思う。その用意をしておくように」

牢屋同心は、その言葉のあとで、めでたいな、と低く付け加えた。同じ牢内からのお呼出しでも、処刑のために引き出すのは、職業とはいえ役人でも後味が悪く、無罪放免のほうが気分はいい。

呆然となっている小松典膳の横に周囲の者が寄ってきて口々に、めでたい、と祝ってくれた。

「典膳殿」

と、正面の高島四郎太夫が声をかけた。

「いま聞けば、どうやらお咎めもなく出牢のご様子、祝着でござった」

典膳は四郎太夫の傍らに手をついた。

「まだ、しかとはわかりませぬが、同心があのように申したからには、ほぼさようになると存じます。……先生には、ここに入って以来、いろいろとご教訓にあずかり、お礼の申しようもございませぬ」

「いやいや、わたしもあんたとごいっしょして、どんなに心が愉《たの》しかったかしれぬ。別れるとなれば、ひとしお名残り惜しい。まず、これからも息災《そくさい》でおられたい」

「先生こそ」

と言ったが、涙ぐんだ。自分はここから出ていくが、残された四郎太夫の気持ちを考えた。

しかし、この赦免《しやめん》は、水野忠邦の老中更迭《こうてつ》によって行なわれたと典膳は思っている。忠邦失脚のことは、その後、この揚り屋にはいってくる連中の口から、典膳も四郎太夫も聞いていた。典膳が雀躍《こおど》りして四郎太夫に向かい、さてこそ先生が自由の身になるのは間近うござる、と喜んだものだが、自分のほうが、先に出るとは意外だった。

「しかしながら、先生も明日か明後日には、てまえ同様にお許しがあることと存じます。その節は、てまえ、さっそく駆けつけまして、晴々としたお顔を拝みとう存じます」

「忝《かたじけ》ない。あんたにご赦免があれば、いずれわたしもここに長くいるとは思えない。典膳殿、遠からずあんたとは、初めて外で対面ということになります」

高島四郎太夫も期待に顔が明るくなっていた。

「水野越前守が御用部屋から落とされ、鳥居耀蔵も町奉行の職からはずされて勘定奉行になったままでいる今、もはや、誰も先生を理不尽に留《とど》めておく者はございませぬ。それにしても、てまえ、かような場所で先生の学問に接することができたのは、生涯の仕合わせでございます」

「いや、典膳殿、わたしも初めはあんたのことが心配だったのだ。なにしろ、本庄茂平次を討つために、牢破りもしかねまじき勢いだったからな。いや、まるでわたしが役人になってあんたを監視していたようなものだ」

「恐れ入りました」

「いくら外敵の脅威を説いても、国防の必要を話しても、あんたには馬耳東風、とんとわたしの言うことが通じなかった。それを辛抱強く話して、なんとか納得してもらえたのも、娑婆ではとてもできぬこと。ひっきょう、この狭い天地に、毎日毎夕、顔をつき合わせたおかげでしたな」

「てまえの未熟により、先生にご心配をかけました。汗顔の至りでございます。今は悉く先生の教えを身につけております。これは余人ではできぬこと。たとえ江川太郎左衛門殿のようなご高弟でも、このように長くお傍にいることは叶いますまい。そのことでは、江川殿たちはてまえを羨望《せんぼう》なされることでございましょう」

「まったく、ほかの門弟衆があんたを恨むかもしれぬ」

四郎太夫も笑えば、典膳も笑った。ほかの連中も和やかな気分になっている。この中には無法者もいれば、よくよくの事情に迫られて人を殺《あや》めた者もいる。侍の世界も、町人、百姓と罪を犯す心情に変わりはない。

「典膳殿にくれぐれも申し上げておきたい」

と、四郎太夫がまた言った。

「今度はさような間違いはあるまいと思うが、外に出られたとたん、ゆめゆめ茂平次などを相手に無法なことをなされてはならぬぞ」

「はい」

「聞けば、鳥居甲斐守はまだ勘定奉行職に留まって、越前守殿の失脚には巻添えを食っておらぬ様子。不思議なことだが、あの仁なら、その辺は巧みに身をかわしたものとみえる。なれど、いつまでもその地位が安泰とはかぎらぬ。まず、長くて半年か一年、茂平次が甲斐守の用人でいるのもその間。あんたが師匠の仇討ちをなさるなら、その先にいくらでも機会《おり》がござろう。それまでは、ゆめ軽挙妄動をつつしまれよ」

四郎太夫は最後に言い聞かせた。

小松典膳が出牢したのは未《ひつじ》の刻（午後二時）であった。同心に連れられて控所に行くと、そこに熊倉伝十郎が待っていた。両人は顔を合わすなり互いの名を呼び合って、手を取ろうとした。

「これこれ」

と、同心が制し、

「いま、出牢証文を読み聞かせる」

と、立会いの与力のほうを見た。

与力が懐に用意した紙をひろげ、

「松山藩牢人小松典膳、御吟味の末、べつにお咎めに及ばず、お構いなき旨を申し渡す」

と読み、あとを引取人の熊倉伝十郎に見せた。

「たしかに」

伝十郎が頭を下げて、

「小松典膳はてまえが引き取ってござる」

「うむ。引き取りのうえは、きっと向後の所行に気をつけるように」

と、型どおり言い渡したあと、与力も柔和な顔つきに変わって、まずはめでたいと個人的に言ってくれた。典膳は、越前守が更迭されて、獄吏《ごくり》まで愛想がよくなったように思えた。

「ちと、お尋ねしたいが……」

と、典膳は与力に向かって訊いた。

「高島四郎太夫殿のご赦免はいつになりますか？」

「さあ、それはいっこうに……」

「ご存知ない？　内々の噂もないのですか？」

「聞きませんな」

「しかし、水野老中が退任となった以上、間もなく出牢ということでしょうな？」

「われわれにはわかりません。何しろその後、さしたる御吟味もなくそのままになっているのでな」

「門弟の方々よりしきりとご赦免の運動があると聞いていたが……」

「川路左衛門尉殿、江川太郎左衛門殿などより嘆願書が出ているとのことですが、まだまだ上のほうの動きはわれわれのところまでは伝わりません」

「さようか」

典膳は落胆した。独裁者水野忠邦が倒れても、上のほうの機構は急に変わることはないのであろう。屋台骨が大きいだけに、変革も風を起こして回転するということはないらしい。徐々にかたちが変わるのだろうが、それにしても、高島四郎太夫をもっと早く出さない法はない。彼の投獄は一《いっ》に鳥居耀蔵の陥穽《かんせい》に嵌められたのだ。

その鳥居がまだ奉行として職にとどまっているのが高島の出牢の障害になっているのかもしれない。どうしてあんな奴が残っているのかと、典膳は忿懣《ふんまん》に耐えなかった。

これはひとり高島のことだけでなく、鳥居の用人となっている仇敵本庄茂平次にもまだ手が出せない状態を意味する。どうして、こう不合理だけがいつまでも残されるのだろうか。

熊倉伝十郎は、その典膳を促して牢屋敷の前に待たせてあった駕籠に乗せる。典膳も久しぶりの江戸の町を見て新鮮さを感じると同時に、町を歩いている人間がみんな明るい顔をしているように見えた。

「水野越前屋敷は群衆に襲われて、さんざんの体たらくだったよ」

とは、伝十郎の侘住居《わびずまい》に落ち着いてから聞かされた話だった。伝十郎は、その次第をつぶさに話して聞かせる。えてして、こういう噂は大げさに伝わるもので、その風聞どおりだと、水野の屋敷は四、五千人という群衆に押し入られて、家財道具悉く破壊されたようになっている。越前も命からがら裏口から駕籠に乗って逃げ出したというように話はできていた。つまり、江戸市民の復讐の夢が、その尾ひれを付けさせていたのである。

噂というものは、それを伝える人間の希望がはいっている。単なる想像や空想だけではなく、また話をおもしろくするためだけでもなく、心に持っている希望を噂に付加していくのである。

「妖怪（耀蔵のこと）が消えるのも近いぞ」

と、伝十郎は眼を光らせた。

「そうなれば、本庄茂平次も追放じゃ。今までは妖怪の威力の中に隠れていたあいつも、こちらから引きずり出すまでもなく、のこのこと出てくることになる。そうなれば奴を討ち果たしても、どこからも文句はこぬ。おぬしが牢にはいったのもあいつの仕業、伯父貴や親父の仇討ちにおぬしの意趣晴らしも加わったというものだ。典膳、これからは妖怪の没落を油断なく見守っておらなければならぬぞ」

「うむ、茂平次もわれわれが狙っていることを知っているし、奴もすばしっこいから、逃げられたあとでは捕まらぬかもしれぬ。お互い、鳥居屋敷に絶えず気をつけておくことにしよう」

牢屋の苦労を慰めるために、伝十郎は酒肴《さけさかな》を買ってきている。そこには井上伝兵衛門下の旧弟子たちも噂を聞いて追々集まった。

「方々《かたがた》も町の噂に気をつけて、耳に留めておいてもらいたい」

と、伝十郎はその弟子たちに言った。

「妖怪が倒れそうだという風聞が伝われば、これは手分けしてでもあいつの屋敷の見張りをしなければならぬからな」

伝十郎は勇み立っていた。

水野忠邦が老中の座から追い落とされても、土井大炊頭がそのあとを襲って老中首座に就いても、また阿部勢州が新しく就任しても、形のうえでは、土井内閣は水野内閣を継承したかにみえた。巨魁《きよかい》の鳥居耀蔵も、渋川六蔵も安泰のままなのである。

ところが、もう一人、これまで忠邦や鳥居耀蔵に公私ともべったりと付いてきた男がある。いうまでもなく、金座の後藤三右衛門である。

この政変に際して後藤の態度はどうなのか。その後藤は、家慶の側用人堀大和守にひたすら自分の保身を頼むことにした。彼の本心は以前鳥居耀蔵に打ち明けているが、未だに堀とは面会できずにいる。鳥居も早急に計らうとは言いながら、忠邦の失脚による御用部屋のごたごたで、その暇がなかったのだ。

しかし、後藤は一刻も猶予はできないと考えた。耀蔵の引き合わせを待っていては埒があかない。そのうち自分の地位が不安になってくる。

もとより、後藤三右衛門は理論も筆も立つ男だ。彼は、典膳が出牢した夜、その本宅の奥で堀宛ての長い長い手紙を書いた。これは彼の意見書でもあるが、同時に堀への媚《び》態《たい》でもあった。

三右衛門は水野の失脚を祝福して書く。

「浜松侯（忠邦）は当世の英君ではあるが、いかなるわけか、近年しだいに万民の人望を悉く失い、帰服する者がない。この宰相が倒れたのは国家のためまことに結構なことと思います。この六、七年間、浜松侯の残忍酷薄な横政によって無辜《むこ》の人民を多数悩まし、しかも能吏を左遷し、また佞臣《ねいしん》を多く用いられるなど幕閣を海内《かいだい》恨府《こんぷ》となしている。これ天の許さざるところ、人の与《くみ》せざるところ。されば、このたびの浜松侯の自滅は、まことに英才惜しみても余りある方ながら、国家のために吉瑞《きちずい》と思われます。

浜松侯のあとは、てまえ考えるに、土井さまがご政事向きをなされ、殿さま（堀大和守のこと）は、これまでどおり御側御用人として勤められ、ご身分は老中格であるから、土井さまと当分相役《あいやく》で万事を取り仕切られることと思われますが、来年にもなれば、自然と殿さまが一手にてお支配をなされることと存じます。されば、いまにわかに君側をお離れになることは、その隙を窺って佞臣たちがふたたび政を乱すことになるので、このへんは十分ご油断なきように願います」

三右衛門は、現在老中筆頭となった土井に代わって、来年は堀が首座になると予想を言っているのである。この見通しがあるからこそ三右衛門は堀にたちまち密着しようというのだ。

それから三右衛門は、自分を吟味役組頭などに加えてくれたら、堀の股肱《ここう》となって、その耳目同様に働き、情報を提供し、諸般の情勢判断をして差し上げ、殿さまの落度のないようにしたいと希望を書く。

さらに彼は筆を進めて、堀を調伏《ちょうぶく》する徒は、若年寄堀田摂津守、側御用取次新見伊賀守の二人であるが、これらをそのままにしておいてはお為にならぬことと思う。しかし、二人ともいま除外するのは不得策であるから、その一人を除き、一人とは和睦《わぼく》されたほうがよろしかろう、また、鳥居甲斐守に対して恨みを持っているのは遠山左衛門尉、阿部遠江守、跡部能登守などの輩《やから》だと思われるが、彼らはいずれもお為にはならないので、残らず左遷されたほうが、あとあとの都合にもよろしいかとも思われる、と述べ、さらに鳥居耀蔵の将来について筆を費やした。

「鳥居甲斐守もここ両三年ほどは、その地位も安泰と思われます。しかし、それから後は、あたら英才も災難に遭うかと想像されます。なんとなれば、この人は非凡な秀才ですが、その苛察は行きすぎ、また浜松侯に媚を求めたせいもあって、青楼、岡場所の者どもを初めとして、茶屋、船宿、割烹家、男女髪結、俳優、妓女、大工、諸職人、そのほか、その日稼ぎの小者に至るまで過酷な政令を用いて、今日妻子が口を糊《のり》しかねている状態に陥らせたのみならず、数軒の人家を打ちこわし、火災の役にも立たない塗屋を行ない、町人の家作や茶席、別荘などを取りこわし、河岸付の人家も取り払わせ、地代、店賃《たなちん》、諸式の値段は強引に引き下げ、衣服、飲食のためにあまたの人民を悩まし、株問屋などを潰して商業を妨《さまた》げ、さらにしきりと間諜を用い、取るに足らない過失にも、これを捜索して刑に処した。したがって、これら生業を失った者は家を傾け、妻子離散するもの幾万人と知れず、また勘定奉行を兼ねてからは、同僚はもとより、宰相、閣老にまで干渉してきたので、いわゆる天に唾した譬《たとえ》で、必ずその身に災いが報いることと思われます。されば、三年後には、必ず走狗煮らるるときが到るかと思われます」

すなわち、後藤三右衛門は堀大和守宛ての上書には、鳥居耀蔵の没落は三年後だと予見したのである。

年が改まって半歳、天保十五年六月二十一日、水野忠邦は、ふたたび老中首座に復帰した。――

忠邦が罷免《ひめん》せられてから、わずか十ヵ月にも満たない後である。しかも、忠邦の退職は、政務不行届の廉《かど》で差控えを命ぜられたのだから、この再任には世間も、あっとおどろいた。忠邦が退職したとき、これを痛快とした世間であり、その命が下った日、彼の屋敷を取り巻いて喚声をあげた市民である。みんな、わけがわからず呆然となった。

――なぜ、忠邦は再任したのか。

前に忠邦が退任したあと、老中首座には土井大炊頭利位が上り、補充として新しく列座に加えられたのは阿部伊勢守正弘だった。年の若い、この新任老中は大奥の人気を獲得し、家慶の寵愛を一身にうけていた。鷹揚な土井は茫洋《ぼうよう》として首座の席にすわっているだけで、閣内の実力は漸次阿部勢州に傾きつつあった。土井はもとより忠邦を排斥した張本人、阿部正弘も解任された前老中筆頭の忠邦を快く思っているはずはない。

それなのに、なぜ、忠邦は御用部屋に復帰したのだろうか。

いろいろの説がある。

その一つは、忠邦が自分の養女に仕立てて家慶の側妾として入れた、例の風月堂の女《むすめ》に頼って復帰運動をし、かたがた妹婿の、側用人堀大和守にも働きかけて家慶にとりなさせたという噂。

また、当時外交問題がむずかしくなってきたので、政務上、そのほうの経験のある忠邦に、もう一度、その衝《しょう》に当たらせ、それが不成功に終わるのを見越して彼に徹底的な打撃を加えようとしたという阿部伊勢の陰謀説。

しかし、実際のところは、困難な外交の局面に当たれる者は忠邦以外になかったので、家慶が彼に再任を命じたというのがほんとうのところである。当時オランダ国王は商船を長崎に派遣し、それに託して江戸表に一つの忠告書を寄せてきて幕府は難渋《なんじゅう》していた。

その忠告とは、……日本がいつまでも鎖国を守り、いわゆる異国船打払令と称し、日本沿岸に近づく外国船を砲撃する政策をつづける限りは、清国の二の舞を演じて、イギリスあたりの侵略をうけることになろう。貿易は今や世界の大勢であるから、日本だけが鎖国を固守しても百害あって一利なきのみならず、はなはだ危険である。清国における阿片戦争の二の舞が起こる危険は目前に迫っている。よろしく開国して列国と貿易の途を開くことが日本の存亡を救うことであり、繁栄を招くゆえんである、というのである。

これまで、日本はオランダとは、長崎の出島にその窓を設けて貿易をつづけてきていた。日本の貿易をほとんど独占してきたオランダが、なぜ、急に他国との貿易を均等に行なえと言ってきたかは、原因として挙げられるものに、当時密貿易が盛んとなり、出島のオランダ貿易が衰微の一途をたどっていたので、この際、むしろ正面から開国させたほうが貿易上有利になると見込んだからだという説がある。さらに、もし、開国の際は、オランダが日本における有利な立場を確保すべく、優先的に発言したとも考えられる。

しかし、オランダ国王の忠告は、その狙いはともかくとして、世界の情勢を説いた適切な説明であった。当時のヨーロッパは、ナポレオンの敗北によって戦争の脅威が去り、各国はイギリスを先頭として商船を遠洋航海させ、後進国との貿易による経済的侵略の競争に就いていた。日本が頑固に鎖国を守って打払令などを実行したら、たちまち列強に戦争の口実を与え、領土を失うにいたるだろうというオランダの説得は、その通りであった。ただオランダとしては、イギリスなどに日本が侵略されると、自国の貿易権益のことごとくを失うので、逸早く開国を勧めただけである。

渋川六蔵訳のこのオランダ国王の書簡は、幕府に一大衝撃を与え、これに対しどのように返事をするかに悩んだ。もともと、鎖国は幕府の伝統的な政策だ。この方針を崩さず、しかも、オランダ国王の親切な忠告をいかに処理するかは、はなはだ厄介な問題であり、難儀だった。しかも、イギリスの商船が貿易を迫って琉球《りゅうきゅう》にはいったという急報が、薩摩の島津藩から取り次がれるという情勢である。

家慶としては、この難局をとにかく忠邦に切り抜かせようという魂胆であった。彼の意思は、家慶から忠邦に伝えられた。

しかし、忠邦は、すぐには腰を上げなかった。勝手なときに首を切り、都合のいいときに元の職に復せよとは、いささか相手も虫がよすぎるではないか、という気持ちがある。また、自分を追い落とした土井や、大奥の人気の高い阿部正弘のいるところにのこのこと戻るのを潔《いさぎよ》しとしない気持ちもある。

家慶はなおも忠邦を必要とした。彼は若年寄大岡主膳正《おおおかしゅぜんのしょう》を上使として忠邦の屋敷に差し向けた。忠邦もここまでくると、それを受けざるをえなくなった。

阿部正弘は、家慶に述べて、幕府が忠邦を退職せしめてから十ヵ月も経ないのに再任させるのは、幕府の威信にも関する。これでは政道が立ちゆかない、と諫めたが、家慶は取り上げなかった。そのため、正弘は病いと称して登城しなかった。

だが、家慶は正弘に内旨を伝えて出仕を促したので、彼も思い直して出勤した。この内旨がどういうことであったかは伝わっていないが、その後の成行きをみると、およその推察はできる。すなわち、水野の再任は暫定的なものであるから、その後は阿部を勝手方に任命するというものだったらしい。つまり、水野短命ののちの後継内閣は阿部に組織させるという約束が与えられたものと思われる。

こうして水野忠邦は再任後の初登城をしたが、世間の眼が自分に集まっていることを彼はよく承知していた。忠邦はそれらの眼を嘲るがごとく、威嚇を試みるかのごとく、供回りの中間《ちゅうげん》に至るまで贅沢を尽くした華美な服装をさせた。これは忠邦自身の意気込みを見せたことでもある。彼は心中、権力の回復を期していたのだ。

忠邦が老中首座になると、反対派の隠然たる首領だった土井利位も老中に留まることが居辛くなって、病いと称して出仕しなかった。利位はたびたび退職を乞うた。その願いは容れられ、彼は雁之間詰に退いた。

老中首座に戻った忠邦は、真先に自分を裏切った鳥居甲斐守を免職させ、寄合に貶《おと》した。

また、鳥居と策動して忠邦失脚を手伝った勘定奉行榊原主計頭も免職させた。

忠邦としては彼らをその職から斥《しりぞ》けるのみならず、自分に反逆した罪を鳴らし、もっと徹底的な懲罰を加えたかったにちがいない。ひとたび権力を得ると、どんな罪名でも適当に作ってかぶせることができるからだ。ところが、忠邦は、鳥居や榊原を現職から斥けただけであえて追討ちをしなかった。ちょっと見ると、はなはだ手ぬるげにみえる。

だが、忠邦には、それができない立場にあったのだ。

というのは、老中首座に復帰したといっても、かつてのような勝手掛には任命されなかったのである。老中は勝手掛と公事《くじ》掛とに分掌され、勝手掛は財政、行政両面を司《つかさど》る職務で、事実上、政務の枢機《すうき》を握る。

その勝手掛は、忠邦が前に去ってのち、土井利位が握っていたが、その土井が退任したのだから、とうぜん、忠邦が受け継ぐものと思われていた。しかし、家慶は忠邦を単に老中首座に置いただけで、勝手掛には、側用人堀大和守と若手の老中阿部正弘を任じたのである。

つまり、政務を堀と阿部との両頭制にし、忠邦は単なる老中首座という空位に止《とど》められた。

この点、後藤三右衛門が堀に宛てた手紙の予言の一半は的中したといえる。後藤は、今後は堀が勝手掛を任命されて政局を担当するだろうと言ったのだが、まさか彼も水野が再勤しようとは夢想もせず、阿部が勝手掛の片棒を担うとまでは予想してなかった。

これでは忠邦自体も案に相違したわけである。政務をみない首相は単なる木偶《でく》の坊だ。事実上は阿部勢州の内閣といってもいい。

忠邦がいくら困難な外交問題に取り組もうと思っても、この状態では熱がはいるわけはなかった。彼は気力のない顔で御用部屋にぼんやりとすわっているだけだった。

ひとり意気が揚がっているのは阿部正弘である。この年の若い美男の老中は、大奥の年寄姉小路もたいそうお気に入りであった。阿部も姉小路には意識して親密になっていた。姉小路は、自分の部屋に一つの男人形を飾っていたが、その人形に着せている羽織の紋から裃の紋にいたるまで、悉く鷹の羽の打違《ぶっちが》えであった。鷹の羽の打違えは阿部家の定紋だ。彼女は、それを朝晩眺めてうっとりと見惚れていたという。

このような噂が忠邦の耳にも聞こえぬはずはない。

彼は首座の席から、下座にいる二十六歳の正弘の、色の白い、中高《なかだか》な顔を眺めて、不快とも嫉妬ともつかぬものを絶えず感じていた。

忠邦自体も、かつては家斉の愛妾お美代の方に取り入り、要職に就いた。また家慶の代になると、養女に仕立てた女を側妾に出し、家慶の歓心を求めた。すべて大奥工作が成功して老中筆頭にまで成り上がったのだ。

今、同じことを阿部伊勢がやっている。……

忠邦は、自分の歪んだ姿がそこに映し出されたようで不快だった。忠邦は、大奥の操縦をあまりに過信しすぎて姉小路の怒りを買い、大奥全体の反撥をうけた。もう少しやりようがあったと思うが、今となっては詮方《せんかた》がないことである。

また老中筆頭に返り咲いたといっても同僚は彼に冷たく、むしろ彼の仕事を極力小さな範囲の中に押し込めようとしている。御用部屋の空気はまったく少壮老中阿部勢州の線に固まりつつあった。いうなれば、老いた帰り新参は、遅かれ早かれ、閣内からいびり出される状態にあった。

こんな気まずい空気のなかで忠邦に仕事のできるはずはない。御用部屋にすわっていることだけでも窮屈だ。それは、他の同僚といわず、阿部正弘といわず、同じ思いであったにちがいない。忠邦は孤立して取り残されている自分を感じ、周囲もまた忠邦を邪魔者として敬遠した。

弘化《こうか》二年二月二十二日、ついに忠邦は、病いによりその職を退くことを申し出た。家慶は、その乞いのままを受け容れて、あえて慰留しなかった。ただ仁義として、登城の節は目通りを申し出よ、と言い添えた。

家慶も忠邦を外交の難局に当たらせようとしたが、忠邦が何事もなしえないので、少々、失望したのであろう。また、うすうす御用部屋の空気を察して、これ以上忠邦を置いても仕方がないと判断したからであろう。

オランダ国王への返書は、水野が台閣を去ったのちに、阿部勢州らによってはなはだ曖昧な文章で回答された。この裏には、忠邦と仲の悪かった水戸斉昭の開国に対する猛反対も作用している。しかし、すでに、このことは忠邦の関知しないところだった。

忠邦が欲していた裏切りの徒への懲罰は、皮肉にも彼が退隠した日、若き同僚阿部正弘の手で疾風迅雷のように行なわれた。寄合に斥けられていた鳥居甲斐守は、その日、評定所に召喚せられ、吟味中を相良《さがら》遠江守の屋敷に預けられることになった。

しかし、十日後の三月三日には、忠邦自体も屋敷を召し上げられ、麻布の内藤駿河守の屋敷に移された。彼は来たるべきものが来たことを感じねばならなかった。果たして三月十日、上使として若年寄大岡主膳正、大目付深谷《ふかや》遠江守が彼のもとに来て上意を伝えた。

「そのほう先々御役中、長崎表四郎太夫ほか関り合いの者ども吟味の儀、鳥居甲斐守へ掛を仰せつけられ候ところ、そのほう万端指図に及び、不正の吟味法をもって口上書取をこしらえ候やに、不審に候。重き御役相勤候身分をも顧みず、不届の至り、かたがたご不興に思し召し候。これにより事実委細を申し上ぐべしとの上意に候」

これは忠邦にとって見当違いであり、迷惑な嫌疑だ。元来、高島四郎太夫の処分は、鳥居耀蔵が主となってそのことに当たってきたのだ。鳥居こそ、その当該責任者であり、四郎太夫を「不正の吟味法」をもって疑獄にひっかけた張本人だ。忠邦は、おのれの爪牙《そうが》として使っていた耀蔵のために、いまになって、その災厄を蒙ったのである。もちろん、これは罪状をこしらえるための罪状で、つねに権力者が用いる手段だ。

浜中三右衛門、石川疇之丞などは、さきに甲府勝手となって江戸から甲府に追放されていた。甲府勝手というのは甲府勤番とも称し、甲府城の警固に当たった。だいたい、身持ちや行状のよろしからざる旗本が懲罰の意味で命じられた。彼らはそこに移されると、二度と江戸に戻ることはなかった。一名「山流し」ともいって、旗本のどのような暴れん坊も、甲府勝手と聞けば怖気《おじけ》をふるったものだ。浜中も石川も鳥居耀蔵の手先となって密偵を働いたので、この懲罰をうけたのだ。

ところが、両人とも、自分たちはただ鳥居の命を受けてやっただけで、伝えられるようにたいした行動もしていない、甲府勝手とはあまりに情けない、親類縁者も嘆き悲しんでいる、どうか江戸に呼び戻してほしい、という嘆願書を甲府勤番支配に差し出したので、その取り調べのため江戸に召喚され、二月二十日に甲府から着き、直ちに揚り屋に入れられた。

天文方兼務御書物奉行渋川六蔵も、三月十六日に呼出しがあって、これも揚り屋入りとなった。同じ日、小普請組金田故三郎も揚り屋入り。

四月十九日になると、鳥居甲斐守家来本庄茂平次も呼び出されて森佐渡守《もりさどのかみ》へ預けられた。茂平次は鳥居が落目になったのをみていち早く退散したのだが、長州の下関《しものせき》で逮捕され、江戸へ護送されてきた。茂平次は鳥居耀蔵の悪事を知っていることから、取り調べをうける身になったのだ。

越えて二十三日には、金座の後藤三右衛門が呼び出されて揚り屋入りとなった。後藤は当日午《うま》の刻（午後零時）に評定所に呼び出されたのだが、その留守宅には御徒《おかち》目付や町方与力、同心などが赴き、家財残らず封印をして、書類は悉く勘定所へ押収された。

調べてみると、後藤の蓄えた古金銀は、全部合わせて十八万両余もあった。家内の人数も、妻と幼年の枠一人のほかに、妾六人、下女三十人、下男三十二人、都合七十人余りいたと報告されている。

こうして水野と鳥居を取り巻く連累者は悉く逮捕収監されたが、水野に向かっては九月二日に最終的な懲罰が下った。

「そのほう儀勤役中不正の儀共、追々御聴《おきき》に達し、これにより急度《きっと》仰せつけらるべきところ、格別の思し召しを以て、御加増地一万石、元高の内一万石並びに屋敷、家作共これを召し上げられ、隠居を仰せつけらる。下屋敷へまかり越し、屹度《きっと》慎しみ罷在《まかりあ》るべく候」

罪状によれば忠邦に「不正の儀」があったとある。不正とはいったいなんであろう。

忠邦には合点のいかぬことだった。しかし、追放されたとなると、交替した権力者によってあらゆる罪状が付加されることは、今も昔も変わりはない。絶対主義の政治体制のなかでは避けられないことだ。もし、これに対して忠邦が表面から抗議すれば、さらに罪状の上塗りとなる。黙って承服するほかはなかった。嫡子水野金五郎《きんごろう》には家督として五万石を下されたが、直ちに所領地遠州浜松から出羽山形《でわやまがた》へ所替を命じられた。

水野の妹を娶《めと》っていた堀大和守も、御側御用人、また老中格として勝手掛を兼ね、阿部伊勢守正弘と両頭で政務をみていたが、水野の処分が決まると、直ちに職を免ぜられた。この理由もまた「勤役中不正の取計らいこれあるにつき」という一条である。本知、加増共一万石を削られて、隠居を命じられた。

次は、いよいよ鳥居耀蔵の処分の番であった。

弘化二年十月三日、鳥居甲斐守は、次のような罪状で処分をうけた。

「そのほう儀、御目付勤務中、天文方役所向き取締筋、そのほか風聞探索におよび候節、渋川六蔵とかねて懇意の者に候とて、同人身分取調方等の儀、支配向きの者どもへ内意を申含め、

また、町奉行勤役中、武州大井村修験《しゆげん》教光院了善儀、容易ならざる祈禱いたし候おもむき相聞こえ候えども、事実を得がたく候につき、そのほう召しつかい候家来本庄茂平次へ探索方を申しふくめ、右院内へ入りこませおき候段は、余儀なき取計らいに候えども、追て了善吟味におよび候節、茂平次を囚人《めしゆうど》の体になし突き合わせ、そのうえ同院中立て不都合に相聞こえ候儀を、修法の筋も相たださず、呪詛《じゆそ》に相当たり候段、察渡《さつとう》を以て押しつけ吟味を詰め、

あるいは、御金改後藤三右衛門儀、多分御取立ての儀中立て候を、不相当の筋とも心づかず、通用金吹直し御用等にことよせ、同人内願筋の儀をも取調べ中立て候は、ひっきょうおん為を存ぜざる筋に相当たり、

ことに右心願筋取調べを申立ておき候以後、同人より相贈り候音物《いんもつ》をも受用いたし、

かつまた、町奉行勤役中、御政事筋重き御役辺取計らい向き、そのほかその身不

熟の面々取計らいぶりなど、みだりに懇意の者どもへ内話に及び、あまつさえ風聞探索筋等、他支配または御隠密に携《たずさ》わるまじき身分の者どもへも内談に及び、

右の内には自己の安危を量《はか》り候心底よりなし候所行も相聞こえ、その他品々如何《いかが》の次第もこれある段、重々に不届の至りに候。

これにより重き御仕置にも仰せつけらるべきのところ、格別の御宥恕《ごゆうじょ》を以て、京極長門守《きょうごくながとのかみ》へ御預け仰せつけらるるものなり」

これをつまんでいうと、まず、耀蔵が目付在勤中に、渋川六蔵の身分の調査を部下の者に言い含めて、報告に手加減をさせたこと。

第二に、町奉行在勤中、大井村修験僧了善を不法の手段で裁判したこと。

第三に、金座の後藤三右衛門がかねて内願していた任官のことを取り次ぐように言ったこと。

第四には、そのことを計らうように言ったのちは、三右衛門から賄賂として音物を受け取ったこと。

最後に、町奉行在勤中、政事上の機密を洩らし、かつ、その風聞探索などを職務でな

い者に内命したこと、などの罪因列挙である。

人間は、一度没落すると、いろいろな罪状が訴追されて雪達磨《ゆきだるま》のようにふくれてくる。理論からいえば、こういう鳥居耀蔵の行動は、とうからわかっていたことだ。たとえば、本庄茂平次を働かした大井村の修験僧了善のことにしても、三年以上も前の話である。また、渋川六蔵を引き立てるため、当時目付だった耀蔵が部下に言って有利な調査をさせたのも、贔屓《ひいき》にする相手には誰でも手心を加えていることで、あえて耀蔵ひとりだけではない。しかも、これは四年前の話である。こんなものを悉く罪状にして追放者に着せるのは、昔も今も権力者の常套《じょうとう》手段である。

――鳥居耀蔵は、讃州《さんしゅう》丸亀《まるがめ》藩の京極家に永のお預けとなった。かつて矢部駿河守を追い落とした彼も、その駿河守と同様に、駕籠の前後を鷲固の者に護られて東海道を下った。

「阿部勢州では外夷は防ぎ切れまい」

と、耀蔵は今の老中部屋を批判し、

「今に日本は外夷のために滅びる」

と、見送りの者に呟いた。

彼は自分のしたことに少しも後悔はしてなかった。間違っているのは、自分にこの処置をとった阿部伊勢を首班とする御用部屋だと思っている。渡辺崋山や、高野長英、高島四郎太夫などを次々と追い落としたのも国家のためだと彼は考えている。それを世間では非難した。世間のほうが盲目《めくら》なのだ。

忠邦を裏切ったのも己れの権力を伸ばしたかったからだ。しかし、それを自分の出世とか栄達のためだと考えている世間が心外である。要は、権力を得て、この外夷の侵寇《しんこう》を防ぎたいからだ。今、欠けているのは力の政治である。おれにはそれができた！

……という自負がある。

そのおれを落とした。おれのいなくなったあとの幕府には人がいない。力を持った者がいない。

「幕府は滅びる。国も亡びる」

それから彼は、これだけは意外だったというように言った。

「まさか後藤まで死罪にするとは思わなかった」

後藤三右衛門は死刑の判決だった。――が、そういう処分もうなずけないことはない。後藤を殺すと誰が利益を得るか。耀蔵には、阿部伊勢の白い顔がすわっている御用部屋の顔ぶれが泛んでくる。

——この連座で死刑になったのは後藤三右衛門だけであった。

（後藤と幕府の間の腐れ縁は、ずいぶん昔からだ。なにも水越やおれとの間だけではない。後藤を生かしておけば、あいつは口も達者、筆も達者だから、何を暴露するかわからない。この際、いっそ後藤の口封じを永久にしたほうが公儀のためということになる。かわいそうに後藤め、分不相応の官位を欲しがったばかりに、つい、それが陥穽《おとしあな》の口実にされたのだ。……臭いものには蓋。後藤は幕府の罪状まで背負いこんで冥途に追い立てられたようなものだな）

耀蔵は東海道を駕籠に揺られながら、そんなことを思ったり、うつらうつらと居眠ったりした。

「本庄茂平次、出ませい」

茂平次は、伝馬町牢屋敷の揚り屋から引き出された。茂平次は、月代《さかやき》も髯《ひげ》もぼうぼうと伸びて、蒼い顔をしている。肥えたように見えるのは、ここにはいって以来食事が合わぬか、栄養の調子を失っているからだった。脚も萎《な》え、よろよろとして獄吏の前にすわった。秋の半ばによろめき出た蠅のような格好だった。

獄吏は、その茂平次に読み聞かせた。

「そのほう儀、重きお咎めをうけ、遠島仰せつけられたるところ、去る日、当牢屋敷付近出火の節、牢奉行石出帯刀の命により仮りに出牢いたさせたるところ、下知に背かず、翌日立ち戻り候につき、格別のお慈悲を以て罪科一等軽んじられ、中追放仰せつけらる」

茂平次はお辞儀をした。

「ありがたき仕合せでございます」

起とうとしたが、脚がいうことをきかない。馴れない牢屋に長々とはいっていたので瘡《かさ》ができている。その臭《にお》いが獄吏の鼻に漂った。

「中追放といえば、江戸より十里のうちはお構いじゃ。わかっているな?」

「はい、心得ております」

「どこぞ行く当てがあるのか?」

「されば、四谷《よつや》に身寄りがございますゆえ、ひとまず、そこに参り、それより江戸を立ち退きとうございます」

「その言葉に相違なきようにいたせ。参れ」

脚の動かぬ茂平次は、同心や小者に抱えられるようにして引き立てられ、常盤橋《ときわばし》から追放された。

茂平次は、その辺の床屋にはいって月代や髯を剃り落としたが、もちろん、彼には帯刀もない。その丸腰で髪結床を出ると、通りかかった四ツ手駕籠を呼び止めて乗った。

このときの茂平次の服装は、古木綿《ふるもめん》の藍縞《あいじま》の単衣《ひとえ》、それに古木綿の柳絞《やなぎしぼり》襦袢《じゅばん》、袖口は茶の縮緬《ちりめん》、衿《えり》に黒八丈が付いている。帯は木綿の無地の茶、懐中には江戸追放の構い状一通を入れ、所持品としては古手拭一つだけだった。

駕籠は常盤橋門外から四谷の方角にいく。あたりはすでに暗くなっていた。六ツ（午後六時）を過ぎている。やがて板倉伊予守の屋敷の塀を過ぎる。一ツ橋門外のこの辺はだだっ広い空地になっていて、護持院原《ごじいんがはら》といった。駕籠がさしかかったのはその二番ヶ原と呼ばれるところだった。通行人は人っ子ひとり見えない。深い闇が降りているだけだ。

このとき、駕籠のうしろからすっと人が現われて、

「待て」

と、駕籠を押えた。

「へえ」

見ると、二人の武士が殺気立った気色《けしき》で立っている。

その一人が駕籠の棒端《ぼうはな》に回って行く手を遮り、一人が垂《たれ》の外から声をかけた。

「そこにいるのは本庄茂平次ではないか？」

中からは返事がない。

「茂平次、返事をしろ」

蚊《か》の泣くような声が答えた。

「あんたは誰だな？」

この返答と同時に、一人が棒端に吊った駕籠屋の提灯を取って、垂を上げた中に差し出した。

中の男は、提灯の光を眩しそうに避けた。月代も髯も剃っているが憔悴《しょうすい》した土色の顔がそこにある。

「やあ、本庄茂平次」

と二人の口から同時に声が奔《はし》った。

「どなたですか?」

抑揚のない声である。

「久しぶりだな、本庄茂平次……わしは熊倉伝之丞の一子伝十郎じゃ」

「わしは井上伝兵衛の門下小松典膳じゃ」

二人は叫んだあと、提灯の光に照らされた茂平次の顔をじっと見つめた。

「おう、伝十郎殿に典膳殿か。ご壮健で何よりですな」

茂平次は依然として提灯の光を避けるようにして答えた。

「何を申す。うぬは伯父井上伝兵衛と父熊倉伝之丞を討ち果たしたであろうが」

伝十郎が叫んだ。

「と、とんでもない。それは言いがかりです」

「この期《ご》になっても、まだ言いのがれをするつもりか。うぬが伯父伝兵衛を討ったのは早くからわかっている。今まではうぬを討ち果たす機会がなかったのだ。のみならず、父熊倉伝之丞も、うぬが手にかかって、どこぞの土になったにちがいない。父は印旛沼普請場に行っている、うぬをたずねて下総に出かけたのだ。それきり帰ってこぬ」

「何を証拠にさような……」

「えい、もうのがれぬところだ」

と、典膳が叫んだ。

「これまで四年間、うぬを求めて苦労したのだ。もはや、天命の尽きるところ、いさぎよく、その駕籠から出てこい」

茂平次は駕籠の中に縮まった。

「無体な……それは理不尽です。わたしは何もさようなことをしたおぼえはありません」

「ぐずぐず言わずとそこから出てこい」

「出ていこうにも、てまえ、足に瘡《かさ》ができて歩くことが叶いませぬ。どうぞ、お助けくださいませ」

茂平次は、灯《あかり》の前で手を合わせた。それを小松典膳が衿髪つかんで引きずり出した。

「やあ、無体な」

と、茂平次は草の上にすわりこんだ。駕籠屋二人は、すでに逃げている。熊倉伝十郎が刀を抜いた。典膳は茂平次の丸腰を見て、自分の小刀を抜き、彼の手に握らせようとしたが、茂平次はそれをどうしても受け取らない。

「茂平次、父と伯父の仇、覚悟するがよい」

伝十郎が言った。

「師匠の仇だ。尋常に立ち合え」

と、典膳が言い添えた。

「これは無体な……このとおり、てまえは躄《いざり》でございます。刃向かいもようできませぬものを……」

と、茂平次が言ったとき、伝十郎の刃《やいば》が茂平次の肩先を斬り下げた。

板倉伊予守辻番の鈴木《すずき》惣助《そうすけ》、栗原藤蔵《くりはらとうぞう》、林金七《はやしきんしち》の口書がある。――

……昨六日夕刻七ツ半（五時）ごろ、辻番所北の方二十間ほど先の往還で、武士体の者が、仔細はわからねど、口論の様子に見受けましたので、さっそく罷《まか》り出たところ、仇討ちをしたと申し立て、もはや、相手は討ち止めたというので、辻番所へ同道しました。この者は、元松平隠岐守家来熊倉伝十郎並びに小松典膳と申す者で、親、伯父、師匠の仇討ちで本庄茂平次という者を討ち果たしたと申し述べました。そこで、死骸とも立番人を付けおいて、役人近藤元助《こんどうもとすけ》方へ届け出ましたところ、さっそく参られ、様子を見て入念に番人を付けおかれました。同八日、熊倉伝十郎、小松典膳とも町奉行鍋島内匠守《なべしまたくみのかみ》より下知があって、御吟味のうえ揚り屋に差し遣わされ、同十日に出牢、元主人へお預け、追々吟味のうえ、同年十一月十九日一件落着いたしました。

○熊倉伝十郎服装。――木綿藍縦縞の単衣、木綿浅葱《あさぎ》小紋、股引《ももひき》を穿《は》き、刀は二尺三寸の銘兼元《かねもと》。

○小松典膳服装。――懐中物、鼻紙少し、古麻守袋一つ、内に毛抜一本、療治針一本、印籠一つ、地黒に金の奈良春日《かすが》の蒔絵《まきえ》内に薬類少し、火色矢立一本。衣類は木綿花色半天、浅葱小紋、股引穿き、それより太織の茶色、紋は丸に一つ亀甲《きっこう》単衣物織。

○本庄茂平次死骸検視。――右の衿より咽喉《のど》へかけ突傷一ヵ所、右の耳下に突傷一ヵ所、胸の横に一寸五分ほど、深さ五分ほどの切傷一ヵ所、顎に擦傷《すりきず》一ヵ所、肩先横に三寸ほどの切傷一ヵ所、左二の腕に突傷一ヵ所、同じく下り一寸五分ほどの切傷一ヵ所、胸へかけ横に三寸ほどの切傷一ヵ所、左の脇腹横に五寸五分ほど、深さ二寸五分ほどの切傷一ヵ所。

熊倉伝十郎も、小松典膳も、吟味の末に親、伯父、師匠の仇討ちということがわかって、お構いなしと判決された。

（天弘録巻四）

世間は、これを護持院原の仇討ちといった。

石川疇之丞（当時甲府勝手、小普請組）は、いったん甲府勝手を仰せつけられながらも、なんとか甲府勤番を宥免《ゆうめん》してもらいたく、これまで自分のしたことは鳥居耀蔵から言いつけられたことであると隠密探索の次第を申し立て、これを暴露した。しかるに、これがかえって罪に問われ、

「書面をもって申し立て候始末不届につき、御切米御扶持方とも召し放し、これを申しつく」

との処罰があった。

同じく甲府勝手浜中三右衛門の申渡書も、右の石川疇之丞と同断。

小普請組金田故三郎への申渡し。

「そのほう儀、御目付相勤め候節、風聞糺《ただ》し等の儀、せいぜい探索のうえ、不行届の儀は、それぞれ手寄《たより》を求め、相尋ね候段はいわれなき儀にはこれなく候えども、元来御隠密の儀は心得方もこれあるべきところ、折りにふれ、その事柄等を打ち明かし、または手立てをもって他の者へ相頼み、そのうえ鳥居甲斐守御目付勤役中、同人の申渡しを受け、浜中三右衛門の身分並びに天文方取締筋等風聞相糺し候節、渋川六蔵は甲斐守年来昵懇《じっこん》にて、ことに御用立て候者につき、その心得をもって取り調べ候よう同人より内談を受け……右の次第を甲斐守町奉行勤役中内談に及び、その余同人へ引合候廉々《かどかど》如何《いかが》の取計らいもこれある段、不届の至りに候。これにより遠島仰せつけらるるものなり」

つづいて、修験僧了善の裁判で本庄茂平次に協力した、町奉行遠山左衛門尉組与力三人は、「不届につき御暇《おいとま》を申しつける」との宣告をうけ、その一人は「不埒につき押込めを申しつける」との宣告で押し込められたが、そのあとで追放されている。

さて、最後に高島四郎太夫の処分である。もともと、これは鳥居耀蔵のでっち上げであるから、無罪放免ということになりそうだが、それにしては彼の在獄は数年に亙っている。幕府としても彼を無疵《むきず》のままに解放しては威信に関る。そこで、いったん決まった彼の死罪を中追放に変えて、わずかに体裁を保った。四郎太夫は、弘化三年七月二十三日、その処分決定とともに即日牢より出された。

弘化の春

冷たい、張り詰めた空気の中に、武家屋敷町に謡《うたい》の声と、鼓《つづみ》とが鳴っている。外を歩く者も少ない。たまに通るといえば、まだ晴着をきた女か、遅い回礼に歩く武家の姿だった。

裏では小豆《あずき》の匂いがしている。

弘化三年正月十一日。

この日、お城では具足祝いがある。城内では諸大名装束で参集、つづいて連歌《れんが》の興行がある。

飯田主水正の荒れ屋敷の中では、小唄の声と、三味線の爪弾きとが聞こえていた。荒れ庭には昨夜降った雪が積もっている。松の葉にも、枝にも、草にもふんわりと重くかかった白い厚みが、下のほうから雫《しずく》を垂らせていた。今朝からの天気で路は乾いているが、ここはまだ雪の世界である。

主水正は、障子を開け放ってその庭に向かい、常磐津《ときわず》を口ずさんでいた。

若党の与平が顔をのぞかせた。

「申し上げます。ただ今、川路左衛門尉さまがお見えでございます」

主水正が唄をやめ、小菊が三味線を置いた。

「なに、川路殿が？」

珍しいといった顔である。

小菊が、

「わたくしは、あちらに消えます」

と、三味線を拾った。七種《ななくさ》を過ぎたとはいえ、正月らしい派手な座敷着だった。水野の失脚で、きびしかった法度《はっと》がにわかに緩み、市中は自由を回復していた。

かまわぬ、と主水正は言ったが、小菊は遠慮して消えた。

川路が与平の案内ではいってきた。

「これは久しぶりです」

主水正が迎えた。

「とんとご無沙汰をした」

と、川路は座に着くなり、庭を眺めた。

「ほう、まだ、ここは雪景色が残っているな」

「荒れ庭でもこれでけっこう立派になりました」

「いや、手入れの届いた庭の雪よりもかえって風情《ふぜい》がある」

主水正が、

「今日は城中では御具足の御祝い、さぞ賑やかでございましたでしょうな」

「例年のとおり……わたしは所用があって、すぐに下城いたした」

「だんだんにそうなりますな。お城の行事もおもしろくなくなりましたでな」

「もう少し早くここにくれば、あんたの咽喉が聞けるところだった」

「謡曲の代わりに常磐津とは、ちと恥入ります」

「せっかくの愉しみのところ、邪魔して申しわけなかった……」

川路が笑いをおさめた。

「実は、あんたに当分の別れを告げにきた」

「別れ？」

主水正は客の顔を見た。

「さよう……実は、お城で阿部伊勢守殿に呼ばれてな、今日付の辞令で遠国奉行を仰せつかった」

「遠国奉行？」

「奈良奉行だよ」

川路は、与平が持ってきた酒を受けた。

「それはまた……」

主水正が不審に思ったのは、いまの川路の身分が普請奉行だったことである。普請奉行から奈良奉行というのは逆《さか》さまで、普通、遠国奉行から普請奉行に昇格するのが順序だ。つまり、川路の奈良奉行は左遷であった。

「あなただけは助かったと思ったが……」

主水正は言った。その意味はこうである。

去年、水野の失脚、鳥居甲斐守一派の没落につれて、その与党の免黜《めんちゅつ》がしきりと行なわれた。川路はもともと水野忠邦によって抜擢《ばってき》された人間だ。そのため、一時、彼の地位も危なかった。

だが、川路は水野には従っていたが、鳥居甲斐守にはつねに反対の側に回ってきた。このことが川路の転落を免れる理由になっていた。

その川路が奈良奉行に落とされたという。だから、やはりいけなかったのか、と主水正は考えたのだ。

「いや、そうではない。まあ、聞いてもらいたい」

と、川路は説明した。

「ご存じのように、水野越前殿がああいう始末になって、わたしもずいぶんと大目付や目付どもから狙われた。やはり、越前殿の贔屓をうけた男と思い込まれていたのだな。だが、鳥居甲斐には反対していたから、まあ、なんとか今まで延びられた。だが、やはり、わたしを越前の残党として追い落とそうと御用部屋に食い下がっている輩《やから》が絶えぬ」

「あなたほどの才幹の人を……わからない人間がいるものです」

「それで、今日、阿部伊勢守殿に言われたのは、一時彼らの矛先《ほこさき》を避けて、しばらく遠国奉行となり、ほとぼりを冷ましてくれということだった」

「うむ。阿部殿もやはりさように考えておられたのですか」

「買被《かいかぶ》りだがな。しかし、それも悪くはない。いや、奈良行きのことだ。あんたも知ってのとおり、わたしは佐渡奉行を勤めたことがあるが、今度の任地は田舎と違い、名にし負う古都だ。これはかえって愉しみになってきた」

「いや、あなたなら文学に造詣《ぞうけい》が深いし……なるほど、ほとぼりを冷ます場所としては贅沢かもわかりませんな」

酒席がはずむにつれて主水正も小菊を呼んだ。

「殿さま、久しくお目にかかっておりませぬが、ご機嫌うるわしく、うれしく存じます」

小菊が川路に挨拶する。結い上げた髪を重たげに垂れ、両鬢《りょうびん》から色気が滴《したた》り落ちそうだった。

「おう、相変わらず、あんたはここに見えているな」

「あら」

「いや、結構。やはり正月は、きれいな人がいないと春らしくないな」

主水正も川路の眼を受けて、

「こいつ、性懲《しょうこ》りもなく、この荒れ屋敷にやってきております。これも腐れ縁かもわかりませんな」

　と、白い顔に苦笑をみせた。

「あんたは気楽でいい……もう、このまま隠居のつもりかな？」

「生来の怠け者。いつぞやあなたに煽《おだ》てられて妙な役を貰いましたが、いや、あれで懲り懲りです」

「あんたはさっき、わたしのことをなんとか言っていたが、わたしから見れば、あんたこそ才能のある人だ。それだけに惜しい」

「怠け者は仕方がありませぬ」

「それに比べて、わたしは苦労性じゃ。知ってのようにいま御用部屋は、イギリスの船、ロシヤの船が相次いでやってきて、周章狼狽のありさまだ。肝心の阿部勢州殿は利発とはいえ年が若い。このぶんでは奈良に行っても、おちおちと古社寺を見て回る気になれぬようだな」

「いずれは、あなたに出ていただかなければならぬ時局となりましょう」

「わたしなどが出てもなんの役にも立つまい。ただこうなると、水野越前殿は惜しい人物であった。わたしも、あの人の下なら働き甲斐があったと思っている」

「何かと言われたが、越前殿は、やはり近ごろ出色の宰相でしたな」

「かの仁の識見はさほどでないにしても、あの手腕、あの実行力、これは、当今、ちょいと見当たらぬぞ。この困難な時世に必要なのは、高邁《こうまい》な識見ではない。何ごともてきぱきと裁ける手腕の人じゃ。そうぃう人が今はいない。越前殿は外国の事情にも明るかった。阿部勢州殿では乗り切れまい。考えてみると惜しい人物を失ったものだ」

「鳥居という妖怪に越前殿は誤らされましたな」

「あの男を近づけたのが一代の失策。ご当人も口惜しいことだろう」

しばらく二人の間に水野の批評がつづいた。

——水野に対する川路左衛門尉聖謨の手記がある。

《いったい、水野越前守は左近将監といって寺社奉行を勤めたころから、自分はその部下として彼のひととなりをよく知っている。人事にはさほど深くない人ではあったが、人の功を賞し、人をよく用いる才力は十分であった。ただ、剛愎の癖《へき》はあったが、世間で悪く言うほどのことは決してなかった。これを譬《たと》えるに、李徳《りとく》裕《ゆう》、張居正《ちょうきょせい》にはなはだよく似て、その小型である。右の二人は罪よりも功の多かった人物だが、浜松（忠邦）にも同じようなことが言えると思う》

今も左衛門尉は、だいたい、そのような意見を主水正に言った。

話は、それから、最近の鳥居甲斐守の近況の噂になった。

「近ごろ聞いた話では、讃州丸亀藩でひたすら謹慎しているというが、あの男らしいことを言っているそうな。自分は将軍家の命でこのような処分を受けているが、しかし、自分なき後は今に自分の予言どおりの世の中になる。つまり国も幕府も滅びると、こう言っているそうじゃ」

「鳥居もたしかに才人でしたな」

「頑固な仁じゃ。しかし、人間、意見は違っていても、ああ頑固に徹していれば、また痛快というものだな。今から考えてみると、鳥居が水野につき、水野を裏切ったのも、彼なりの考えで、自分の政策を幕府に通させようと意地を張ったのかもしれぬ。人はそれを彼の立身出世欲だと見ているが、近ごろになって、わたしもどうやら、あの男の一面がわかったような気がする」

「鳥居甲斐守も今になって、一人の知己を見いだしたわけですな」

「そういうことになるかもしれぬ」

鳥居耀蔵を倒した陰謀者二人は、声を合わせて笑った。近所からひとしきり鼓の音が聞こえた。

正月十六日は閻魔《えんま》詣り。浅草観音境内閻魔堂、牛込《うしごめ》の養善院《ようぜんいん》、高輪《たかなわ》の如来寺《にょらいじ》、深川の法乗院《ほうじょういん》などの閻魔詣りは参詣人が多い。また、この日は芝増上寺の山門開きがある。増上寺では黒本尊の開帳もあって、ここも参詣人が群れている。

この日の午《ひる》すぎ、山門前の茶屋で主水正が待っていると、若党の与平が、

「どうやら、お行列が見えたようでございます」

と知らせた。

主水正が出ると、二十人ばかりの旅姿の供回りで駕籠が近づいてきている。主水正が駕籠脇に進んだ。中の人もそれを認めたとみえ、行列を止めて引き戸をあけた。旅ごしらえの川路左衛門尉の顔である。

「これは、これは、わざわざ見送りをいただいて恐縮です」

と、主水正に頭を下げた。

「いや、ちょうど、今日は増上寺山門開きでしてな、参詣かたがたです。ここをお通りになると思いつき、お待ちしていただけです」

わざわざ見送ったのではないと相手の気を休めた。

「それにしても、遠国奉行のご出立となると、なかなか立派なものですな」

「いや、恥ずかしい次第だ」

と、川路は面映《おもは》ゆげに、

「なるべく人数を減らして行きたいと考えたが、なんでも格式どおり、先例に従わねばと、こっちの思うようには参らぬ」

と言い、さらに笑った。

「佐渡奉行に参ったときは、供の者はわずか、七、八人。また、かつて木曽《きそ》を見回ったことがあったが、その節はわずかに家来二人をひき連れたものじゃ。それにくらべて、この仰々しさ、どうにもやり切れぬ」

「いやいや、格式のうえとあれば、それは仕方がありますまい。郷《ごう》に入っては郷に従えです。あまりわがままを申されますと、また憎まれましょう」

「まったくだ。窮屈なことだな。そこへいくと、あんたなど、どこでもふらふらと気ままに歩ける。羨ましいことだ」

「そういう身の軽さは、近ごろ、また、ずんと板についてきたようです」

「あたら才幹を、と、また同じような言葉が出るが、何度申しても愚痴になる。ま、元気でおられたい」

「あなたもどうぞお達者で。わたしと違って、あなたはこれから国のために大事な方、十分に気をつけてください」

「あんたには無理ばかり言って世話になった。世話になりっぱなしで江戸を出るのは残念だが、またいつかお礼返しのときもあろう」

「川路殿、あなたはあまり気をつかいすぎる。わたしのことなどは放っておいてもらいたい。それよりも、だんだんと世がむずかしくなりました。一日も早く奈良からお帰りになるのを待っています。……では、どうぞ、お元気で」

「あんたも息災で」

と、川路は駕籠の引き戸を閉めた。

その駕籠もしだいに品川のほうへ消え、そのあとを増上寺の山門に出入りする群衆が埋めた。

「与平」

「へえ」

「では、これから参詣にまいろうか」

主水正が与平を連れて山門をくぐると、ここはまたたいそうな賑わいである。群衆が山門を両側に分けて流れ交うていた。

「殿さま」

と、与平が袖を引いた。

「なんだ？」

「あれをご覧なさいまし」

与平が指さすほうを見ると、山門横の空地で丸腰の牢人風の後ろ姿が女房らしい女といっしょに歩いていた。

「石川の旦那ですよ」

と、与平が耳打ちした。

「うむ」

主水正は微笑した。石川栄之助に寄り添っている女房は文字常だ。すっかり夫婦のかたちで落ち着いていた。

「しばらく見えませんが、石川の旦那も、いよいよ牢人っぷりが見事になりました」

「そうだな」

「お止めしましょうか?」

「放っておけ。せっかく仲よく歩いているのだ。文字常に恨まれる」

主水正は反対側に歩き出した。

「殿さま、石川の旦那は、いま、何をして暮らしていらっしゃるんでございましょうか？」

「さあ。あの男のことだ、いずれまた芝居小屋の木戸番でも勤めているのかもしれぬ」

「まさか……でも、殿さまもお気軽なようですが、まだまだ歴々のお旗本という看板を背負っておいでになります。それにくらべると、石川の旦那なんざ、まるきり呑気なものでございます」

「与平。そうか、わたしはまだ家柄という看板をぶら下げていたな」

主水正は寂しい眼をした。

「殿さま、そういえば、こうしてみますと、ずいぶん牢人衆の姿が眼につきます」

「うむ。牢人も多いが、ほんとうの牢人やら、御家人崩れの者やら、見さかいがつかなくなっている。こういうご時世になって、幕府の直参もだんだん気楽な道にはいっていくようだ」

「殿さま、いえ、これは殿さまの前でございますが、少々、情けないことでございます」

「情けない？　なぜだ……与平、この牢人の群れが、今に幕府を倒す底力になるかもしれぬぞ。これまで公儀は牢人者を取り締まっていたが、今度は自分の身内から、そういう連中を出しはじめたのだ。諸藩からも脱藩者がだんだんふえたと聞いている。こいつらは今にどえらいことをやるかもしれぬ。怕いようでもあるが、これからの時世を考えて、愉しみでもあるな」

主水正は晴れやかな表情をとり返し群衆に肩を揉《も》まれて歩いた。

あとがき

『天保図録』は、初め、だいたい一年ぐらいで書き終えるものと思っていた。ところが、書いてみると、意外に大きな内容のために、筆も倍ぐらい費やさなければならなくなった。まる三年かかったわけだ。週刊誌に連載した私のものの中でも最も長篇となった。

しかし、三年費やしても全部を書き切ったわけではない。終わりのほうは、かなり駆足となっている。これは当初の私の構想に甘いところがあったためで、心満たない結果になった。

天保改革は、いろいろな面から見ることができる。最近では演劇史の面から取り上げた書籍が出ている。ひとり演劇史だけではなく、風俗史の面からも、ゆうに一冊に余る研究書ができるであろう。また、問屋、株仲間の改革だけについても一つの経済史論ができるにちがいない。徳川初期と違って天保ころになると、かなり資料も豊富だ。

要するに天保改革は、政治、経済、社会、風俗、土木、刑罰、いろいろな歴史の立場から見られるので、それだけに膨大な意義を持っている。

水野忠邦は、決して凡庸な老中ではなかった。もし、彼が幕府の最盛期に生まれていたら、出色の政治家になれたであろう。如何《いかん》せん、彼が政務の座に就いたころは幕府実力の衰退期であった。諸大名も幕府の権威を怖れなくなっていた。

家康が、その政治形体として最も意を注いだのは全国の諸大名の配置である。これ実に徳川幕府安泰の基盤であった。だから、封土の転換令は絶対命令だった。大名がこれを拒絶することは絶対に考えられなかった。拒絶は幕府に背いたという廉《かど》で「謀反《むほん》」であり、死を意味した。

大坂十里四方の上知令に紀州藩が服従しなかったというのは、幕府実力の失墜を如実に現わした事件であった。その前に庄内藩の所替が沙汰やみとなっている。いわゆる三方所替を命じながら、当該藩の抵抗に遇って幕府がそれを引っ込めなければならなかったところに上知令反対の萌芽があったといわなければならない。幕府衰退期にもかかわらず、忠邦が昔どおりに老中の権威を信じたところに彼の過誤と悲劇とがあった。

また忠邦は、初め家斉について老中にのぼった男だ。彼は家斉の寵愛したお美代の方に取り入って出世したのである。それが、次の将軍家慶になると、今度は家慶の本丸派に傾いたというので、家斉派の反感を買った。

これも老中の職権によって大奥を改革できると過信した忠邦の不幸であった。

また、水戸烈公《みとれつこう》（斉昭《なりあき》）と反《そり》が合わなかったのも忠邦の不幸の一つである。忠邦は、斉昭を国詰にして江戸に戻さない封じこめ作戦を採《と》ったが、しかし、陰に陽に掣肘《せいちゅう》してくる斉昭の存在が、どんなに彼の政治をやりにくく思わせたかしれない。

それに忠邦は経済通ではなかった。たとえば、問屋、株仲間のような独占資本が中間搾取することによって江戸の物価が高騰すると思っていた。彼は株仲間の解散を命じ、生産地と消費者との直結を図ったが、高度に発達した消費経済を法令一本で改革できると信じたのは彼の無知であった。

天保改革は幕府最後の荒療治であった。これは誰が考えても必要であり、進んで手をつけた忠邦は、事なかれ主義の為政者よりもずっと有能であり、勇気の持主であった。

ただ、彼はあまりに法令に頼りすぎた。彼は法令を濫作《らんさく》し、これを取り締まる実行者として鳥居甲斐守忠耀を登用した。忠邦は官僚政治家の典型であり、鳥居は警察政治の権化《ごんげ》であった。だが、幕府権力の最盛期ならいざ知らず、実力失墜時代ではこの弾圧は効《き》かなかった。幕府の実力が喪失しつつあることは、何も聞かされなくとも民衆は敏感に察知していた。

忠邦は、本篇にも書いておいたとおり、政治がしたくて九州唐津から、実質的に減収の浜松に移ったほどの男である。彼は猟官運動のために莫大な運動費を使った。そのため浜松藩は財政が苦しくなり、悲鳴をあげていた。いわば、てんからの権力主義者である。

史家は、忠邦が鳥居耀蔵のために誤らされたというが、私から言わせると、忠邦の官僚主義が鳥居に利用されたと結論したい。少なくとも、忠邦の官僚主義は鳥居輩につけこまれるだけの性格を持っていた。豈《あに》ひとり鳥居のみならんや、耀蔵でなくとも、耀蔵型の下僚は必ず出《い》で来たったであろう。

ただ、鳥居耀蔵がこれまた出世主義者であり、出色のマキャベリストだったから、際《きわ》立《だ》っていただけである。鳥居の苛察《かさつ》制度は、江戸末期の警察制度を異常に発達させた。のちの安政大獄にみる検挙も、鳥居の残した秘密警察制度がなかったら、あるいはあれほどの効果は上げられなかったかもしれぬ。スパイ制度は著しく鳥居のもとで培《つちか》われたのである。

鳥居は、専門の警察吏だけでなく、間諜に素人を用いた。自分のもとに猟官運動をしにしばしば出入りしていた石川疇之丞《いしかわとものじょう》、浜中三右衛門《はまなかさんえもん》などを、鵜匠《うしょう》が鵜を使うように、鮮かな手さばきで駆使している。この二人は、鳥居が罰せられるや否や甲府勝手に追いやられたが、彼らは江戸に帰りたくてならず、甲府勤番支配に上書をしている。

原文で書くとむずかしいから、それをやさしく書き改められた松好貞夫《まつよしさだお》都立大教授の『金貸と大名』から抜書きしてみる。

石川疇之丞上書。

本年（天保十四年）二月のこと、御書物奉行渋川六蔵《しぶかわろくぞう》の紹介で鳥居甲斐守の役宅を訪ねた。甲斐守は、同じ大学頭《だいがくのかみ》の社中のことだ、以後は懇意に立ち入るように、と親切に話しかけ、文学のことなどを語り合って、その夜午後八時ごろに帰宅した。

その後、渋川六蔵を訪ねたとき、市中のことでも、その他のことでも、何ごとによらず御改正のためになることなら、よく工夫してみせるがよい、御奉公のできるよう推挙してやる、ということだったから、後日、市中取締筋等のことを書取にして差し出しておいた。ところが、日はおぼえていないが、三月初旬のこと、六蔵から、右の書取はきわめて至当のことだから、甲斐守へも見せ、いずれは水野越前守の内覧にも供するであろうこと、並びに甲斐守からときどき来宅するようにと伝言のあったことを聞かされた。

こうして甲斐守からいろいろと探索方を命じられ、それを勤めたが、九月十八、九日ごろ、甲斐守から来訪を求める書面がきた。行ってみると、話は上知のことで井上備前守と議論をしたことや、去る十六日甲斐守ほか四人が召し出されたことについて情報を聞いた。どのみち、阿部遠江守、跡部能登守、井上備前守、遠山左衛門尉、土岐丹波守といった、これらの連中をしりぞけないでは、何を措《お》いてもお為にならない、ぜひとも不正の形跡を調べてくれないか。そんなことで、やがて話も尽きてしまったので、私は、阿部遠江守ほか四人の風聞にしても、とても行き届いた話はできないであろうと、ほどよく挨拶をして暇《いとま》を告げたことである。

その前後、渋川六蔵を訪ねたところ、いつもと顔色が違い必死の形相で書きものをしているので、何ごとだと尋ねたところ、上知の一件のことが実は重大化した、いま、そのことで私見の草稿にかかっている、とのことだった。彼は、昨年処分された矢部駿河守の一件も、何を隠そう、自分の進言であの疑獄が決したのだ、と胸を張り、阿部遠江守ほか四人の不正を探ってくれ、と鳥居甲斐守と同様のことを依頼した。とてもできないことだ、と答えるよりほかなかった。

その後甲斐守から、すぐ来てくれとの性急な書面があり、夕刻訪ねた。

同人の言うには、上知一件は賛否相分かれており、もし、われわれの建言が容れられないとすれば、もはや、絶滅と覚悟した。それについてぜひ頼みたいことがある、というのは、阿部、土岐、遠山、井上らがひそかに会合して、この甲斐守を倒す策を議したという情報がある、それについて真偽をたしかめてもらいたい、その他同人たちに不正の形跡があれば、何ごとによらず昼夜粉骨して調べてくれと、顔色を変え、真剣に頼みこむのであった。

私はほどよく断わったが、甲斐守は、もし、自分が倒れたら、おまえの御奉公もむずかしいだろう、よくその意を心得るようにと、念を押して注意するので、私は容易ならぬ秘密のことだと思い、決して口外しません、と約束したことである。

閏《うるう》九月六日、渋川六蔵を訪ねた。同人の言うには、井上備前と根本善左衛門の両人はすでに処分されたが、越前は今もって倒れず、はなはだ心がかりなことだ、阿部一族が左遷されないでいては自分もたちまち倒されるであろう、友人の信義だ、かの一派の不正を暴《あば》きたててくれと、一心に言い縋《すが》るのであったが、そのような手がかりはさらに見つからないと、体《てい》よく断わっておいた。

ところが、同月八日、渋川六蔵から、疑惑のかかるおそれがある、当分の間、甲斐守、主計頭、自分らの宅へはいっさい寄りつかぬように、との書面があった。――

だいたい浜中もこれと同じようなことを上書に言い立てている。けっきょく、自分たちはただ、渋川六蔵や鳥居甲斐守に言いつけられて、やむなく多少手伝ったことで、それほど彼らの手先となって動いたわけではない、自分らは、六蔵や甲斐守宅にしばしば出入りしているので、彼らは、こうなれば、自分らを江戸に置いては何かと私曲がわかると邪推し、甲府に追いやったことと思われる。自分たちはひたすら忠節を旨《むね》としてのことであったが、それがかえって禍《わざわ》いとなったようである。このたび甲府にやられたことで、親類縁者どもが嘆き悲しんでいる。何とぞ御仁慈をもって江戸にお呼び戻しくださるようお願いしたい――という趣旨の懇願である。

これが案に相違して、かえって禍いとなり、処罰を受けたのは、前に書いたとおりである。しかし、石川、浜中らの行動は、なんとかして出世しよう、浮かび上がろう、とあせっている小役人の姿であり、現代にも通じることである。

鳥居耀蔵は丸亀藩の京極家に預けられたが、彼は維新になるまでそこで蟄居《ちっきょ》していた。世が変わって太政官《だじょうかん》から赦免の達しがあっても、

「自分は幕府の命令でこの地に来たものである。公儀の赦免状がないかぎり、お赦《ゆる》しをうけたとは思わない」

と拒絶した。

いくら徳川幕府がなくなってしまったと言っても承知しなかった。政府では仕方がなく、幕府の誰かの役人の名前で赦免状を届けると、ようやく納得したという。

彼が幽閉中に食べて庭に捨てた柿か栗だかの種が、木になって育ち、実が生《な》ったというから、長年の辛抱である。

耀蔵は四国から東京に戻った。彼は文明開化の風景を見てもそれほどおどろかず、

「それだから言わぬことではない。おれが言ったとおりにしないから、徳川幕府は滅び

てしまった」

と慨嘆したという。

七十何歳かの彼は、江戸では知る人もなかった。当時、慶喜《よしのぶ》は静岡に引っ込み、旧幕臣もそれに従って移住していた。耀蔵は東京を去って、静岡にいる林家《りんけ》を頼った。しかし、林家では、もはや、誰も耀蔵を知る者はなかった。彼は、その見たことも聞いたこともない親戚に引き取られて余生を終わった。頑固といえば頑固者だったのである。

耀蔵に比べて川路聖謨《としあきら》は悲劇的な最期を遂げている。川路はのちに外国奉行となり、相次いでくる外国船との折衝に当たったが、ことに、ロシヤの軍艦との折衝では、露吏プチャーチンが川路の才幹を激賞している。しかし、晩年はふるわず、江戸城明渡しの日、自宅でピストル自殺を遂げた。


『天保図録』では、だいたい、史実に沿って書いてきたが、一ヵ所だけ、わざと違えて書いたところがある。

家慶将軍夫人喬子《たかこ》は天保十一年に死んでいるが、小説ではそうしないで、まだ生きていることにした。これは、将軍家の正月の模様を書くために、夫婦で行事を行なったほうがよいと思ったからだ。ちょうど、その稿が出る号が新年号でもあり、正月早々寡夫《やもめ》の新年でもあるまいと、多少、縁起をかついだところがある。喬子の生死は、別に物語のうえには支障はない。あえて考証家の指摘に備えておく。

「護持院原仇討《ごじいんがはらのあだうち》」は本庄茂平次が討たれた事件をいうので、芝居にもなっている。森鷗外に同名の小説があるが、内容は鷗外のまったくの創作であって、これとは関係はない。

初め、週刊朝日編集部から時代小説をと頼まれたとき、徳川時代のどのあたりにしようかと、いろいろ考えた。多少でも史実をバックにしたものをと心がけたが、江戸時代の事件はほとんど小説に書き尽くされている。ただ、天保改革はあまり人が触れていない。田宮虎彦氏に『矢部駿河守』、中山義秀氏に『天保の妖怪』などの短篇があるが、いずれも部分的なもので、天保改革そのものと正面から取り組んだものはなかった。

古くは福地桜痴に『水野越前守』があるが、多少ともそれに近いかもしれない。しかし、わずか三百ページくらいのもので、本格的に迫ったものではない。

本稿を書くに当たっての取材旅行といえば、桑名と印旛沼に行ったにすぎない。もっと歩きたかったが、事情で果たせなかった。

この長い小説を通読してくださった忍耐強い読者に厚く感謝したい。

松本清張

本作品中に差別的ともとられかねない表現が見られますが、著者がすでに故人であることと作品の文学性・芸術性に鑑み、原文のままとしました。

（春陽堂書店編集部）

『天保図録』覚え書き

初　出　「週刊朝日」（朝日新聞社）昭和37年4月9日～39年12月25日号

初刊本　朝日新聞社　昭和39年6月、昭和40年6月、昭和40年7月　※上・中・下

再刊本　光文社〈カッパノベルス〉昭和41年10月、昭和41年12月、昭和42年1月
※上・中・下

角川書店〈角川文庫〉昭和47年6月　※上・中・下

文藝春秋〈松本清張全集27、28〉昭和48年10月、11月　※上・下

講談社〈講談社文庫〉昭和57年1～5月　※全5巻

講談社〈日本歴史文学館24、25〉昭和62年4月、5月　※上・下

朝日新聞出版〈朝日文芸文庫〉平成5年10月、11月、11月　※上・中・下

（編集協力・日下三蔵）

春陽文庫

天保図録《てんぽうずろく》（四）

2023年7月25日　初版第1刷　発行

著者　松本清張
発行者　伊藤良則
発行所　株式会社春陽堂書店
〒一〇四―〇〇六一
東京都中央区銀座三―一〇―九
KEC銀座ビル
電話〇三（六二六四）〇八五五（代）
印刷・製本　ラン印刷社

定価はカバーに明記してあります。

ISBN978-4-394-90452-6　C0193